斗　虎

刘 洋 著

这是一部关于逆境的作品，写于逆境中，献给那些久处逆境的人。

天津出版传媒集团
百花文艺出版社

图书在版编目（CIP）数据

斗虎 / 刘洋著. -- 天津 : 百花文艺出版社,
2024.11
ISBN 978-7-5306-8872-4

Ⅰ. ①斗… Ⅱ. ①刘… Ⅲ. ①中篇小说-小说集-中国-当代 Ⅳ. ①I247.5

中国国家版本馆 CIP 数据核字（2024）第 104587 号

斗虎
DOU HU
刘洋 著

出 版 人：薛印胜
责任编辑：宋春悦 **装帧设计：**青年作家网
特约策划：汪 鑫
特约编辑：俞旺忠 刘慧明
出版发行：百花文艺出版社
地址：天津市和平区西康路 35 号 **邮编：**300051
电话传真：+86-22-23332651（发行部）
+86-22-23332656（总编室）
+86-22-23332478（邮购部）
主页：http://www. baihuawenyi. com
印刷：永清县晔盛亚胶印有限公司
开本：880 毫米 x 1230 毫米 1/16
字数：234 千字
印张：20.75
版次：2024 年 11 月第 1 版
印次：2024 年 11 月第 1 次印刷
定价：78.00 元

如有印装质量问题，请与永清县晔盛亚胶印有限公司联系调换
地址：河北省廊坊市永清县榕花路 3 号
电话： +86-316-6658662
邮编：065699

自 序

书籍行将付梓，才想起应当为它写一篇自序。直到最后一刻方才意识到这一点，可见我对此事并不上心，只是突然有了“别人家孩子都有，我家娃也不能缺”的意识自觉，进而涌动起幡然补救的紧迫感。

落笔前，脑海中莫名浮现了一件往事。在我十八九岁的时候，我在北方一座古城上大学。到了晚上，同窗们经常呼朋引伴、声势浩大地去网吧打游戏，我对游戏和喧闹都缺乏热情，便独自一人外出闲游。在灯火集市或羊肠幽径信步穿梭，我称之为“走大街”。这个说法有走街串巷之意，之所以是“走街”而非“逛街”，区别就在于并不进店铺观览，亦不在摊贩处流连，只是边走边看，将那些慵懒随意的市井画卷浅浅地印在意识里，想象着这个纷繁世界的缝隙中究竟隐藏着多少生动的细节和故事。后来我又去往江南，在一座古都读研，彼时的夜晚多用来看杂书，偶尔会约上二三好友趁着夜色去山麓湖边徜徉，但是“走大街”的单人活动依旧在悄然进行着，如同猫对游戏般乐此不疲。看杂书也好，走大街也罢，都是一种小心翼翼的窥探，如同在憧憬与真实之间架起一座浮桥，借以慰藉对世界所抱有的蓬勃的好奇心。

现在想来，那些岁月唯有两个字可以形容：悠闲——一种由内而外、洋洋洒洒的悠闲。宋人有诗云：“春有百花秋有月，夏有凉风冬有雪。若无闲事挂心头，便是人间好时节。”毕业尚早，未来尚远。彼时的我不知道未来会过怎样一种生活，但想来必定五光十色、精彩纷呈。不知道将来要做怎样一种人，不过无论做哪种人，势必都要卓尔不群又左右逢源，一边猎奇一边喜乐，对世界之玄妙别有会心。众生与我都将成为故事的主角，我拭目以待。

后来的经历其实和许多人一样，在人生之路上结结实实吃了不少苦头，“悠闲”也成了生活中的稀缺品。说什么夙愿落空、情怀破碎、等待无望，未免都显得矫情，但生活委实有许多绵里藏针、滴水穿石的小心思，让你充分领略它的寒凉。有时候面对诸多无可奈何，也不免萌生寸寸灼心的屈辱感。也曾感叹人生恰如食酸果，细嚼慢咽自然苦不堪言，倒不如囫囵吞下，噎死拉倒，不过八成死不了，事后回想起来，可能还有那么几分荡气回肠、英雄豪迈。细思之下，实则非也。将酸果一口吞下，味蕾自然免除了劳役，肠胃却难免要遭受更长久的折磨。同理，人生的逆境也不是一个时间节点，而是一个过程——有时可能还很漫长。如果你拔过火罐，一定就会懂得疼痛和压力在最初到来时，带给人的冲击是最强烈的，随后就会趋于平缓，最后甚至会有舒适感产生。之所以如此，倒不是因为疼痛和压力消失了，而是在与它们相处的过程中，你的自身发生了许多无法尽述的微妙变化。所以，我们既不能奢望逆境一闪而逝，更不应忽略它在我们精神领域所引发的一系列化学反应，甚至不宜错过它所营造的暴风雨时刻的风景。也正是基于这样的感触，尽管我写《斗虎》的最初目的仅仅是想呈现一段波澜壮阔的历史，但真正陪着书中人物走过了漫长的旅程，饱尝与他们共生的悲喜，在完篇的那一刻，我几乎是不假思索地在扉页写道：“这是一部关于逆境的作品，写于逆境中，献给那些久处逆境的人。”

这本书共收录了四部中短篇小说。它们或来源于史书，或取材于往事，或生根于奇想。虽然源泉各异，但在写作时，我始终如一地惦念着一些问题：如何面对漫长的困境？怎样接纳人生的多面性？如果人生的故事不是我们最初期许的样子，我们该用怎样的视角来欣赏它的有趣？答案或许呼之欲出，也许答案根本不存在。更有可能是我们早就解开了谜题，却由于意志不坚，很难将谜底牢记在心里，进而飨之众人。不过这样也好，没有揭晓的谜底才能幻化成引人入胜的故事。

目　录

斗　虎

错过一场烟火的表演

附　录

斗 虎

楔　子

那天是一五〇六年十月二十八日，听说大明京师里所有正直的官员都把自己关在家中，向隅而泣。其实那天的天气还不错，上午一直阴云密布，临近中午就骄阳四射，豁然开朗。

京师西北郊的望儿山上，两道身影迎风而立，眺望着远处的一派锦绣河山。两人穿的都是便服，眉宇神色和举手投足间却不经意流露出一种轩昂气质。这种经年累月在紫禁城中锻造出来的气质，大概就是百姓口中所说的贵气吧。

同样的景致，迥异的心绪。

其中一位穿蓝色暗花纱袍的男子双眉深锁，神色中好似凝着一团浓稠的雾霭。他回忆着昨晚的情形，真可谓命悬一线。自己兄弟几人流年不利，被满朝文武群起而攻之，要求判处他们极刑的联名奏疏早已呈送司礼监，只待圣上首肯。千钧一发之际，多亏瑾哥领着大家去圣上面前哭求，凭借他的能言巧辩、善察圣情，终于唤醒天恩，扭转乾坤。

上午，之前掌管司礼监的那拨人已经被下旨发配南京，瑾哥成为新一任司礼监掌印，蓝衣男子本人和另一个叫丘聚的兄弟分别任西厂和东厂提督。大局已定，杀机散去。昨日阶下囚，今朝人上人。

北漂这许多年，他总算出人头地了。为了这姗姗来迟、九死一生的成功，自己实在牺牲了太多。遥想那个大雨滂沱的清晨，少不更事的他，毅然决然地离开了村子，胸怀一腔沸腾的热血，只身北上。离别之际，他甚至都没敢回头看一眼芋苗妹妹那双婆娑的泪眼。来到京师后，他惊讶地发现，大明朝的公务员队伍早已人满为患，自己既没人脉，又无一技之长，抱着“打工是不可能打工的，这辈子不可能打工”的想法，他终于做了阉人。

那是场令他终生难忘的整形手术：术前要先和主刀的王大夫签订生死文约（王大夫管那个叫“免责协议书”，奇奇怪怪的名字），表明自愿接受整形手术，死生有命，与人无尤。然后，他一整天不能进食，连滴水也不给喝。接着才是手术。王大夫先让他喝了两大碗臭大麻汤，说是可以减轻接下来的痛苦。他惊慌失措，捧着碗的双手剧烈颤抖，汤汁有一半都洒落在地。某一瞬间，他悔意骤生，真想狠狠把碗摔在地上，夺门而逃。但意识中隐隐有一条绳索羁缚着他，把他束在原地，让他乖乖喝药，然后接受命运之神的无情摆弄。他紧皱眉头，将苦涩的药汁一饮而尽后，命运之神并未现身，王大夫倒是现身来摆弄他了。

他被五花大绑，为防他乱动和咬舌头，王大夫还往他嘴里塞了一只来历不明的袜子。随着下体一阵撕扯心肺的剧痛，周围的空气开始像紧箍咒一般在他的头顶猛然收紧，他顿觉天崩地坼，日月无光。从那一刻起，他便知道他与芋苗妹妹此生再无可能了。

后来他疼得周身战栗，像一根被拨动的琴弦，却也说不清是身体的痛，还是心里的痛。恍恍惚惚之间，他看到王大夫手中托着他那鲜血淋漓的小兄弟，随手投进一个盐罐子，接着又把罐子吊到房梁上。房梁上已经吊了许多花花绿绿的小罐子，每个上面都贴有字条，记录着物主的姓名，像一排小巧玲珑的风铃。据说，按照王大夫这一行的规矩，客户的小兄弟都由他们暂为保管，有朝一日客户飞黄腾达了，再花重金来赎。

接下来的三天，他被绑在一块门板上，像一张贴附其上的年画，还是不能吃喝，其间小解都是通过插在下体的一根芦苇秆。可哪里就能插得那么严丝合缝？当然免不了洒得到处都是，结果还被王大夫数落，搞得自己老大不好意思的。

三天之后，他勉强可以喝一些米汤，但疼痛和失落感依旧挥之不去，每时每刻都在啃噬他的神经。屋里生着炉火，暖如春阳照耀。香炉里熏着艾草，烟雾缭绕的情境亦真亦幻，生活的希望似有还无。

时光缓缓流逝，他丝毫也不想痊愈，因为即便痊愈，他依旧看不清生活的意义和自身的价值。如果清醒和沉醉时一样茫然无助，那又何必急着醒来呢？渐渐地，他生出一丝恨意，这恨意像一株幼苗，从心里一点点往外破土。

他不盼着伤势好转，可他的伤口却长得很快，不出一个月，他已能下地走路……

回忆到这里，蓝衣男子脸上渗出密密麻麻的汗珠。他紧咬下唇，呼吸也变得急促，仿佛又回到了暗室里的岁月。但他旋即又感到喜悦，因为毕竟一切付出都有了回报。如今云开雾散，自己已是大权在握，万人之上。至于那些流言甚至唾骂，他管不了也不想管。前段时间陪圣上听曲儿，有几句歌词是怎么唱的来着？好像是“三分天注定，七分靠打拼，爱拼才会赢”？对了，就是这么几句！曲调有些古怪，歌词倒还朗朗上口。只不过任凭他绞尽脑汁，也没忆起演唱此曲的那个歌姬的面容……

一旁的男子穿着一件青绿色横罗直身，表情更加阴晴不定，像层云背后的星象，让人无法捉摸。他身材颀长，轮廓分明，细细看来，有一种平湖秋月、刚柔并济的美好观感。他默默凝望着天边的孤云，一双黑色的眼睛仿佛要从镀金的天空中找到逝者弯曲的倒影。

他回想自己这些年总是郁郁寡欢，想必是肝气郁结、气机不畅所致。但宫中的王太医偏说这叫“抑郁症”，不给开方子抓药，反而一味地推荐什么“认知行为治疗”。真是奇谈怪论，闻所未闻！后来听人说王太医祖上三代都是莆田郎中出身，哥哥还是京师里有名的阉割师傅，专门给想要改变自己的男人做整形手术。可见他的医术是靠不住的，庆幸当初没有接受他的古怪疗法。

昨晚的拼死一搏同样令他心有余悸。

最初，当他得知自己被卷入这场性命攸关的斗争时，只是觉得天道不公。他一边感慨命苦，不满十岁就被贪图富贵的爹爹送进宫中做了阉人，一边又想，死就死吧，大不了零落成泥碾作尘。唯独可惜了这张绝美的俏脸——这副让万千宫女意乱情迷的躯壳。此种自信绝非异想天开，仅凭他做过两百多个宫女的菜户，就足以说明问题。

他们宦官的居所靠近皇上和娘娘的宫殿，为防制造油烟和声响，惊扰圣驾，宫里立下规矩，宦官一律不得生火做饭。因此，宦官们在吃饭的问题上只能求助宫女。宫女们会把做好的饭菜送进来，他们用小火炉热一下就好。于是，几乎每个宦官都有一个对应的宫女给自己做饭。相应地，宦官也会用各种方式来回馈对方。一来二去，两人自然熟络，有的甚至会像寻常夫妻一般亲密无间。这种配对被称为对食，宫女们称呼与自己对食的宦官为菜户。

从青衣男子十四岁开始，就有宫女为争着给他做饭而大打出手。为了他，多少对好姐妹反目成仇、同室操戈。有一次，这种醋海生波竟引发了尚宫局和尚寝局两拨宫女的大型互殴，险些就酿成影响恶劣的群体性事件。

后来，为了缓解这类矛盾，宫女们达成协议，每月召开一次大会，以竞价招标的方式决定与他对食的人选。价高者得，所得经费全部用于改善他的伙食。

如此这般，从十四岁算起，他前前后后做了两百多个宫女的菜户，这个纪录不但前无古人，想必也后无来者。赵高是何人，郑和不足道！当然，这只是一个大概的数字，因为其中不乏一些重复得标者。记得有一位姓林的宫女，曾经以压倒性的高价蝉联了五次榜首。后来，林宫女虽因长期省吃俭用而患上了贫血和黄疸型肝炎（这些古怪的病症也是那个王太医说的），但是每当她回忆起给他做饭的那五个月，她都会一脸幸福地跟人说，那是她一生中最温馨最浪漫的五个月，温馨和浪漫是无论多少银两也买不到的。

今早，当他还在对镜嗟叹芳华行将逝去的时候，门外突然传来圣旨。天恩浩荡，非但没有降罪，反而将他擢升为神机营都督。事态反转之快，是他做梦也不曾想到的。

他虽未入过军旅，但久居京畿，也大概了解到大明朝的中央军事领导机关是五军都督府和兵部，前者负责战术指挥，后者负责战略制定、人事安排和后勤补给。在地方上，每省设有都指挥使司，再下面的部队建制实行卫所制，即由卫、千户所和百户所三级建制组成，每个卫有大概五六千名士兵。

此时京师周边地区共部署了七十四个卫，用于捍卫皇城。但有额外的三股军事力量不包含在这七十四个卫之中，即有“三大营”之称的五军营、神机营和三千营。其中又以神机营最为奇巧精悍，也最受当今圣上器重。该营装备有手把口、霹雳炮和大连珠炮等各类火铳，人员训练有素，骁勇异常，在同蒙古人的攻防战役中屡建奇功，声威高涨。

他向来坚信自己注定是一个分明可以靠容颜，却偏偏要靠才华吃饭的人。有今日之奇遇，倒也不足为奇。前几日，他听到旁边那蓝衣男子在哼着什么“我相信我就是我，我相信明天，我相信青春没有地平线”，歌词虽不大通，调子又古里古怪，与平日听到的曲目迥然不同，可此刻想来，却极符合当下的境遇，颇有几分奇妙。

青衣男子长舒一口气。浩荡的西风由远及近，像一条无形的巨龙，在其周遭环绕。风过处，他下意识地摸摸面颊，喃喃道：“天气好干，该补水了。”说罢，一个念头又猝不及防涌上心头：“对瑾哥倒是不可不防。”青衣男子素来与人无争，可看人却极准，他料想瑾哥一朝得势，绝不会安分守己。

此前，他们几人靠巴结皇上来谋求荣禄，面对司礼监和外朝两股势力的内外夹击，迫于无奈，只好抱团取暖，合力抗敌。现在，敌我形势此消彼长，这个由八人组成的小社团能否长久维持呢？毕竟瑾哥是心狠之人。

刚想到这里，一旁的蓝衣男子突然打断他：“永弟，你说这个世界上到底有没有鬼？”

“老谷，你怎么操心起这个问题来了？”

“不是我，是前些天马永成问我的。”

青衣男子淡然一笑，沉吟片刻，道：“北宋五子之一的明道先生也曾经被问过这个问题，他是这么说的——待向你道无来，你怎生信得及？待向你道有来，你且去寻讨看。”

“嗯，答得妙呀！”蓝衣男子一副恍然大悟之态。随即又看向对方，问道：“我只有一点不明白——这几句话是什么意思？”

青衣男子眼角一抽：“你不懂就算了。天快黑了，咱们得快些赶回宫城，要是被关在玄武门外，今晚就只能睡天桥喽。再有，眼下形势还很敏感，估计家里头还有很多事等着咱们处理。”

“既然家里头还有好多事，干吗还要硬拉着我出来爬山？”

“宫里太闷，出来透透气，对皮肤好。”

两人随即下山，带领着在山下等候的五六名随从，纵马扬鞭，绝尘而去。一行人很快便融入一片青葱蓊郁的景色中，只有嗒嗒的马蹄声仿佛从天边奏响的战鼓，似要在茂林深处掀起一场猛兽间的竞逐。

第一章　有我在，谁都别想带走杨部堂

宁夏游击将军仇钺今晚失眠了。

傍晚时分，他安插在驿馆里的探子来报，锦衣卫一名千户带领三名校尉已进入陕西境内，于酉时三刻住进离大营六十里的落雁亭驿馆。探子偷听他们谈话，得知他们此行是专程来抓捕杨部堂的。宫中有令，要将部堂杨一清押解入京，送锦衣卫北镇府司，下诏狱。锦衣卫获知杨一清此时正亲率兵丁在此修筑本防区的长城，所以并没有去总督衙门，而是直奔边军大营而来。

仇钺早先按照部堂的吩咐，在延绥、宁夏和甘肃三个军事区内所有的交通要道上安插耳目，目的是防范蒙古军的探子潜入，发现锦衣卫的行迹却不在预料之中。他们一行人行事虽低调，但京师口音是藏不住的，还有那挺立的腰板、机敏的眸子甚至走路时的步法，所有这些蛛丝马迹常人或许察觉不到，却逃不过探子的眼睛。

仇钺久在边关，经历大小战阵无数，本是极稳重之人，接到密报后，还是忍不住一阵眩晕。事实上，四个锦衣卫比四万蒙古兵还要令他心惊胆寒。道理很简单：蒙古兵来犯，纵有千军万马，大不了刀兵相见，一较高低。可如今来的是锦衣卫，哪怕对方单枪匹马，也只有束手就擒。

他难掩惊慌，探子刚走，他就一溜烟地跑向中军帐。魁梧的身躯使他的双脚在沙土中留下一个个深深的脚印。远远看去，他像是一头急行的犀牛，卷起阵阵烟尘。情急之下，他的百米几乎跑进了十秒。

出乎意料的是，部堂听到仇钺的汇报后，竟然格外平静，好像仇钺所述不是关乎他生死的秘辛，而是单位食堂下周的菜目表。部堂说，他一个月前已向吏部递交了辞呈，也料到宦官们不会善罢甘休，此刻只念着“要杀要剐，悉听尊便”。

虽然部堂那里云淡风轻，仇钺心中却早已天塌地陷。他失魂落魄地走出中军帐。和来时不同，现在这条路显得漫无尽头，尘土里仿佛长出了一双双手，拼命扯拽着他，令他举步维艰。刚刚，他恨不得扑进部堂怀里大哭一场。可这终归于理不合，更何况让官兵们看见，难免误会他俩有断袖之癖。

黑云压境，夜风萧萧。他第一次感受到一个中层军官在复杂时局面前的无可奈何。实际上，别说他仇钺，即便是贵为总督、统领三镇的杨一清，如今也一样要任人鱼肉。

以内阁为首的官僚集团在与宦官的斗争中，已经一败涂地。司礼监掌印太监刘瑾整日假托圣旨，随便拿人。六部九卿，稍有违逆，动辄革职问罪。满朝文武，个个提心吊胆，朝不保夕。人再大大不过势，势如此，公将奈何？

仇钺想起坊间流传的一句话：“人言地狱十八层，诏狱更在地狱下。”这两年被抓进诏狱的，没几个能囫囵着出来。纵有钢筋铁骨，也让你灰飞烟灭。试想，如果部堂灰飞烟灭，陕西边军恐怕也要跟着灰飞烟灭了。

这一切还要从陕西边军与蒙古兵的作战史说起。

大明的大型军区称为镇，其区域划分和各省的行政区域并不完全对应。比如仇钺所在的陕西省，对应的镇就有三个——延绥镇、宁夏镇和甘肃镇。三镇相连，属于与蒙古军队直接对峙的重点防区。有些镇由于国防态势的变化而时设时废，稳定保留的镇大致有九个。一镇的最高统帅称为总兵。传言称，一开始吏部打算将这一官职命名为镇长，但遭到军官们的强烈反对，理由是镇长这一称号基层化意味太浓，很可能让外界把他们的级别误认为正科，而实际上就兵权和职务而言，他们绝不逊色于正部。吏部的老头子们没办法，只能一边抱怨这群带兵的莽夫太过肤浅、缺乏觉悟，一边绞尽脑汁给这一官职起新的名字。

延绥、宁夏和甘肃，三镇唇齿相依，本就该协同作战，可以往三镇的总兵分属不同派系，战时总是各占山头，互有盘算。经常是一镇的明军被蒙古兵围了，总兵给隔壁的总兵写信，言辞恳切道："不是我军太无能，只怪敌军太狡猾！某某兄，念在当年在京师军官培训班组队玩过'明军荣耀'游戏的情分上，求拉兄弟一把！"

可对方只是百般推诿，称"当年一起玩'明军荣耀'的情形历历在目，不敢忘怀，无奈本防区局势同样危在旦夕，守土重任在身，恕不能驰援"云云。

或许回信的那位总兵根本不知道"明军荣耀"是个什么鬼，他只消用一堆冠冕之词暂且搪塞，然后拥兵自重。若友军当真被敌人吃掉，那也只好呜呼哀哉，继而一阵窃喜。

在这种形势下，内阁将目光投向了正任陕西巡抚的杨一清。

巡抚作为中央派遣到地方的特殊官员，以皇帝代理人的身份，负责监管地方的民政及军务，权力和声威非比寻常。巡抚之上又有总督。总督的职权有时则更偏向于军事，而且执掌的辖区更大，往往囊括几位巡抚的辖区。内阁经过商议，决定任命杨一清为三镇总督，领都察院右都御史衔。这里面，三镇总督是实职，都察院右都御史属于挂名的虚职。当时，朝廷经常赐予外派官员“都察院右都御史”这类头衔，目的是在不改变其职权的前提下，提升他的级别和威望。而都御史本身属于堂官，正常情况下，需要坐堂审理案件，因而被属下称为部堂。以都察院右都御史衔出任陕西总督，统领三镇军务，作为派遣官员，权位之重，自大明开朝以来，再无第二人可比。

事实证明，内阁的眼光还是颇为老辣的。杨一清到任后，三镇军纪肃然，军队实现了联合调度，各处兵力部署得当，整个陕西防线变得固若金汤。

起初，蒙古人对这些变化还浑然不觉，照旧打着“以抢掠汉民发家致富，靠玩弄明军陶冶性情”的旗号，大摇大摆地朝关中进发。可甫一交手，明军竟个个像吃了化肥一样气冲霄汉，剽悍绝伦。更离奇的是一方交战，八方驰援。以往是以多欺少，其乐无穷，现在居然被来自四面八方的明军围殴。这样反反复复吃了好几次亏，蒙古人彻底陷入绝望。他们捶胸顿足，哭成一团，感慨大明“风气败坏”，明军再也不像以往那样“善良单纯”了。

大明，边军大营，失眠仍在持续，却与寂寞无关。

后世贤者有书云：“失眠的未必是天才，但天才几乎都失眠。”在这个失眠的夜晚，在辗转反侧的瞬间，本不是天才的仇钺产生了一个天才的想法，或者说，这是一个在他看来极其大逆不道的想法——反正部堂不能走，那就把锦衣卫留下吧。

如何留法？当然是长眠于这沃土千里的关中宝地，化作春泥更护花。毕竟成年人不轻易说爱，除非一生一世。

锦衣卫自设立之日起，便象征着天子皇权。有人说过，带有象征意义的东西是最神圣不可侵犯的。诛杀锦衣卫，等同作乱谋反。一旦事发，受牵连者不计其数。危险，真的太危险。可为了保全部堂，这个险无论如何都值得冒。

仇钺的大致构想：等四名锦衣卫一到，立即将其斩杀，毁尸灭迹。接着将部堂秘密送走，并且散布消息说几名锦衣卫醉酒后滥用私刑，打死部堂后畏罪潜逃。这样一来，死的死，逃的逃，朝廷根本无从追查。再者，毕竟是锦衣卫肆意虐杀朝廷大员，他们上头的人自知理亏，恐怕也不愿深究。

这个计划虽然听起来有些悬乎，可实际上这样的案件在当时已有先例。仇钺前段时间听他的探子讲，早先那个投钱塘江自尽的兵部主事王守仁就是假死。

王守仁便是大名鼎鼎的阳明先生，陆王心学的代表人物，不过那都是后话。当时的王守仁还只是一个兵部武选司的主事，因为上疏替一群同僚求情而开罪宦官，被假传圣旨打了五十廷杖。据说，本来已被打得咽了气，没想到后来又醒过来了，可谓咄咄怪事。宦官余怒难消，又把他贬到贵州，并且派东厂杀手一路尾随，想在途中了结他。

王守仁自知大限将至，为免受辱，主动投了江。但探子告诉仇钺，王守仁只是把衣帽投进江中，又留了封假遗书，最终骗过了杀手。据可靠线报，姓王的早逃进深山老林，搞荒野求生去了。

最初听到这个消息，仇钺的第一反应是：这也行啊？是王守仁太敢想敢做，还是宦官们太傻太天真？不过转念一想，这两年宦官四处害人，被迫害者数以千计，时局更是混乱到了极点，当中若真有几条漏网之鱼，他们也无暇顾及。

至于杨部堂那边，尽管要隐姓埋名，受些委屈，可总比冤死在诏狱里强。可以预见的是，朝堂不会永远暗无天日，一旦时机到来，必定乾坤扭转，正气弘扬。但那一天到底什么时候来，谁也说不清楚。或许鬼使神差，就在明日；或许要等到仇钺和杨一清都入土之后了。可是无论如何，保住性命才是前提。只要不挂掉，就不算出局。

下定了决心，仇钺立刻叫来千户蒋明、百户黄擒虎和总旗陈寿。这三人是他在军中精心培养的心腹，正好分布在从上至下的不同阶层。想要管好一支人数庞大的队伍，他需要建立这样一个梯队。

封建社会里的造反活动一般要求最初的几位秘密策划人具备以下三个条件：忠诚可靠、足智多谋、功夫了得。三者缺其一，便不能成事。仇钺挑着眉毛，得意地打量着自己的三个下属，觉得以上三条他们无不具备，不从事些反朝廷的事，简直就是浪费人才。

可是，如何在人多眼杂的军队驻地把四名锦衣卫神不知鬼不觉地干掉，他们必须商讨出一个万全之策。

在头脑风暴环节，高高瘦瘦、眼圈泛着黑晕、头发稀如秋草的千户蒋明提出："锦衣卫抵达后，末将可以谎称带他们去中军帐见部堂，实则将他们带入将军的营帐。进入营帐后，末将突然来个倒地不起，吸引他们俯身查看。这时候，藏于暗处的将军、黄百户和陈总旗同时杀出，我们四人遂以风驰电掣之速、雷霆万钧之力、潇洒倜傥之姿、风华绝代之态，将他们毙于刀下。"蒋千户当兵前曾经考取过秀才，后来犯了事，为了避祸，被迫投笔从戎。他带兵打仗的本事稀松平常，却因为通晓些文墨，写得一手好战报，在全是泥腿子的军队里属于稀缺人才，因此晋升得很快。他这人头脑还算灵活，就是说话喜欢渲染，像写战报一样追求气势。

蒋千户还没来得及对自己的一番慷慨陈词表现出得意之色，仇钺的骂声就扑面而来："不吹会死啊？我们是四个人，他们也是四个人，都是习武懂拳脚的。况且锦衣卫从来都是从高大健壮、孔武有力的年轻后生中选拔。你瞧瞧你那身板，再看看他俩的个头儿！"仇钺说着，用手点向短小精悍的黄百户和陈总旗，搞得两人颇为尴尬，"打不打得过还两说，你告诉我，你从哪蹦出来的'潇洒倜傥之姿，风华绝代之态'？"

大家都知道这个计划过于隐秘，除去他们四人，不可能再找别的帮手。

眼看一号长官把二号长官骂得狗血淋头，为了缓解气氛，百户黄擒虎急忙举手发言："将军息怒！依属下看，千户大人的计策也未必不可行。咱们一条条来看，首先说甲胄。我听说在锦衣卫中，指挥使在重大典礼时穿飞鱼服，平时穿大红便服。其下各等官兵，穿青绿色锦绣服和便服。无论是哪一种，都不过是南京云锦之类的绸缎料子，受不得刀枪棍棒。而咱们边军穿的是锁子甲，动起兵刃来，光这一点咱们就占了不小的便宜。"他拍了拍身上的甲衣——那是种由数千个铁环上下左右勾连而成的软甲，轻便不说，更是拥有极佳的防御力。

他接着说道："再往上说，锦衣卫头上戴的是什么？是无翅的乌纱帽。那玩意儿遇到天上下雹子，都能砸出个窟窿来。咱们呢？不但有锁子头盔，还有护项。这么一比，咱们就是铜墙铁壁，他们就像纸糊的小人儿。再加上他们从来鼻孔朝天，横着走路，做梦也想不到有人敢对他们动手。咱们攻其不备，胜算很大。"

对黄擒虎的话，仇钺内心倒有几分赞成。他表面上不置可否，继续追问道："那兵器呢？你的雁翎刀砍得断他们的绣春刀？"

这点确实令大家头疼。既是短兵相接，兵刃的好坏，便不可不留神。

隋唐时期，军人的佩刀主要是横刀，这是一种长柄刀，刀身平直，刀头呈尖角状。到了南宋，军刀刀身仍然保持平直，但是宽度加大，刀柄略有缩短，同时刀尖演变成略微上翘的圆弧形，称为雁翎刀。雁翎刀在明代大为盛行，包括杨一清部队在内的广大明军，普遍装备的都是这种刀。锦衣卫使用的绣春刀也是从雁翎刀演变而来，形制跟雁翎刀基本相同，主要是加长了刀柄，既可单手握，又能双手握，使用起来更加灵活，关键是运用了当时最先进的锻造工艺，加入了很多特殊金属，打造得无坚不摧，战斗力较雁翎刀又强出数倍。

不过这个问题倒意外得到了解决。总旗陈寿忆起，两年前的正月初五，在凤翔府宝鸡县外三十里处，曾有巨石陨落。当时盛传炎帝显灵，降赐神器。边军派人前往查看，发现陨石材质坚硬异常，颇似民间传说的玄铁。前任总兵遂令工匠用它打造二十把宝刀，但最终因难度太大，只锻造出九把，把把都是削铁如泥的神器。总兵乐得像吃了老鼠屎，他自己平素用不上刀，也舍不得让别人用，只下令将九把宝刀随军携带，以振声威。利器不可久藏，眼下便是以血试刀之时。

如此一来，战术、护具和兵器都有了说法。最后剩下一个最关键的问题：到时候动起手来，功夫上能不能讨得便宜。

尽管三镇的边军目前战斗力正处于鼎盛阶段，可若是随便挑出一两个来跟锦衣卫过招，还真不一定是对手。原因在于，军队平时训练的内容主要是阵型变化，即怎样根据指挥官的号令，迅速并且准确地摆出各种战阵。骑兵另外训练骑术和骑射，弓箭手要练习步射。对一般步兵而言，刀和枪的训练不过是扫、刺、挑等几个简单的动作。总而言之，单兵作战非一般士兵所长。军队的训练理念也很明确：“要武斗，不要文斗；要群殴，不要单挑。”即不要求个个练成东方不败，只要配合起来能打出《葵花宝典》中的效果就行。

传言说，锦衣卫内部有少数人在习练一种“巴子拳”，这种拳由武当道士所创，刚劲狠辣，尤其适合近身短打。有人说练此拳者，常常会面露娇态，目光含情，忽然一个箭步冲到你面前，在你误以为他想来一场贴面热舞时，电光石火般地将你击到数丈之外。

仇钺思前想后，觉得这种说法并不可信。此拳法存在与否倒是其次，关键在于锦衣卫真的会苦练拳术吗？一个自认为永世太平的人，不会想着去武装自己。这和他们外出执行任务时，还是照样一身绫罗绸缎的道理是一样的。

仇钺的三个属下情况则截然相反，他们成日在战场上厮杀，为了能在“白骨露于野，千里无鸡鸣”的残酷战争中幸存下来，他们个个把三十二式长拳练得炉火纯青。这种拳法相传由宋太祖赵匡胤在领兵打仗时所创，此后一直在军官中流传。其拳谚说：“囚身似猫，抖身如虎，行似游龙，动如闪电。”凭借这套拳法，让他们去杀几个身手平平的人，是不在话下的。毕竟在战场上，他们杀过很多那样的人。

一场以仇钺为核心的密谋，一直持续到深夜。他们的讨论朴素而务实：杀锦衣卫，救杨部堂。这件事绝不能出一丝一毫的差错，否则，部堂要死，大家都要死。

在确认每个方面都已兼顾之后，仇钺终于一扫之前的愁云惨淡，开始变得踌躇满志，像是一把急于出鞘的宝刀，锐气逼人。

原本以仇钺身份之卑微，是绝无可能在这样一场高等级的博弈中占据一席之地的。但是，当他站在一个特殊的历史节点，身居一个不是至关重要却舍我其谁的巧妙位置，他决心把自己的能量运用到最大。怀揣着掺杂了个人情感的强大历史责任感，宁夏游击将军仇钺一遍遍地告诉自己：“有我在，谁都别想带走杨部堂！”

第二章 十九层地狱里的问话

杨部堂还是被带走了。

他被押解进京，关押进锦衣卫北镇抚司所管辖的诏狱——一个被人称为十九层地狱的地方。

锦衣卫治下原本只设有一个镇抚司，负责侦办锦衣卫内部人员所涉及的刑事案件。既然有案件，就必须有关押涉案人员的场所。虽然也可以暂时把人寄押在刑部大狱，但是朝野纷乱，刑案层叠，刑部的大牢总是人满为患。再者，家丑不可外扬，把本卫的犯案人员送到刑部，很容易使内部的一些秘闻外泄。

在刑部大牢里，往往会有一些好事者凑过来打听："平时只听说你们锦衣卫抓人，想不到你们也有蹲号子的。一般的坑蒙拐骗，不会治你们罪吧？阁下到底是犯了啥罪，才被抓进来的？哎，我听说你们指挥使的小妾跟卫里的人私通，奸夫抓到了吗？不会就是你吧？你俩谁先勾搭的谁？"

几次三番，锦衣卫指挥使终于忍不住向皇帝上奏，为锦衣卫增设了一个直属监狱，即诏狱。专管诏狱的新镇抚司因选址在原镇抚司北面，所以又称北镇抚司，而原镇抚司则称南镇抚司。

诏狱最初只关押犯案的锦衣卫和一些皇上指定的钦犯，待遇很好，提供免费的餐食和医药——这两种服务在刑部大狱都是需要犯人自掏腰包的。这样便引来刑部大狱里一些重刑犯的不满。因为他们认为，凭借他们所犯下的罪行，完全有资格被送进诏狱，去享受里面的工作餐和医保。

他们开始向狱卒抗议："同样是犯死罪，为什么×××被关进了诏狱，而我进不了？到底他哪儿比我强，就凭他年纪大，就凭他不洗澡？你们摆明是歧视，是'双标'！士可杀，不可不进诏狱！王侯将相，宁进诏狱乎？"

迫于舆论压力，诏狱后来也逐渐收押一些平民百姓。只不过再往后，诏狱的刑讯手段越来越狠毒，比刑部大狱要残酷千百倍。诏狱由一个犯人们心驰神往的天堂，变成一座令人闻风丧胆的人间炼狱。于是，犯人们又开始死活不愿进诏狱，哭着喊着撒泼打滚儿吐口水，却已由不得他们了。

杨一清被押送过来的那天，天气格外好，清风徐徐，视野开阔，没有出现他预想中"六月雪满阶前，九州大旱三年"的情形。天公不作美，一腔凄苦情绪都白酝酿了。风和日丽、莺啭蝶飞的景象几乎让他相信自己的被捕是天理循环、苍天有眼。

他特别注意到诏狱方圆二里都少有百姓涉足，且有大批校尉充当巡兵和暗哨。历朝的宫殿和衙署均坐北朝南，一方面利于采光，且能在冬季避开北风，另一方面，也是因为南方象征着帝王的尊荣与气魄。诏狱的大门却偏偏朝西，意为日薄西山，朝不保夕，无疑是对入狱者的一种震慑和敲打。

大门旁立有木牌，写着："擅入诏狱者，断肢；外传消息者，斩首。"第一条是警告外人，第二条显然是针对每日进出诏狱的锦衣卫官兵。

负责押送他的锦衣卫是个油光满面、操着浓重江淮口音的年轻人，指着木牌得意地说："去年有条黄狗迷了路，误跑进我们诏狱，狗腿都被打断咧。我们几个伙计费了好大力气才把它嘴里叼着的骨头抢过来，劈开检查。幸好骨头里面什么都没有，如果发现有什么字条啊信物啊，它就狗头不保咧。当时可把那个倒霉的狗东西吓死咧。”他那眉飞色舞的神情，分明是在炫耀：想知道什么叫规范化管理？这就是规范化管理！

整座监狱分为三层，地上一层，地下两层，罪行稍轻的关上层，罪行较重的送下层。越往下越阴冷潮湿，也越生机渺茫。每一层都有数不清的牢房，倒像是杜牧笔下秦始皇的阿房宫，“盘盘焉，囷囷焉，蜂房水涡，矗不知其几千万落。”牢房的墙壁打造得十分厚实，即使这边的犯人叫破喉咙，隔壁也是一片死寂，这就排除了囚犯之间串供的可能。

监狱自古是容易激发文人创作灵感的地方，不少传世诗文均出自其中。但据说才华高峻的杨一清自被打入诏狱，从头到尾只说过四个字：“重于泰山。”因为他的项上被套上了华夏大地有史以来最重的枷锁—— 一副重达一百五十斤的铁枷。刚进诏狱的第一天，锦衣卫指挥同知石文义就亲自打了招呼：“快！快给我杨哥来一发！让他尝尝巨枷的滋味。”

这种巨枷由刘瑾创制。他正是凭借这东西，前几日差点枷死了御史王时中。王时中早先弹劾过刘瑾，把刘瑾气得几乎要将“王时中”三个字刻在胳膊上，好时刻提醒自己“公公报仇，十年不晚”。后来刘瑾得了势，迫不及待地罗织罪名，罚王时中戴着大枷在都察院门前站立三日。王时中一个读书人，做官前也没练过举重，如此庞然大物置于项上，真犹如泰山压顶一般，好几次都昏死过去。最后，经内阁大学士李东阳多番求情，刘瑾才勉强答应将王时中释放。

除王时中，还有其他几位戴过巨枷的官员，有的人几天之内就一命呜呼，劫后余生者下半生也注定成了废人。如今杨一清也戴上了它，遗诗当然是写不出来了，遗尿倒是大有可能。

被捕前一晚，仇钺来中军帐向他汇报了锦衣卫的行踪，夜里又将几名军官叫去议事。这些事杨一清全都了如指掌。

他虽不知仇钺的具体计划，但以他对仇钺的了解，为了阻止自己入狱，仇钺必定会有所行动。可是，直到第二天傍晚，锦衣卫大摇大摆地把自己带走，仇钺始终没有露面。这多多少少使杨一清感到困惑。

他本可以逃走。不过这件事他没必要亲自安排，也不能亲自安排，须由下面的人出头，将一切布置妥当，先斩后奏。到时候他若不配合，便成了愚不可及。若是自行逃亡，那便成了什么？是抗旨，是不忠，是无德，是奸邪，是狡诈，是胆虚……这和宋太祖自己想当皇帝，却偏偏要属下出面，逼他黄袍加身的道理差不多。古人说“君子有所为，有所不为”，其中的含义实在微妙得很。

仇钺没有动手，杨一清的另一个门生——户部郎中李梦阳却已经开始行动了。他在得知部堂被锦衣卫逮捕后，第一时间找到了李东阳，请求对方施以援手。

本来凭李东阳和杨一清的私交，即便李梦阳不来找他，他也理应为杨一清出这个头。但他深知刘瑾这次对杨一清下手，名义上说杨一清在修筑长城时浪费朝廷经费，实际上是因为他给李东阳写的一封信。这封信在中途被锦衣卫截获，送至刘瑾手中，因此内容李东阳不得而知。

事态可大可小，极有可能使李东阳受到牵连。刘瑾目前还只是抓了杨一清，并未对李东阳动手。究竟是信中所述确实与他无关，还是刘瑾仍在暗中谋划，打算将他这个内阁领袖一举击溃呢？李东阳陷入了前所未有的被动局面。在看清形势之前，所有的行动都是妄动。

作为内阁三巨头，刘健、谢迁、李东阳一直是名副其实的百官之首。现在，刘健和谢迁都被刘瑾治了罪。按说李东阳也应该和他们一同落难的，结果却被莫名其妙地留在了内阁大学士的位置上，甚至一跃成为内阁首辅。李东阳自问，是因为三人当中他秉性最柔，对刘瑾威胁最小吗？倒又不太能说得通。

他感到眼前有一片无边无际的黑色沼泽，那里烟瘴弥漫，树影陆离，一股滔天死气直冲牛斗。许多张熟悉的面目在其中徒劳挣扎，直至彻底沉没。沼泽下面的世界，是“古来白骨无人收，新鬼烦冤旧鬼哭，天阴雨湿声啾啾”的无间地狱。而他自己呢？他甚至分不清，自己是那缓缓下沉的身影，还是已经变成沼泽底下无人收埋的森森白骨。

不过，李梦阳这次发出的求救信号，他却不能不慎重对待。李梦阳虽然只是户部的一个郎中，官职不过正五品，可此人在京师的文官系统里却有着与其官阶极不相称的强大影响力。据说他在一定程度上是杨一清在京师的权力代理人。同时，他本人的卓越才华和在文坛的重要地位也转化为其政治资本的一部分。据可靠消息，他还是之前那个“大事件”——文官集团与宦官集团大决战的主要推手。

这次造访也印证了李梦阳确实不可小觑。这个混账家伙居然纠集了一大帮御史和给事中——这些人近来可是胆小怕事出了名的！

“如此兴师动众地往我这边赶，难道不怕引起宦官们的警觉，引火烧身吗？看来李梦阳是豁出去了，决心要把声势造大，好向我施压，逼我入局。”李东阳觉得眼下若是拒绝他们，自己乃至整个内阁在官僚系统中的声望势必一落千丈。内阁这面大旗不能倒，内阁一倒，百官即成一盘散沙，那样就更没法和宦官们斗了。既然不能拒绝，倒不如爽快答应他们，正好也去刘瑾那里探一探虚实，总好过现在坐以待毙。

常言道“凡事留一线”“得饶人处且饶人”，但很多人不会这样做。他们一旦占据有利位置，便要赢得一切，包括对手的尊严和体面。当天，李东阳为解救杨一清的努力没有起到任何作用。在刘瑾面前，这位内阁大学士可谓毕恭毕敬。他认为自己所言入情入理，再加上德高望重、身居要职，对方多少会卖他个人情。可令他错愕的是，刘瑾从头到尾都没拿正眼瞧他一下。

刘瑾半躺在睡榻上，眯着眼睛，任由李东阳费尽口舌，他只是轻描淡写地说上一句："按大明律法办吧。"

闻言，李东阳又耐心地向刘瑾解释道，其实按照大明律法，也可以不这么办。或者说，真依照大明律法，恐怕不能这么办。

刘瑾遍布青筋的拳头不紧不慢地叩击着桌案，轻飘飘冷笑道："可咱家偏要按照大明律法这么办。"

和一个不懂律法的人谈律法，关键解释权还在对方那里。李东阳总算明白了，这不是得理不饶人，这根本就是无理可讲。照此看来，杨一清的落难已经不可避免。

经历了一场地位极不对等的交涉，李东阳灰头土脸地退出刘府。他非但没能解救杨一清，还平白遭受了一番彻头彻尾的蔑视和羞辱，这在这位文官领袖心中留下了难以磨灭的屈辱印记。李东阳也由此意识到，面对这群宦官，无论是真诚，还是才辩，都毫无用处，唯一能依靠的，是不容置疑的实力。

诏狱昏暗的灯光里，两个青年人向身负巨枷的杨一清表明身份和来意。他们是新任西厂提督谷大用和神机营都督张永，奉刘瑾之命前来问话。

谷大用从袖中取出一本手札，朗声念道：

“罪臣杨一清，你在写给阁臣李东阳的书信中，诬陷我三条重罪：矫拟圣诏、迫害忠良、结党祸国。言辞荒谬透顶，用心险恶绝伦！现在，我与你逐一对质。

“先说矫拟圣诏。我虽任司礼监掌印太监，但我朝大小政令，须先由官员呈上奏折，说明何事。奏折由文书房官员整理记录，将大体内容简要禀明圣上。圣上再下令将奏折转送内阁，由几位大学士商讨处置之法，作出票拟。最后才入我司礼监。若圣上应允，则由秉笔太监批红，掌印太监加盖玺印。若圣上以为不可，则发回内阁重议。此外，即便司礼监批了红，诏令还须由六科的数十位给事中和通政司的官员再次审核，如被否决，还须再议。

“所以，诏令决于圣上之口，亦决于朝臣、内阁、六科和通政司官员之手，过程繁复，众目睽睽。岂是我刘某人想作假便能作假的？

“退一万步，假使我刘某人真的胆大包天，以身犯险，避过内阁和圣上，造出一份假圣旨。但凡有任何一位芝麻绿豆大的官员，向上核实圣旨的真伪，事情便顷刻败露。如此一来，我哪有不被抄家灭族的道理？诬蔑我矫拟圣诏，岂非滑天下之大稽？”

念完第一条，谷大用合上手札，声色俱厉道：“杨一清，你可有辩驳？”

杨一清闭目垂首，不发一言。

谷大用似乎有些意外，他怔住片刻，随即道：“好，既然你无言以对，那我接着念第二条。再说迫害忠良。我大明朝自洪武十三年以来，各类案件、刑狱均交由都察院、刑部、大理寺三法司查办。其中，都察院负责纠察、弹劾朝政及百官。两位都御史率领一百一十位正七品监察御史日夜审视朝政，事无巨细，官无大小，都得过他们的眼皮子，人称‘天子耳目’。

刑部负责各类案件的审理、裁断。大理寺则对都察院和刑部经手的案件进行最终审核，有冤枉错判者，一律发回重审。

“除三法司以外，军中各都司及卫所的刑名案件皆由五军都督府查办。遇人命案子，还须由圣上批准，方可将案犯问斩。

“所以，弹劾百官的是都察院和那一百一十位监察御史。给犯官定罪的，是刑部、大理寺和五军都督府。要将罪大恶极之官员问斩的，是咱们圣上。这一切与我刘某人何干？

“你说我迫害百官，难道不是百官犯我明律，乱我朝纲，自取灭亡吗？难道不是三法司秉公执法，主子万岁圣心明察，为国锄奸吗？尔等进士出身，自诩为熟读大明律的饱学鸿儒，居然是非不辨、黑白颠倒，妄图将莫须有之罪名强加于我，简直可恨至极！杨一清，你可有辩驳？”

对方依旧沉默，仿佛喉咙里被注满了铅水。

这厮不会睡着了吧？谷大用犯起嘀咕。要不……去胳肢他一下？他心里这么想着，眼巴巴地看向张永。

张永冲杨一清身上的巨枷努了努嘴，回敬了一个颇不以为然的眼神，意思说：你戴上那个枷，站着睡一个给我看看？

谷大用面上一热，也自觉多虑，清清嗓子道：“既然你自知理亏，缄口不语，我再来念这最后一条。你在信中说我结党祸国，将我与谷大用、张永、马永成、丘聚、罗祥、魏彬、高凤七位公公污为八虎。我八人皆为多年侍奉圣上的内臣，为圣体当差，替圣上分忧。圣上初登大宝，夙兴夜寐，操劳国事。大小事宜，常命我等从旁协理。我等自知无才无德，所怀的不过是一颗报效主子的忠心。圣上不弃，召我八人在身边侍奉，这就是你所谓的结党？一切听从圣命，依圣上旨意当差办事，这就是你口中的祸国？

“咱家再问你，李梦阳、康海、仇钺、许天锡、张保、张泰、薛训、李义德、肖近山、穆骞、石虎、单乾这十二人，可是你麾下党徒？你为官多年，门生遍布朝堂内外。仅这十二人，既有朝臣，又有边将，人称杨门十二金人，近几年大有盛气凌人、威风一世之态。

“敢问八人与十二人，孰众孰寡？我们是交党结社，那你们又是什么？咱家看你分明就是广结党羽，图谋不轨！杨一清，你可有辩驳？”

还是深海一般的缄默。

谷大用心底的石头彻底落了地。不开口最好，真唇枪舌剑的，他哪招架得住？他越发地趾高气扬，不禁哼唱起前两天刚学会的小曲儿：“愿意在角落唱沙哑的歌，再大声也都是给你。请用心听，不要说话！”

整个过程，张永始终袖手而立，与其说是冷静，不如说是漠不关心。他不屑于像谷大用一样，做刘瑾的爪牙。在他看来，既然已经掌控了局面，又何必再赶尽杀绝？百官现在就像是一群被拔光牙齿的狼，与其杀掉他们，还不如把他们训练成家犬为己所用。而且，明眼人都看得出，像杨一清这种封疆大吏，杀掉无异于自毁长城。到时候，蒙古大军打过来，社稷沦丧，国将不国，谁的位子都别想坐得稳。

可是说到底，事情并不归他张永管。毕竟连昨日宫正司女官送自己的玫瑰面霜都还没来得及试用，哪有闲心理睬他们的争斗？

末了，谷大用一声冷笑：“哼，杨一清，你也不过如此嘛！我原以为你是何等的英雄虎胆，威武不屈，如今进了这诏狱，还不是吓得屁都不敢放一个？真是见面不如闻名啊！你早知今日，又何必当初？”语毕，狠狠往杨一清身上啐了一口。

两人使命达成，随即转身离去。

第三章 大事件起源

杨一清突然被释放，令李东阳百思不得其解。

之前他低声下气地去向刘瑾求情，对方分明是一万个不答应。难不成刘瑾那几天恰巧犟种上身？

李东阳如堕五里雾中，杨一清本人却并不十分意外。谷大用和张永走后的第二天，便有狱卒来帮他解下脖子上的巨枷。又过了不到十日，刘瑾下令将杨一清释放，罚米六百石。官是没法接着做了，可好歹保住条性命，能安然无恙地回到故乡，与那些或死或囚的同僚相比，不能不说是一种幸运。

刘瑾如果真想杀他，且能轻易把他杀掉，就不必画蛇添足，派谷大用来跑一趟。那长篇累牍的手札传达出的讯息不外乎两点——刘瑾的愤怒，以及恶人的虚荣。纵观刘瑾的杀人史，不难发现，他一直在不遗余力地杀两种人。在他刚得势时，他杀的是企图拉他下马的人。地位稳固之后，他杀的是公开说他坏话的人。毕竟，坏人也是要面子的，越是不占理，越想证明自己有理。

杨一清想起东汉时，祢衡脱光衣服羞辱曹操，几次三番对曹操破口大骂。曹操却因为爱惜他的才华，始终没舍得杀他。而靖难之变后，建文朝旧臣太常寺卿黄子澄不肯归顺成祖。成祖下令将黄子澄肢解，杀尽全族，把他的妹妹发配做官妓，安排每日由二十几个大汉轮流对其施暴，生下的儿女将来全部送入青楼。相同的态度，迥异的结局，关键看你在跟什么样的人打交道。同样是不肯归顺的清正之士，可能获得尊敬，也可能死得无比屈辱。凡事不只关乎价值，也关乎选择。

既已想明白其中的关窍，他便要保持沉默。沉默也是一种语言，有时，甚至比语言所传达的信息更精准到位。他通过自己的沉默，成功地使对方误以为他是一个只敢在书信里发发牢骚的人，并不具备公开与八虎为敌的勇气。更重要的是，刘瑾在手札中对杨一清大加训斥，而他居然照单全收，毫不反驳，这不但使刘瑾胸中的一口恶气得以消解，更大大折损了清流们的颜面，成功树立起宦官的道德威望。

本来在刘瑾看来，杨一清就是个必须废掉，却未必要杀掉的角色。杨在朝中影响力太大，杀了他，会引起李梦阳等一大批官员的反对。尤其西北边军中还有不少手握兵权、对杨忠心耿耿的将领，这一点不可不防。再者，李东阳出面力保，刘瑾表面不以为意，但心里对李东阳还是多少有些顾忌的。

而现在又有了最重要的一个原因—— 一个高傲的清流代表并没有宁死不屈，反而向他认罪服软了。这无疑让他收获了一种近乎享受的满足感，比此前整死几个对头所获得的愉悦要强烈得多。如此一来，他更加不能杀杨一清了。不但要留着他的性命，还要让他好好地活着，作为他刘瑾在道义上大获全胜的鲜活例证。一个失败的对手，其最大的价值不正体现在这里吗？

杨一清被罢官后，李梦阳彻底沦为京师政治旋涡中的一座孤岛，既失后台，又无盟友。与此同时，一些有关一五〇六年清流集团与宦官集团决战（为求隐晦和少说几个字，官员们习惯称之为“大事件”）的绝密消息却不胫而走。

当时，户部尚书韩文豁出性命，率领百官向皇帝施压，坚决要求处死八虎。韩文得到内阁三位大学士刘健、谢迁、李东阳的全力支持，并且有司礼监太监王岳、范亨和徐智作为内应。群情激奋，众口一词。皇帝迫于压力，已萌生杀八虎的念头。

大事件牵连甚广，虽然参与人数众多，却做得十分隐秘，打的是一个不宣而战、一击致命。谁承想，就在大局将定之际，朝臣中竟有人向刘瑾通风报信。刘瑾大骇，急率七虎连夜面圣。他从当年陪皇帝一起看星星看月亮、谈诗词歌赋和人生哲学，一直说到上个月偷偷领皇帝出宫找技师做暹罗式按摩，追念往事，剖白情谊，哭得楚楚戚戚。皇帝心中也一阵酸楚，又回想此前种种，于是改了主意。

小人物的命运往往只在大人物一念之间。平日里的“十年功”，不如关键时刻抓住主宰者的“一念”。

群臣都以为胜券在握，只待天一亮，王岳就会从宫中传旨出来，将八虎正法，却不知王岳等人已被连夜发配南京，八虎正式接管司礼监、东西二厂等一众内府衙门，局势已然无法挽救。

人们恍惚察觉到一件事：在整个事件中，韩文背后一直有一位深藏不露的军师，百官里也埋伏着一个罪不容诛的叛徒。吊诡的是，随着决战的结束，这两人也像硝烟一般消失得无影无踪。

两年来，刘瑾一直在追查那个军师的身份，李东阳等人也试图挖出那个叛徒。而现在突然有人放出风来，说军师就是当年韩文的部下李梦阳，叛徒是吏部尚书焦芳。

消息传出后，李梦阳和焦芳都矢口否认，但无论是外廷还是宦官，都对此深信不疑。

真相确实如此。当时，武宗朱厚照继位不过一年，已经把国事完全抛诸脑后，整日在一群宦官的簇拥下做尽斗鸡走狗之事。朝臣屡次谏言，皇帝却充耳不闻。韩文就是上疏最多的一个，他像热恋中的少女，真诚而不知疲倦地向皇帝袒露心声，试图用一片真心将君上唤回正途。可惜“襄王有意，神女无心”，皇帝就像个不羁的恋人，韩文越是劝谏，皇帝越是反着来。于是，韩文又像一个丧子的嫠妇，逢人就含泪欲滴，忍不住倾吐不幸：“我真傻，真的。我单知道下雪的时候野兽在山坳里没有食吃，会到村里来；我不知道春天也会有……”

李梦阳见状，不失时机地对韩文进行鼓动，并且亲自拟定了百官联名的奏章。

就在一切都朝着成功的方向迈进时，焦芳出手了。彼时的他已官至吏部尚书，身居六部尚书之首，但他深知只要刘健、李东阳和谢迁不倒，他就永远没有进入内阁的机会。大事件开始后，他为自己算了一笔账：若能在危急关头给刘瑾传个消息，日后刘瑾得势，他必定获得回馈，鸡犬升天。即便刘瑾失败，被送上断头台，因为他事情做得隐秘，也不必承担什么政治后果。这笔买卖稳赚不赔。

真相从来不会被掩埋，却往往来得太迟。水落石出之际，焦芳已在刘瑾的支持下赚足权柄，只待时机成熟便进入内阁。百官对这个害群之马已是束手无策。李梦阳的处境则截然相反，他立刻沦为刘瑾的头号死敌，注定难逃一劫。暴风雨的前奏就是他迅速被降职为山西布政司布政使，随即又遭免官。

那天，李梦阳背负着夕阳洒下的沉重余晖走在回家的路上。他瘦长的影子在地面上不停抖动，仿佛油锅里逐渐变形的荷包蛋。他步履凌乱，百感交集，想着自己如履薄冰为朝廷卖了这么多年的命，今天终于被开除了。

仰天大笑出门去，我辈岂是蓬蒿人。

燕然未勒胡雏在，不信吾无万古名。

呵呵，谎话，屁话，笑话！

他缓缓走进城西的胡同区。路上走街串巷的大多是官员的家眷，她们穿着不同于寻常百姓的绸缎衣服，但大多是陈年的旧衣，袖口被磨得轻薄透亮，勉强为衣饰的主人保留着一份摇摇欲坠、经不住推敲的体面。

这一带的民房大多被京官们租下作为住宅。在唐代，中央政府的官员一律由朝廷提供免费的官邸。至宋代，由于京官人数激增，就有一些品级较低的官员得自己租房，但朝廷会提供相应的租房补贴。而到了大明，朝廷对三品以下的京官一概不设官邸，他们只有自掏腰包租房，加上俸禄微薄，官员们没有办法，只得越租越偏，越租越远。他们每天天不亮就要起床，狼吞虎咽地吃下一张馒头馅儿的卷饼，然后撒丫子往班上跑。如果在京城的街道上看到有人跑得风驰电掣、意气风发，那若不是抓贼的捕快，就是大老远赶着去上班的六部官员。在上班早高峰的时候，他们还会成群结队地跑，场面甚是壮观。李梦阳以往总跟几个腿脚麻利的御史搭伴跑在第一梯队，不过以后他再也不用起个大早跑去上班了。

他走到自家门口，看到葱管儿正一脸无辜地站在紧闭的大门前，地上扔着两个包袱和一些衣服、杂物。

李梦阳苦笑一声："怎么，又被夫人赶出来了？"

"嗯。又被您的好夫人赶出来了。"葱管儿叹了口气，往旁边站了站。

李梦阳上前两步，狠狠拍打院门。院内传来家丁略带怯惧的声音："贾姑娘，您就别再敲了。夫人吩咐过，不许给您开门。"

"是我！"

里面闻言，急忙把院门打开。李梦阳走在前面，葱管儿哼着小曲儿，若无其事地跟在后头。

刚进堂屋，董婉的声音迎面而至："你们俩倒是同出同进，比翼双飞呀！"

李梦阳一声冷笑："同出同进又如何？比翼双飞又如何？她现在是这里的客人，以后未必不是这里的主子！"

他刚丢了官，心中怒火正炽，被妻子平白无故一句讥诮，当即不假思索反唇相讥。可话语一出口，他才惊觉失言，急忙用歉疚的眼神去看葱管儿。

后者早已把脸转到一边。

对面的董婉也吃了一惊，原本只是句不当真的酸话，没想到对方这么正经八百地抛了回来。她不知道李梦阳说的也是气话，只当他是蓄谋已久。好一个见异思迁的陈世美！

她声音又高了一些，却明显带着哭腔："她凭什么做这里的主子？且不说她现在还是个外人，就算以后真进了门，也要把我这个正妻当作舅姑来侍奉。你可别忘了，《大明律》写得清楚：'凡以妻为妾者，杖一百。妻在，以妾为妻者，杖九十。'"

"你跟我谈《大明律》？好好好！"李梦阳胸中的火药顿时被引成火海，厉声一喝，把兀自抹泪的董婉和正在发愣的葱管儿都吓了一跳，"《大明律》里说：'妻妾告夫，杖一百，徙三百。'你想去公堂上告我颠倒妻妾，自己先要吃上一百大板，受流放三百里之苦。你爱去便去！"

“你……你欺人太甚!”董婉一时气阻，猛地咳嗽起来，身子抖得像暴雨中的花枝。

李梦阳见状又忍不住心疼，本想要上前安抚，迫于胸中一股傲气，只是攥着拳头僵在那里。

葱管儿自知出面劝阻无异于火上浇油，也站着没动。

半晌，咳嗽声平息下去，转而是呜呜咽咽的啜泣声。

李梦阳还是僵着，走也不是，留也不是，窘得额头上冒出了汗珠。葱管儿见他那副狼狈的样子，幸灾乐祸地演起了哑剧，她挤眉弄眼，学着董婉的样子，用手指着李梦阳，不出声音，只用口型说着“李梦阳，你……你欺人太甚”。

“你也一边儿凉快去!”李梦阳压低声音，冲着葱管儿横眉立目。

后者撇撇嘴，学着猫的样子，蹑手蹑脚走出堂屋。

李梦阳原本满腔怒火，现在看到她滑稽的样子，竟忍不住扑哧一声笑了出来。他一笑不打紧，董婉登时哭得更凶了。

葱管儿转身，听到背后传来李梦阳的笑声，不禁也是一笑。她暗自感叹，这个男人日子过得挺不容易，能笑就让他多笑两声吧。

在朝堂上，李梦阳被宦官们多番整治。回到家中，他似乎更感落寞。

第四章　感情破裂的原因有很多

李梦阳的夫人姓董，单名一个婉字，是京城富商董进之的女儿。明代官僚和富贾之家往往会教女儿读书习字，因而这样的家庭也培养出不少能诗善画的才女。董婉便是京城里家喻户晓的一位才女。

当年，她的两句诗“犹忆早心轻似燕，素衣拥雪更谁痴”，引来无数京师学子追捧。李梦阳和康海两位文坛翘楚更是直接将一纸聘书送到了董进之的手上。

董进之久在商海，凡事最晓得审时度势，权衡得失，嫁女也不例外。他仔仔细细地将李梦阳和康海进行了一番比较。李梦阳是河南扶沟人，弘治七年的进士，先授户部主事一职，后又升任户部郎中，其父做过封丘周王府教授，总体来说，仕途发展还算不错，只可惜没什么背景，家境更是一般。康海是西安府武功县人，弘治十五年殿试第一，以状元之尊任翰林院修撰兼经筵讲官，其父做过平阳知府，书香门第，家道殷实。

单就家庭条件和发展前景而言，康海自然优于李梦阳。翰林院素来被视为内阁大学士的摇篮，康海任职于翰林院，对于他今后进入内阁而言，可谓占尽先机。但是，无论是在文坛还是在官场，康海都不及李梦阳活跃。进京以后，李梦阳积极参与各项政治和文化活动，才华尽显，风头强劲，大有成为京师青年官员领袖之势。

两人各有千秋，着实让董进之难以取舍。不过后来朝廷里发生了一件大事，终于引得董进之将筹码尽数押给李梦阳。

斗 虎

弘治十八年，李梦阳上疏弹劾寿宁侯张鹤龄与其弟建昌侯张延龄巧取豪夺，鱼肉百姓。奏疏一上，举朝哗然。其实，张氏兄弟的恶行早已传遍京师，只因二人是张皇后的兄弟，属于外戚集团的代表，而张皇后当时正得宠，所以御史们对张氏兄弟不置一词。

对于李梦阳的举动，外戚们先是错愕，继而是出离的愤怒：这李梦阳算个什么东西，居然连天家都敢惹？不给他点儿颜色瞧瞧，以后岂不是什么阿猫阿狗都敢来欺负我们？于是，外戚们开始疯狂反扑，他们给李梦阳编织各种各样的罪名，张皇后的后母金氏更是跑到孝宗皇帝面前哭诉，坚决要求将李梦阳处死。孝宗皇帝迫于一大家子亲戚的压力，只得将李梦阳革职，打入诏狱，却还是迟迟不肯问他的罪。

后来，身边的大臣见孝宗皇帝不忍重责李梦阳，就提出一个折中的办法，说不必重罚，权且打他几十廷杖，好让金夫人消消气。谁知孝宗皇帝连这也不肯，直接冲着尚书刘大夏指桑骂槐地说："你们若想借着廷杖的机会把人打死，那朕索性直接把这样的直臣诤臣给杀了，让你们称心便是!"接着，孝宗皇帝又把张鹤龄叫到跟前，骂了个狗血淋头。张鹤龄大惊失色，叩头如捣蒜。

不久，李梦阳被无罪开释，官复原职。

事情还没有结束。有一天，李梦阳正好在路上撞见张鹤龄。他先是毫不留情地将张一通大骂，末了，居然扬起马鞭，打掉了张的一对门牙。而张鹤龄的反应更是耐人寻味，他选择了忍气吞声，就此作罢。

谁都知道，外戚们横行霸道惯了，尽管京师里有权有势之人不计其数，却从来没人敢去招惹他们——毕竟他们和皇帝是一家子。可是这回，李梦阳竟让外戚"赔了夫人又折兵""打掉门牙和血吞"，足以证明孝宗皇帝对他的赏识偏袒到了何种地步。

董进之由此窥见李梦阳的手段和潜力，便不再犹豫，风风光光地把女儿嫁进了李家。

可世事难料。女儿嫁出去后，董进之对李梦阳却越来越不满，他看到李梦阳在官场中过于刚直，恃才傲物，年纪轻轻就把朝中的许多势力给得罪了。做官做官，何谓做官？不就是你好我好大家好吗？只做事情，不交朋友，官哪有这么当的？这不是自毁前程吗？

与此同时，弘治十八年五月，年仅三十六岁的孝宗皇帝因操劳国事、积劳成疾，最终撒手人寰。十五岁的太子朱厚照继承皇位。李梦阳积累的良好声誉—— 一笔极其庞大的政治资本，随着孝宗皇帝的驾崩化为乌有。

董进之觉得自己的如意算盘还是打错了，选择李梦阳终究是个错误。可他后来又听说那个康海自恃才华横溢，平日里比李梦阳还要盛气凌人，在朝中人缘更差。他这才稍觉宽慰了些，又不禁感慨文人墨客都是不识时务的死脑筋，下辈子再生女儿，一定不把她嫁给写诗填词的。

成亲头一年，李梦阳和董婉举案齐眉、琴瑟和谐，享受了一段花前月下、品酒论诗的惬意生活。可智者有言：“女人的虚荣心对一个男人要求得更多，而不只是做一个幸福的伴侣。”“情人眼里出西施”的热情一退，董婉刻薄、傲慢的本性就逐渐暴露出来。怎奈李梦阳骨子里也是个高傲的人，高傲和傲慢虽有区别，却都是不肯容人的。

董婉回娘家时，时常听到董进之抱怨李梦阳狂妄自大，得罪权贵。她只当父亲说的话是天底下最可信的道理，听罢也和父亲一样气不打一处来，甚至比父亲尤甚。向来妻凭夫贵，她觉得李梦阳如此作为不仅是在葬送自己的前程，更是在葬送她董婉的前程。他一个人自甘堕落也就罢了，凭什么拉着一大家子给他陪葬？这哪里是男子汉大丈夫所为？因此，她也开始隔三岔五地拿这些事数落他。李梦阳觉得又好气又好笑，心里只道她是妇人愚昧无知，懒得与她计较。

两人的分歧随后又蔓延到了文学领域，这在寻常夫妻而言是不可想象的。董婉本人诗词书画无不精通，因此，李梦阳每次有得意之作，都喜欢先拿给她看。一开始，董婉还算捧场，对一些出彩的词句不吝赞美之词。可渐渐地，她开始抿嘴，眯眼，做一言难尽、欲言又止之态，进而皱眉、摇头，甚至无可奈何地叹息。终于，她开口指点李梦阳了："这里我觉得太平……此处用词不够新……尾句的立意太普通……颈联我觉得你大可以这样改……"

李梦阳对此极不买账，再写出新诗词来干脆就不拿给她看了。董婉也不在意，直接去书房里翻他的诗稿，把修改意见写在他的稿纸上。这就让李梦阳忍无可忍了。俗话说，妻室是别人的好，文章是自己的好。对文人而言，有两样东西是绝不许人恣意贬损的—— 一样是床笫之力，另一样便是笔端之辞。

当时，文坛对李梦阳诗文的赞誉与日俱增，他也打出"文必秦汉，诗必盛唐"的旗号，提倡诗文复古，得到众多文人的积极响应。可董婉觉得李梦阳的诗歌气象太古，用词不够新，立意也不够巧，比不过自己。

"你看，康海的这两句'犹思暮作衔杯客，一野虫鸣满盏星'，技法圆融，意境曼妙，就胜过你十倍。"她更是经常这样在李梦阳面前夸康海的诗。她倒也没有别的意思，不过就事论事罢了。可这恰恰触犯了李梦阳的禁忌。

放着王海、张海、刘海、青海、法海不夸，偏偏去夸康海。康海何许人？昔日情场之仇雠！毁我而誉彼，岂有此理！

何况李梦阳向来认为，过分追求诗歌的技法，搭建结构繁复的文句，那是宋人。唐人作诗但求气脉贯通，浑然天成。

董婉是闺阁女眷，自然不喜欢李梦阳笔下的那些远山沧海、长河风烟。尤其是他还写边塞诗，总令她忍不住在心中鄙夷：上过沙场吗你？就知道凭空想象！她钟爱的是柔词丽赋，绿树红樱。正所谓“贵妇抱狗，不可能丑”。

还有一件事情让李梦阳欲哭无泪：董婉对房事毫无兴趣，李梦阳十次求欢，九次都被拒绝。即便偶尔同意一回，她也是硬生生地躺在下面，睁着一双大眼睛盯着他，憋着口气，哼也不哼一声，完全一副置身事外的样子，让李梦阳极为扫兴。

他对此提出严正抗议。

董婉觉得他莫名其妙，满脸不屑地说：“我想不明白，男女成亲就是为了做那种事吗？迦叶和妙贤成亲后，两人就是分床而睡，各自修行。不然迦叶怎能修成正果，成为佛祖座下的头陀第一？”

李梦阳冷笑：“迦叶、妙贤是为尽孝道而不得已成婚，婚后不能正大光明地礼佛，只好偷偷修行。现在可没人拦着你，你若有这份心思，明天径自去京郊的尼姑庵报到就是！”

董婉被他的蛮横无理气得哭笑不得：“你……你一个读书人，怎么整天满脑子都惦记这种事？你不思孔孟之道，只念床笫之欢，真是不思进取、不务正业！”

为这种事而争执本就极不光彩，被这么一说，李梦阳更是臊得满面通红，气急败坏道：“难道孔孟的后代都是从石头缝里冒出来的吗？”

他每次被董婉拒绝，就冲到院子里用冷水浇身，压制欲火。后来，他索性坚持洗冷水澡，寒暑不辍，没想到最后竟把多年来的哮喘治好了。为此，宫中的王太医见到他，总追着问："之前我让你尝试用我发明的'免疫调节疗法'治哮喘症，你死活不肯。现在怎么突然好了？你到底吃了什么灵丹妙药？"

李梦阳被缠得脱不开身，只好偷偷告诉他，自己每次想要行男女之事，就去洗冷水澡，只是他没好意思说是自己夫人不肯。

王太医于是怀疑李梦阳能力有问题。

"你脱了，我帮你诊断一下吧，你还年轻，尚无子嗣，总这样终究不是办法。"

"告诉你，我好得很，我没病！"李梦阳羞臊不堪，极力争辩道。

"没病你为什么行不了房事？没病你干吗用冷水惩罚自己？你就是能力有问题！不过你不用怕，这种病十有八九都属于心理障碍，只要你不是先天性的，我保准能治好你！"

李梦阳恨不得变成一根龙须面，钻进地缝里。

从此以后，李梦阳远远看见王太医，就像避瘟神一样转身就跑。

李梦阳真正对妻子感到恐惧，是从发现她鬼鬼祟祟偷看自己的信件开始的。

八虎掌权后，东、西二厂的特务人数成倍增加，侦查和监视的对象也从以往的四品以上官员扩大到所有京官和京城百姓。

东、西二厂除提督由司礼监太监担任，余下的官员和密探都是从锦衣卫那边拨过来的，而且挑选的全是狡诈奸猾之徒，总数起码超过三千人。

其中，负责监视探听的称为干事或者番子。虽然人数众多，但因为监视任务繁重，所以还在民间发展了大量的眼线，比如董婉。

最初，有东厂的番子找到董进之，要他配合监视李梦阳。董进之看到宦官们如日中天，而女婿又是如此不争气，说不定哪天就把自己这个老丈人给连累了。他心思转动，觉得帮东厂做事或许不是坏事，最不济，也能在将来女婿闯祸时，给自己和女儿留一条后路。

某一天，他把董婉叫回娘家，对她说："你的夫君年轻气盛，为人处世都太不成熟，说不定哪天就给自己惹来牢狱之灾。作为一家人，咱们很有必要了解他每日的动向，见了哪些人，说了什么话，好在关键时刻给他提个醒，防止他头脑一热，铸成大错。这是我董进之作为泰山和父亲的应尽之责。"

"可是，偷窥别人的书信总是不太好吧？"

"他是你的夫君，不是别人。再者，你不偷窥，他平日里干了些什么勾当，会主动和你讲吗？他那个人，总是一意孤行，自以为是，实际上所做之事，也未必都经得起推敲。"

董婉觉得父亲说得极有道理，尤其是"一意孤行，自以为是"八个字，简直说进了李梦阳骨子里。他们父女自然不会害他，看着他还不是为了他好？想到这里，她又不禁对老人家一番感念钦佩。

回家后，董婉就按照董进之的吩咐每天偷看李梦阳的文书和信件，再定期回娘家进行详细汇报。她天生记忆力惊人，几乎可以将信件原文照背。就这样，董婉稀里糊涂地变成了东厂安插在李梦阳身边的眼线。

而此时，另一个女人的出现，给李梦阳的生活带来了不大不小的改变，也让李家的后院更加乱成一团。

她叫贾敏，就是那个被唤作“葱管儿”的类似丫鬟的姑娘。她也是河南扶沟人，跟李梦阳是同乡，父亲贾洪在当地薄有田产。一年前，几个锦衣卫缇骑来到家中敲诈钱财，遭到拒绝后，竟将贾洪夫妇抓入狱中，罗织罪名，拷打致死。贾家由此家破人亡。

贾敏的哥哥贾杰是李梦阳少年时的玩伴，知道李梦阳在京中做官，于是，就带着妹妹一路来到京师，想拜托李梦阳帮忙打官司申冤。可祸不单行，贾杰因为郁愤难平，加上旅途中风餐露宿，染上寒疾，住进李家还不到半个月就病逝了，只留下了一个孤苦伶仃的小妹。

据贾杰去世前回忆，贾家人丁不旺，几乎没什么亲戚，兄妹俩只有一个舅舅叫凤双喜，之前在衡州府街面上开米行，与贾家已有五六年未通音信，不知近况如何。衡州府隶属湖广布政司，李梦阳只好给在湖广做官的朋友写信，托对方帮忙打听凤双喜的下落。可京师与湖广远隔三千余里，别说寻人，单是书信往来就要耗费诸多时日。

贾敏于是不得已在李家长住下来，每日既像客人一样跟李梦阳夫妇同桌吃饭，也不辞辛劳地跟着下人一起干活儿。李梦阳开始拦着，毕竟对方在自己家中也是小姐，出来进去都是别人服侍的。但贾敏生性有几分要强，她自知自己和李梦阳非亲非故，对方肯收留自己已是顾念旧情，自己怎么能心安理得地白吃白住呢？于是，她把家中的浆洗、针线一类的活计都揽了过去，还帮着下人一起买菜烧饭，总之是要抵过自己的食宿开销。

李梦阳觉得这样太对不起故去的朋友，可后来实在拦不住，也只好随她去了。长此以往，下人拿她当半个主子，董婉拿她当半个下人。

她模样生得不错，人也灵巧，只是入女学馆时间很短，只学会了写字认字，这在寻常家庭的女子中已算难得。董婉素来轻视不通诗书的女子，认为有无学养足以将女子划分为两个等级。男子尚且如此，女子尤甚。于是，她给贾敏起了个诨名叫葱管儿，表面上是夸她出落得水灵，像葱管儿一样娇白翠嫩，实则是暗讽她胸无点墨，空空如也。贾敏自然不知其意，她只当是年长几岁的姊姊给小妹起个了昵称，这在自己老家也是常有的事，因此并不以为意。

葱管儿对自己当下的处境也看得很透。她孤身一人流落京师，不得已过着寄人篱下的生活。虽自己还有一个舅舅，毕竟下落不明，能不能找得到尚且是未知数，眼下唯一能仰仗的似乎只有李梦阳。纵然有一千个尴尬、一万个难堪，也再无其他办法。好在她的女红和厨艺都还不错，做些日常家务绰绰有余。若是舅舅没找到，以后大不了在李家做个下人，尽管辛苦些，还要看主子的脸色，总好过流落街头。不过，眼下终究还没到那一步，她并不自轻自贱，也没因为从小姐沦落为下人而伤感，加之生性活泼，脾性中自有几分洒脱与豁达，所以她既能与李家上下谈笑相处，也不失却不卑不亢的气度。

李梦阳也乐于有葱管儿这样一个小妹和朋友。董婉每天就知道伏在窗前吟诗作对、伤春悲秋，才情固然值得钦佩，却也平添了一道人与人之间的屏障。必须承认，文学有时候是很私人化的东西，文字中寄寓的情感未必总能共通，远比不了一曲清笛、半窗明月，因为后者传达的意境是朦胧的、未被定义的。从这个角度来说，他似乎也理解为什么董婉不喜欢他的诗了。与董婉不同的是，他并不试图在这一点上改变对方。

相比之下，葱管儿走到哪里都蹦蹦跳跳，充盈着单纯轻快的活力。她不深奥，不使人有压迫感。她还时常兴致勃勃地给李梦阳讲些笑话，她的笑话很傻，又被她说得颠三倒四，但李梦阳总能第一时间听懂其中的意思，两人一起笑得前仰后合。

李梦阳有时也会感慨男人的反复无常。想当初，他正是因为董婉的才情而对她心生爱慕。如今日子久了，反倒又因为她的才情而感到疏离，觉得她那些情思看不见、摸不着，高山流水般地悬在空中，太清冷，比不了眼前的人间烟火，更温暖，更松弛。他能察觉到其中的讽刺意味，可他依旧控制不住自己的喜恶爱憎。这一度令他感到困惑和迷茫。

葱管儿很喜欢说话，李梦阳与她话题很多。按理说两人不该有共同话题才是。他们会煞有介事聊一些有的没的，云山雾罩、似是而非，聊没聊出什么结果不重要，漫无边际的对话让彼此都很愉快。

有好几次，他很想问她："怎么我们分明相识不久，却像共处了许多年？"可他每次都把要出口的话咽回去。有些话本就是字面意思，可一旦出口，含义就变浓厚了。

后世贤者有书云："男人憧憬着一个女人的身体的时候，就关心到她的灵魂，自己骗自己说是爱上了她的灵魂。"这话既可信，又不可信。

至于还有其他地方——关于董婉和葱管儿，本也可以比，可李梦阳不敢再比下去了。

人和人是不能总拿来比较的，不只没有意义，也没有好处。一个人在眼前，另一个人在天边，当你萌生出拿这两个人作比较的念头时，往往还没有比，眼前的那个就已经输了。

李梦阳的反常很快就被董婉察觉。她有意含沙射影地说一些酸话来敲打他，并管这叫"密网裁而鱼骇，宏罗制而鸟惊"。李梦阳竟有些心虚，略微争辩几句，就躲得远远的，不再理她。

她还找一些借口来寻葱管儿的麻烦，管这叫“虏骑闻之应胆慑，料知短兵不敢接”。葱管儿知道董婉是为何事发作，换成其他事，她也就忍了，偏偏是为了这种事！若是一味忍气吞声，岂不显得自己心里有鬼？所以，每次董婉说两句还行，说多了她就要反唇相讥。她一咬牙，在心里盘算道：“老娘暂且在这里等舅舅，将来若是等不到，大不了去街上讨饭!”因此，也不再考虑以后要不要给李家当下人的事了。由是两人常常吵得不可开交。最后，董婉干脆把葱管儿的衣服、行李都丢到院外，把她从家里赶出去。这样的争斗发生了好几回，真令李梦阳焦头烂额。

第五章 首辅之忧

一五〇八年的春夏之交，京师的局势继续朝着文官集团难以掌控的方向发展。身为内阁首辅的李东阳向来以远见卓识著称，如今的他也是黔驴技穷。八虎对朝臣百般戕害，同僚中不断有人惨遭横祸、家破人亡，李东阳根本援救不及。他所能做的，至多是让对方所受的责罚轻一些，罪名重的不至于丢掉性命。

现实照进梦境，李东阳开始不断地做梦。梦里，刘瑾总是给他制造各种始料未及的难题，然后蹦蹦跳跳、扭腰摆臀，回过头来一脸顽皮地冲他魅声道："公公的心思东阳你别猜，别猜别猜，你猜来猜去也猜不明白，不明白。"李东阳怒不可遏，发出一声号叫："我猜你姥姥！"同时，他也被自己的号叫声惊醒。

可李东阳毕竟已年过花甲，夜夜降临的梦魇使他苦不堪言。他不得已求助于太医院。他告诉王太医，自己每晚都梦到同一个人和同样的事。

王太医一拍大腿，笃定地说："那您恐怕是爱上那个人了。"

"这绝不可能！"

"或许是真的呢。没必要避讳这种事。老年人的心智安康也是需要被重视的。您跟我讲讲那是哪位大妈，我帮您分析分析。"

"反正就是不可能！我也不会告诉你那个人是谁。"

"那应该属于第二种情况了——您对那个人恨之入骨。"

"这倒差不多。"李东阳没有否认这个结论。

“我给您开一味药，药到病除。”

“哦？真能如此灵验？还请先生赐教。”

“这味药名唤孔雀胆，是斑蝥的成虫经干燥处理而得，颜色、外形都跟孔雀的胆极像，故有此名，药性剧毒，服之可死。”

“你……你这是什么意思？”李东阳大惊失色，脸上的皱纹瞬间扭曲成一道道沟壑，似又遭遇了一场严霜，生生地僵在那里。他疑惑地看向对方的脸，发现一对猎隼一样的冷峻眸子正朝自己射出道道寒光。

“意思就是，您可以用这奇毒无比的孔雀胆将那位害得您难食难寝的人送入九泉。若您办不到，那就索性自己服下，一了百了。”

李东阳顿时读懂了对方的言外之意。

他羞愤难当，落荒而逃。

从八虎掌权至今，大学士刘健、谢迁，尚书刘大夏、韩文、杨守随、林瀚，都御史张敷华、戴珊，总督杨一清，郎中李梦阳，主事王守仁、王纶、孙檠、黄昭，还有几十位给事中和御史，这些人都或死或走。李东阳唯一能做的，就是在刘瑾打算痛下杀手时，尽量从一旁劝解，为他们求个活命。为了维系与刘瑾的和睦关系，他被迫附和对方的许多政见，甚至还要应邀写一些歌功颂德的文章。

李东阳委曲求全的良苦用心并不能获得朝中那些正直官员的谅解。最近几个月，不断有官员站出来指责他“摧眉折腰事宦官”，丧尽士大夫的风骨，不配做百官表率。李东阳有个叫罗玘的门生，更是直接上疏弹劾李东阳尸位素餐，有负皇恩，建议他告老归田，并要放弃自己李东阳门生的身份。

所有这些来自同僚的批评，无不令李东阳心如刀绞。他本来就不是个贪恋权位的人，尤其是在这种动荡时期，他更加不愿每日与宦官共事，自毁声誉。事实上，从一五〇六年十月到一五〇八年三月，李东阳已经先后五次向皇帝递交辞呈，始终未获批准。

他最初不理解皇帝的决定，后来渐渐悟出了其中的用意。同时，他还想明白了一件事——当初三位大学士一起递交辞呈，皇帝为什么唯独把他留下来。

当今圣上涉猎广泛，音乐、射箭和骑马无不热衷，尤其对军旅生活心驰神往，一直希望做一个冲锋陷阵的将军。在文官们看来，这些追求无不与皇帝的身份格格不入。他身为天子，理应养尊处优，温和沉厚，德润万方。圣上或许认同这一点，但他偏偏不甘心。百官阻止他实现愿望，他便要借助宦官来打击百官。警告性的打击如果收不到令人满意的效果，那就进行破坏性的打击。

让八虎掌权后，圣上又故意留下他与八虎周旋。圣上深知他处事柔和，再加上势单力孤，必定不是八虎的对手。但只要有他在，朝政即便千疮百孔，却不至于分崩离析。一股占据上风的宦官势力和一个能够勉强对宦官形成牵制的文官集团，正是圣上最想要的。

所以时局走到今天这一步是因为……一个天生不适合做皇帝的人，却偏偏坐在皇帝的位置上。

想到这里，李东阳赶紧掐断念头。这些事想想已是大不敬。

这就是现实，酷烈、灼心的现实，任谁也无法改变的现实。旅行从一开始就误入歧途，自然很难看到期待的风景。

被革职后，李梦阳大门不出，二门不迈，整日把自己关在书房里练习书法。董婉对此大为不快。她觉得李梦阳是在逃避现实，自暴自弃。但她又不敢把这种想法说出来。上次吵架时，李梦阳扬言要让葱管儿做家里的女主人，这话被董婉听进了心里。为此，她近来言行收敛了很多，对李梦阳处处谦让。

到了晚上，床榻之间，她甚至还会主动迎合李梦阳。以前，她可以任由李梦阳跑到院里冲冷水澡。现在，她害怕李梦阳一旦走出卧房的门，转身就进了葱管儿的屋。

李梦阳偶尔离开书房时，董婉会溜进去转转。她现在每次都带着葱管儿一起，目的是给自己打掩护。她们一前一后，像两只溜进鸡舍的黄鼠狼，既紧张又兴奋，藏着一探究竟的野心，并做好随时抱头鼠窜的准备。也幸好李梦阳没在地上和桌上藏老鼠夹子。

董婉拿起桌上的一沓沓宣纸，皱眉道：“他这练的是什么体？大家都知道，他向来书法专攻颜真卿，写得一手好颜体。现在这字怎么又瘦又怪？”

葱管儿也凑过来看那些字，她把眼睛睁得很大，看看这一张，又看看那一张，最后一脸疑惑地说：“没有呀。我觉得都挺好看的，写得多工整呀！”

董婉白了她一眼：“你懂什么？”又说道：“他这人现在越来越古怪。字也好，人也罢，都不可理喻。”

葱管儿吐吐舌头，不再说话。

两人翻来找去，没看到有什么新奇物件，又担心李梦阳随时回来，只得败兴而归。

董婉密切监视着李梦阳的信件往来，一直没有发现异常，都是些诗词唱和，以及朋友间的日常问候。她开始还很不甘心，但转念一想：“没发现问题是好事，说明他最近变安分了。”随即她又感到高兴。

好景不长。到了五月底，董婉发现李梦阳再度不安分了。字练得越来越少，经常偷偷摸摸写一些东西，刚写好就烧掉。终于有一次，她趁李梦阳外出练五禽戏，在他的一堆书稿中找到两封用火漆封口的信。她知道当中必有蹊跷，却不敢随意拆开。火漆一旦被破坏，她的行为也将随之败露。于是，她命令下人把信火速送到董进之的府上。

一个时辰后，董进之差人把信送回来，并且告诉董婉，信里的内容他已看过，并无要紧的东西。董婉看封口处的火漆完好无损，想不明白董进之是如何做到的，不免感慨父亲的神通广大。

董进之自然没有这样的神通。复原火漆印是东厂的手笔。

秦汉时期，人们还在使用竹简作为书写载体。当时给竹简封口的办法是先涂上泥块，再往泥块上加盖写信人的印章，最后将泥块烤干，称为封泥。封泥后来使用的越来越少，取而代之的是火漆印。方法是先取来小块的火漆，加热熔化后，滴在信件的封口处，再盖上印章。不过，到了明朝，东、西二厂的工匠们开始掌握火漆印的还原之法，真正做到了雁过无痕，巧夺天工。

董进之没对女儿说实话，信中所述并非无关紧要，而是非同小可，甚至让东厂提督丘聚大为震惊、恐慌。

从内容可以看出，其中一封信是李梦阳写给刘瑾的。信中提到，李梦阳之前托人给刘瑾送去六万两银子，当中五万两是杨一清孝敬刘瑾的，目的是拜托刘瑾将其官复原职。余下一万两是李梦阳本人送的，希望刘瑾不计前嫌，不再追究他以往的过失。

另外一封信，经丘聚辨认，是刘瑾的亲笔信，所言则更加骇人听闻。

信里提及刘瑾已着手安排宦官黄伟的升迁事宜，待把丘聚调离东厂提督之位，就让黄伟接管东厂。至于为什么要把信送到李梦阳那里，从当中的一些说辞来看，好像是黄伟和李梦阳曾是旧交，黄本人和刘瑾又不大熟悉，所以安排李梦阳作为中间人，代为操办此事。

第六章 春风不度奉天门

掌刑千户谭文首先对两封信的真实性提出疑问："杨一清官居二品，每月俸禄不过六十一石。李梦阳一个五品官，更是只有十六石。这点可怜巴巴的俸禄，说得难听一点儿，还没咱们东厂的番子办个案子收的孝敬钱多。杨、李二人哪来这么多的银子往上送？我看信中所述，未免夸大其词。"

谭文的担忧不无道理。大明官俸之微薄，为历朝历代之最。首先是明朝的薪俸标准本来就定得很低。其次，在发放过程中，还会经常拖欠或变相克扣。拿宋朝来说，宋朝官员的俸禄主要是以现金形式发放，兼以米粮。此外，柴米油盐酱醋茶等各类日常用品，全部都有相应的补贴。到了明朝，俸禄主要以米粮的形式发放。随着朝廷财政状况的日益恶化，粮食开始被折算成银两发给官员，称为折色。这种折色要远低于市场价。举例来说，李梦阳每月的十六石俸禄，到手的可能只有八石，另外八石被折合成银两，但折合的这些银两在市面上只能买到两石粮食。折合成银子还好，有时官员的俸禄会被折合成香料等极不实用的东西，堪比鸡肋。

再到后来，香料也没有了。俸禄的相当一部分都以大明宝钞的形式兑现。这种纸币由宝钞提举司印制，发行于明太祖洪武八年，上书"大明通行宝钞"的字样。它在使用过程中不断贬值，到了正德年间，几乎跟废纸没什么两样。民间再度使用金、银和铜钱作为货币，大明宝钞名存实亡。官员们拿到这样的"俸禄"，简直要怀念之前用香料的日子了。

被克扣后的俸禄，供养一家老小的吃穿用度都十分勉强，再要应付官场中的人情往来，就万万不够了。这样便催生了一系列不成文的规定：地方官靠向民间征收各种附加税来贴补收入。京官中有一些位高权重的，可以定期收到地方官馈赠的财物，用以填补开支。还有一些收不到馈赠的呢？毫不夸张地说，李梦阳经常哼的那首歌——“手里捧着窝窝头，菜里没有一滴油”，便是其日常生活的真实写照。

饶是如此，听了谭文的话，丘聚还是不禁冷笑：“你也知道连你手下的番子都会收孝敬钱？他杨一清经营陕西边防这么些年，难道就没攒下一些家私？”

他略一沉吟，话锋一转：“虽然光靠收礼，要筹集五万两也难于上青天，但有一点你可能不大清楚，历朝历代，朝廷都允许地方官占有一定的官家田产，称为‘职田’。经营职田所获的收益往往不菲。我朝开朝以后，地方官员的职田被尽数收回，唯独允许守边将领保留职田。向来说‘关中之地，沃野千里’。杨一清久在陕西，若想从职田中抽些银子，五六万两还是办得到的。李梦阳的一万两想必也是杨一清资助的吧。毕竟李梦阳是杨一清的得意门生。再说，刘瑾的亲笔信就摆在这里，我又找来几个人辨认，绝无差错。”

“话虽如此，可这信是李梦阳的岳父送来的，来路蹊跷，所述更是骇人听闻。整件事看似顺理成章，却又处处透着可疑。”谭文仍然坚持。

谁知丘聚语气一变，厉声喝道：“谭文！事到如今，你还不明白吗？我何尝不知这件事疑点重重？但宁可信其有，不可信其无。我们东厂和西厂早晚有兵戎相见的一天。刘瑾既然要挺谷大用，那就是再不把我丘聚当兄弟。我知道你做事向来谨慎，但如果换成是你，你会怎么做？”

谭文沉默半晌，叹了口气，拱手冷淡道：“先发者制人，后发者制于人。”

李东阳府上来了一位不速之客。

丘聚一边品着三才杯中的武夷岩茶，一边无关痛痒地闲谈，令李东阳越发好奇他的来意。大约过了一刻钟，丘聚放下盖碗，正了正身子，笑吟吟问道："阁老可知道，我来拜访您之前，先做了件什么事？"

"老夫不知，还请提督大人明示。"

"我刚杀了我的副手掌刑千户谭文，外加二十几名贴身干事。他们一半都是我的得力干将。"

"什么？你……这是为何？"李东阳难以置信地看向对方。

"这件事确实令我痛心疾首。虽说'家丑不可外扬'，但丘某并不把阁老当外人。我刚刚得知，谭文和那二十几名干事全都是刘瑾和谷大用安插在我身边的眼线。等到时机一成熟，他们就会里应外合将我拿下。"

李东阳心想：这就对了。这才是这只老虎此行的真正原因。早就听闻他和谷大用为争权而反目，只是没想到当中还牵扯着刘瑾。

"本来丘某人和谷大用一道给圣上办差，我只愿与他勠力同心，不负皇命所托。无奈谷、刘二人咄咄逼人，处心积虑置我于死地，好大权独揽进而胁迫圣上。他二人媚主欺君、残害忠良已非一日。我看在眼里，只恨没机会为社稷除害。我知阁老对他们的滔天罪行也是深恶痛绝。如今大义当前，我们何不联手将他二人铲除，共保大明万代江山？"

李东阳长叹一口气。这已经是第二次有人提出要跟自己联手诛杀刘瑾了。之前那次是杨一清。连杨一清那种正直刚勇之士，自己尚且拒绝，何况眼前这个阉宦？丘聚和刘瑾、谷大用根本就是一丘之貉，现在分赃不均，才有了这么一出大戏。

换成刘健或者杨一清，一定会对此事加以利用。李东阳则不然，他认为推波助澜远比不上隔岸观火。曾有人说："大难临头之时，你可以与魔鬼同行。"李东阳对此绝不认同。在他看来，与狼共舞实非明智之举。因为即使行动成功，权力也极有可能被新的邪恶势力接管。倘若行动失败，自己就会和声名狼藉的盟友一起遗臭万年，永远丧失自己的立场。与狼共舞之人，向前一步就粉身碎骨，后退一步便万劫不复。

李东阳告诫自己，绝不能在丘聚的计划中扮演任何角色。

他正色道："提督大人若真有志向为大明江山惩奸除恶，老夫与天下万民都将铭感于心。老夫自然有心相助，怎奈如今有职无权，府中无一兵，麾下无一卒，恐怕无法助大人一臂之力。"

丘聚毫不气馁，他起身行了一礼，抱拳道："阁老能体会我一片赤胆忠心，我当真感激不尽！我要杀刘、谷二人，自然不会大张旗鼓地跟他们硬拼。只不过真要动起手来，我必须有所防范。这几年，西厂大肆招兵买马，实力已经在我东厂之上。兵部尚书刘宇是刘瑾刚提拔起来的同党，所以真到危急存亡之际，兵部在京师的人马也会把矛头指向我。神机营都督张永和谷大用多有往来，即便不帮他，也必定不会帮我。如今倒是五军都督府还剩下一批人马，或可成我之助力。但要说服都督府那群将官老爷，恐怕只有阁老您能办到。"

"提督大人恐怕是抬举老夫了。实不相瞒，依我看，五军都督府的人一来不愿介入，二来也绝不会听从我的游说。此路断然不通。我唯一能承诺大人的，就是如果失败，我会带领内阁和六部官员力保大人性命。"李东阳的声音铿锵掷地，不容置喙。

丘聚本想再说些什么，见李东阳态度坚决，只得作罢。李东阳的承诺对他多少还有些价值。可是，真到了那一步，李东阳会言而有信吗?

东厂的果断出击首先由一本匿名的奏章开始。

六月初九，正德帝朱厚照按照惯例来到奉天门，准备举行早朝。这是明成祖朱棣定下的规矩，早朝一律在奉天门举行，称为御门听政。

那天早朝开始之前，朱厚照发现台阶上无端端放着一本奏章，于是命人去捡过来。打开一看，里面赫然列着刘瑾的数十条罪状。他一条条看下来，嘴角渐渐浮上一丝浅笑。笑罢，他把奏折递给刘瑾，轻描淡写地说："你来处理吧。"

刘瑾接过奏折，还没等看完，就气急败坏地夺门而出，冲阶下的群臣怒喝道："圣上有旨，所有官员一律到奉天门外跪着，听候发落!"

等待上朝的几百名官员像被牧羊犬驱使的羊群，半带懵懂，半带惶惑，全都跪倒在奉天门外。张永、黄伟、李荣等一批宦官奉命在场监视百官的一举一动。

这便是震惊朝野的"奉天门事件"。

烈日移至中天，酷热渐渐织成一张火网，封印住这一方天地。人如釜中蝼蚁，受烈焰烘烤，片刻不得解脱。很快就有十几名官员昏死过去，被侍卫拖走。

宦官黄伟实在看不下去，冲百官喊道："奏折中所写，无不是为国为民的真话、硬话。写这封奏折的也必定是一条好汉！好汉既要敢作敢为，还要敢作敢当。这个时候干脆自己站出来，何必连累这好几百口子？"

"混账!"刘瑾闻言，怒火登时冲到头顶："他算哪门子的好汉，连大名都不敢亮！这种人就该一头在宫门上撞死，居然还有脸来圣上跟前告黑状！”说完，带着一群宦官返回奉天门内厅。

时过午后，炎热逐渐达到顶峰，除少数几位平时爱好汗蒸的官员，余者无不叫苦不迭。白居易笔下“足蒸暑土气，背灼炎天光”的场景可不是为文弱书生们设计的。

张永怕真热出什么好歹，便让大家起身休息，又派人去冰窖里取些冰块，冰镇了西瓜分给众人消暑。

官员们刚吃了几口，只听黄伟喊道：“快跪下，刘太监回来了！”

大家急忙把瓜扔掉，再度跪成一片。

刘瑾看到满地残瓜，知道在场的除了张永，再没人敢如此违逆他，当即气息急促，咬牙切齿道：“看来世上还真有‘千处祈求千处应’的活菩萨，今儿个又发的是什么善心，跑到奉天门来普度众生了。我倒想看看他是尊真菩萨，还是尊泥菩萨！”说完，刘瑾再度返回内厅。

黄伟凑到张永耳边悄声道：“等着吧，还不知道怎么跟皇上编排你呢。”

张永面庞上依旧是一副不惊不惧的神态：“有皇上在，他还欺不到我的头上。”

这样一直耗到傍晚。朱厚照耐不住无聊，跑回后宫玩新学会的游戏“明军荣耀”去了。刘瑾一直查不出结果，干脆叫来锦衣卫，将奉天门外的三百多位朝官一个不落全部带进诏狱。

看着官员们远去的背影，刘瑾陷入沉思，他实在想不出这群平日里唯唯诺诺的窝囊废里，有谁能生出这么大的胆子。突然间，一股电流从心头迸射，迅速流转全身，他禁不住一激灵，转头望向张永，眼神像牢牢嵌进石缝里的铁钩，牙齿上下碰撞，咯咯作响。

张永一惊，知道刘瑾这是怀疑到自己身上了。他哭笑不得，是因为自己今天帮了百官一把，才引火烧身吗？或许跟帮他们没什么关系，早晚都有这么一天。

他也懒得解释，满怀轻蔑地回敬了刘瑾一眼，拂袖而去。

刘瑾望着张永颀长的身子逐渐消失在暮色中，素来对他的不满一时间尽数升腾汇聚，终于凝结成胸间的一团黑云。他气势汹汹地念叨着："张永呀张永，你就烧香拜佛吧，千万别被我抓到把柄！"

奉天门的夜色像温润的泉水从玉瓶中倾泻而下，静静滑过宫门内外的每一面墙壁，每一块砖石，铺满所有的宫道。官员们白天滴落在地上的汗水、泪水、口水及其他不明液体，都已被赶来打扫的宫人冲刷干净。这场风波的余热却未散去，反倒像无主的游魂，携带着许多人的狐疑、忧思、惊惧、不平、侥幸和期许，四处逡巡，暗中躲避，只待将路过的无知莽汉惊上一跳，或是跟在哪个寡德之人身后，出其不意地朝其屁股踹上一脚。

刘瑾打道回府，轿子刚出宫门，突然听见前方传来一阵匆忙的脚步声。他掀起轿帘，看到十几个番子快步走来，转眼即至。

领头的一个上前说道："奉东厂提督大人之命，请刘太监前往一聚，有要事相商。"

请人可不是这么请的。刘瑾顿时警觉起来："要谈什么事，让丘聚亲自来找我。"

"督主有令，刘太监非去不可！"十几个人像一张迅速收拢的捕兽网，将刘瑾的轿子团团围住。

刘瑾终于知道那本奏章是出自何人之手了，但一切都已太迟。他只能被这队猎手挟持着走向东厂的囚笼。

第七章 像食材一样被摆布

夏天的晚风总是温热而舒缓，贴上面颊时，使人不禁产生昏昏欲睡抑或薄酒微醺的错觉。而人在坠入昏沉或微醉状态时，常会看见消逝的时光。

刘瑾那天走在去往东厂的路上，丘聚的手下在他四周组成了一道人墙。风从墙的缝隙里钻进来，用轻柔绵密的触手抚摸他，使他感到阵阵眩晕。

“一切有为法，如梦幻泡影，如露亦如电，应作如是观。”某一瞬间，刘瑾仿佛真的看到了过去，看到了自己五十多年来走过的梦幻泡影般的生活。他惊奇地发现，自己五十年来过得虽然动荡起伏，却极其空洞。他一直都只在做一件事——当宦官。六岁时，他成了小宦官。年轻时，他是受人欺负、供人驱使的低等宦官。中年后，他成为东宫最得宠的宦官，为取悦太子朱厚照，每日绞尽脑汁、百般逢迎。朱厚照即位后，他一朝青云直上，成为当朝权势最大的宦官，作为宦官中的最高级，被所有人尊称为太监。而现在，他即将成为一个被同行暗算而死的倒霉宦官。

是非成败转头空，天意弄人几多！刘瑾想，如果生命还能继续，他一定要动用所有的力量，冲破这道藩篱，撕碎这该死的身份。

他在回忆和现实的交织中咀嚼着痛苦，直到被一阵凛凛的杀气打断。人群越走越近，逐渐在视野中清晰起来。他身体剧烈颤抖，生的欲念从脚底向上升腾。

“来呀！把他们的兵器都给我缴了！”谷大用一声令下，西厂的大批人马一拥而上。

东厂的番子们见对方人多势众，不敢造次，纷纷缴械投降。

谷大用走到刘瑾面前，拱了拱手，说道："丘聚派了三路人马，想要拿我，都扑了个空。"

刘瑾面色苍白，淡淡道："我还以为你来不了了。"

谷大用扭头看了眼东厂众人，问道："这些人怎么处置？"

"就地正法。"

第二天一大早，刘瑾和丘聚先后进宫面圣，对彼此进行了无比激烈的参劾。最后，又是刘瑾占据了上风。不过，朱厚照不同意将丘聚处死，而是把他贬到南京，让他去给太祖朱元璋守陵。

朱元璋与马皇后的陵墓位于紫金山南麓的独龙阜玩珠峰下，占地广阔，气势恢宏。整个工程前后共用了二十五年，取名为孝陵。守陵军队达五千六百余人，整整一个卫的编制，人称孝陵卫。丘聚正是去做这支孝陵卫的长官。

孝陵除了布局严谨、建筑雄浑，还有一个奇特之处，就是其中放养着千余头长生鹿。鹿自古便象征着长寿与吉祥——道教的寿星和佛教的燃灯佛都以鹿为坐骑。明代皇帝在祖陵中放养鹿，以此寄寓皇族和王朝长寿长生的美好愿景。但所有的美好愿景都不属于丘聚，他从此万念俱灰，再也不愿与人打交道，每天混迹于鹿群中，时而声声狂笑，时而痛哭不止。他只恨自己先是从人变成鬼，后又被群鬼所抛，沦为半人半鬼的异兽。

八虎内斗，丘聚的表现多少令李梦阳有些失望。他原本打算借丘聚之手铲除刘瑾。为此，他一连数月闭门不出，将刘瑾的笔迹临摹到了真假难辨的程度。接下来，只需要编个故事，引丘聚上钩即可。这个倒不难，原本就互相猜忌的两个人，是最容易被挑拨的。

目的虽未达成，但他转念一想：把丘聚赶去了南京，八虎去其一，也算有所斩获。

至此，李梦阳清楚地认识到，他已经做完了自己当前所能做的一切。回想刚入仕途时，他以为凭借自己的才干，足能匡扶社稷，致君尧舜。可经过这几年的动荡，他发现自己不过是无边暗夜里的一点烛火，所照不过五步，挥手即可熄灭。好在杨一清给了他这条锦囊妙计，让他觉得哪怕是烛火，也可以出其不意地点燃老虎的尾巴。

他预料到即将面对的一切。虽然这次刘瑾被玩弄于股掌而不自知，但李梦阳作为大事件军师的身份毕竟已经暴露，大事件害得八虎险些身首异处，只要刘瑾腾出手来，必将与他不死不休。

见到凤双喜后，李梦阳发现对方虽然是个五大三粗、满脸髭须的汉子，待人接物却极和善，说话时细声细语的，每提及姐姐一家，眼泪就止不住。聊了半个时辰，几乎全是在看他擤鼻涕抹眼泪。他刚从衡州府日夜兼程赶来京师，长途跋涉的辛苦和失去亲人的悲伤此时全部化作滚滚泪水。

李梦阳很想嘱托他好好照顾葱管儿——现在她又变回贾敏了，但想到他们本就是一家人，自己或许连朋友都不算，嘱托的话又从何说起呢？

他知道，人与人之间的相逢有很多种，没人说得清短暂的交会于生命而言究竟有怎样的意义。十之八九的故事没有结局，十之八九的人没给你答案，十之八九的约定不再有后续。若不是某一秒的无意对视在心口烙下了印子，许多事情倒可以假装从未发生过。最后，他甚至连一句“多多珍重”都没有说出口，只是执意送了凤双喜一些盘缠。

他不知道的是，董婉和贾敏曾有过一次开诚布公的畅谈。谈话的最后，董婉问贾敏是否愿意嫁给李梦阳。她犹豫了一下，莞尔一笑，说道：“不愿意。你丈夫也不会愿意。”

董婉没有把这段对话告诉李梦阳，而是也问了他同样的问题。李梦阳摇摇头，苦笑一声：“不愿意。贾姑娘也不会愿意。”

送走了贾敏，李梦阳还要与妻子进行一场漫长的告别。

一五〇八年的夏天结束了，灼人心神的燥热终于偃旗息鼓。朝野的形势却没有丝毫好转，所有关于朝纲重整、玉宇澄清的希望都渺茫得令人心灰意冷。一如对着空谷高喊出愿望，最终送回的只是自己的声音。

午门之下，李梦阳被压伏在地。左右两边立着宦官和锦衣卫各三十人，衣装整肃，气派威武。正中的老红木镂空雕花太师椅上坐着监刑官——新任东厂提督马永成。文武百官则挤成一团，站在西边的台阶上观刑。

历代用刑的场景很像大户人家的后厨，只不过选用的食材不再是肉禽鲜蔬，而是一个个活生生的人。在外儒内法的权力运作模式下，甚至不用商鞅、韩非、李斯这些法家人物出场，君王们个个激情洋溢、天马行空地炮制出各种料理人的方法——剁成块儿（俱五刑）、切成片儿（凌迟）、穿成串儿（棍刑）、熬成汤（烹刑）、做成酱（醢刑）……他们极尽凶残暴戾之能事，誓要将超乎极限的痛苦施加到忤逆者身上。

李梦阳前两日已获知将被廷杖的消息。这几年，“先廷杖，后诏狱”基本上已成为获罪官员的标准待遇——当然，如果在廷杖环节就被打死，也就用不着再进诏狱受苦了。

能否在廷杖中活命，跟事先有无防备有很大关系。事先不知情，突然被拉去打的，惊恐之下，往往会被打死。如果提前获知了消息，暗中做些防护措施，结果又大不一样。最早的廷杖都是隔着裤子打，只要不被监刑官发现，黑色皮裤甚至铁裤衩都可以穿在里面。从刘瑾当道开始，为了羞辱百官，廷杖时一律扒下裤子。受刑者不仅春光乍泄，小脸一红，还不能再利用物件暗中隔挡，被打死打残的风险急剧上升。

昨夜，王太医给李梦阳开了三七、雪上一枝蒿、骨碎补、赤芍等十余味药材，一半煎饮，一半外擦。他还告诉李梦阳，挨打的时候要肢体舒展，心绪松弛，骨头不要僵着，不要用力道和棍棒抗衡。

“你把自己想象成一条飘在半空的淡青色绸带，廷杖打到你身上，就像风吹到绸带上，绸带会变形，却不会受伤，因为风的力量都被它从内部化掉了。”

李梦阳觉得此法精深玄妙，甚有道理，似与道家所言的“弱之胜强，柔之胜刚”有异曲同工之妙，只是不明白为什么要把绸带想象成淡青色的。

“因为我喜欢淡青色呀，淡青色显年轻，你看我平时出门买菜都穿淡青色……”

除此之外，也就再无计可施了。

执行廷杖的校尉都受过专门的训练，他们会根据监刑宦官的指示来控制落棍的力度。宦官两个脚尖向内一收，摆成内八字，那就表示要往死里打。两脚尖向外一放，摆出外八字，则是暗示要手下留情，不能打成重伤。

刘瑾对李梦阳的刻骨仇恨已是尽人皆知，但官员们或是出于习惯，或仍抱有一丝希望，都紧盯着马永成的一双靴子。有几个经常跟着李梦阳晨跑上班的言官，更是屏气凝神，眼也不眨，好像那双靴子里随时会飞出流星。

马永成是第一次监刑。他察觉到看台上的目光尽数聚到自己脚下，立刻会意，得意之情油然而生，后来竟不知不觉地抖起腿来，而且越抖越欢快，左颠右摆，前出后甩，难以自拔，害得手下都以为他癫痫发作，一个个紧张得要命。

李梦阳挣扎着抬起头，望了一眼天空。那日的天空透出一种奇异的光泽，像一片湛蓝的湖水垂在头顶。连鹰也萌生了错觉，隐匿得无影无踪。阳光照耀下，那湖越发纤尘不染，清亮得终于使人感到虚无。要知道，没有游鱼、细石和水草，再澄澈的湖水也无法焕发意趣。最初，那里给了你看不尽的视野，吸引你凝神眺望，激起少年胸怀里的澎湃幻想。这一望一想就是半生。直到你苍然白首，才发现那里根本没有你想要的答案，它既不是弄潮儿的舞台，也非救世佛陀的道场。你所有的期待，不过是一场世事沧桑的误解。

在那高悬的湖水之下，横卧着亘古不变的大地。大地像一块砧板，托举着待宰羔羊的躯体。

马永成站起身，清了清嗓子，以示肃静。他目视虚空，面露庄重之色，朗声道："传圣上谕，犯官李梦阳结党营私，构陷忠良，藐视天恩，欺君罔上，罪不容恕。处廷杖五十，入诏狱！"

说完，他冲李梦阳笑了笑，眉宇间波纹柔静，面颊上暖意潜藏，用几乎叫人分不出敌友善恶的口吻说："等闲识得东风面，万紫千红总是春。李大人，圣上的恩典，做臣子的可要好好领受。"

李梦阳回敬了一串朗笑，用笃定却响遏行云的声音说道："蝉翼为重，千钧为轻。黄钟毁弃，瓦釜雷鸣。既然走到这一步，莫说皇恩，就是刘太监和马提督的深情厚谊，李某也却之不恭!”

马永成作为曾在司礼监供职的宦官，也算腹有诗书之人，“黄钟毁弃，瓦釜雷鸣”之后的两句是什么，他自然知道。但他脸上没有浮现怒色，而是由微笑渐渐转为平静。他身体未动，斜眼看向一众锦衣卫，命令道：“来呀，扶好李大人，棍子招呼起来!”言毕，缓缓坐下。锦衣卫连带众官员都赶忙去看他的脚尖。那双脚沉寂片刻，随后以微不可察的幅度向外一展。

这一动作极其微小，却被官员们看得清清楚楚，大家无不又惊又喜，觉得眼前这一幕当真难以置信。

几名校尉将李梦阳按住，使他跪伏在地，接着用麻布兜缚住他的上身，把裤子褪到脚踝处，又用麻绳将他的双脚捆死。

李梦阳像被抽去灵魂的木偶，又像一头久困于兽网的野鹿，漠视着生死。

每打五棍换一校尉，五十棍下来，一共换了十名校尉。即便暗地里放轻了力道，李梦阳仍不免被打得血肉模糊，当场昏死过去。

看他扑倒在地，官员们立马一窝蜂地围上去，又是摇又是喊，急得像产房外的亲属。

混乱之中，王太医气定神闲阔步走来，轻轻拨开人群，从怀中掏出一个精致的青瓷药瓶。从他成竹在胸的气势里不难猜出，瓶中必定装了可以起死回生的宝丹灵药。

王太医早先听前辈们说，当人受重创陷入昏迷时，以尿灌之，可使其平安苏醒。当下，也有个别同行用童子尿入药，用来治疗寒热头痛、跌打损伤和难产，称之为轮回酒、还元汤。他昨日给李梦阳开药时，曾和他提过这个法子，被后者严词拒绝，声称“灌我以尿，不如置我于死”。

但王太医到底没有放弃这个想法，一半是为防不测，一半是出于好奇，想验证此方是否真的有效。他一大早就把小儿子从被窝里叫起来，吹着各种口哨，催他小解，终于接了满满一瓶鲜尿。此外，为了保证尿效强劲，从昨天晚上开始，他就命令儿子强忍住口渴，滴水不进，早起接取时还特意只接中段尿，以保纯正。

此刻，王太医怀着一种连他自己也不太理解的神圣感打开药瓶，伸向李梦阳，打算来个“飞湍瀑流争喧豗，砯崖转石万壑雷”。

瓶口一点点向李梦阳的嘴边靠近。百官个个踮起脚尖，伸长脖子，都想看看这药长什么样，是丸药，是粉剂，还是药液，或者是熏气？

不料就在这时，李梦阳如遭雷击一般，猛然转醒，万分警觉地看向王太医，怒目圆睁，用略显颤抖的声音质问道：“你你你……你要干什么？”

王太医被“人赃并获”，耳根一阵发热，畏畏缩缩地遮掩道：“这是……番邦进贡的上等香料……想让你闻闻……提神醒脑……”

诏狱这鬼地方李梦阳在弘治十八年来过一遭。当时他因为弹劾外戚张鹤龄、张延龄兄弟，被打入诏狱，虽有先帝庇佑，仍然吃尽了苦头。如今故地重游，不似刘禹锡“种桃道士归何处，前度刘郎今又来”，也不似苏东坡“故国神游，多情应笑我，早生华发”，他心中只有水满则溢的恐惧。

当天夜里，锦衣卫奉马永成之命，对李梦阳施以琵琶刑。他们将他绑在木桩上，剥开上衣，用刀尖在他的肋骨上来回弹拨。

李梦阳毛发倒立，痛入骨髓，只觉得空气都变得酷辣，头脑中紧绷的弦在炽焰的灼烤下次第断裂，铿然有声。冷汗如雨，顺着他的脊背流淌而下。不过片刻，他的肋下已是血肉模糊，惨不堪言。

他几次昏厥，每次醒来都恳请狱卒赐他一死。痛苦夺去了他所有的理智，他只有一个念头，就是立刻结束眼前的一切。可是，他此时所祈求的死亡，并不像后世贤者所说的那样——“死是一件不必急于求成的事，死是一个必然会降临的节日。”

第八章 消失的宁夏游击将军

牢房中伸手不见五指。黑暗在此处凝结，宛如一堵密不透风的墙。方一走近，这堵墙又立时化为一团浆液，厚重如铁，黏稠如胶，密密实实地灌入七窍，迅速引起一阵紧张和窒息。

马永成命人掌灯。

微光一起，暖意四散。

“啊!”他一声惊叫。

只见烛光漫布之下，赫然显现出一道道醒目的血痕。

他屏气凝神，细细看去，原来是李梦阳在墙上写下的一首血诗。笔力遒劲，形如龙蛇，不过每至收笔处，都有血迹垂下，其状甚是诡异。

他心中不住地打鼓，暗自叫苦：“李兄呀李兄，你写诗就写诗，能别搞得这么阴森吗？”

再去细看那诗：“丛芜未见真，毁誉已加身。屈首唯经艺，明心向鬼神。轻云争浩渺，病雁愧沉沦。彭李椿前小，幸逢几度春。”

他的目光停留在“明心向鬼神”一句上，半晌才回过神来，随即拍手道：“好！果然是高洁义士，磊磊落落，天人共鉴。”

李梦阳背对着他，躺在牢房中间的一堆干草上一动不动，神情隐没在不可预知的阴影里，声音好像从无风的湖面上传来：“敢问阁下是哪一位？”

马永成看他既不起身，也不转头，知他伤得不轻，也不十分计较，说道：“在下东厂提督马永成，特来探望李大人。”

他见李梦阳并不答话，继续说道："李大人，在下胸中一直有一个疑惑，今天有幸在这里读到李大人的诗作，正好请教一番。"

李梦阳料想他此行是来拷问些什么，只是不知这和自己的诗作有何关联，便索性说道："提督大人不必转弯抹角，有何见教，直说便是。"

"李大人，你说这个世界上有鬼神吗？"

李梦阳先是一怔，随后不禁哑然失笑，说道："季路曾经问孔夫子如何侍奉鬼神，夫子回答他'未能事人，焉能事鬼'。马大人，我们这些做臣子的，上未能报效圣主，下未能体恤黎民，人事尚且未竟，哪里还顾得上理睬鬼神之事？"

马永成明知他话里有话，含讥带讽，却毫不在意，像个执着的学童，一脸虔诚地追问道："道理虽是如此，可我还是想知道这世上到底有没有鬼神。这个疑惑困扰我太久，几乎令我寝食难安。"

李梦阳又道："北宋明道先生程颢也被弟子问过这个问题。程颢回答弟子说'如果我告诉你没有，你肯定半信半疑。如果我告诉你有，那你倒是去找找看呀'。"

马永成怔住半晌，大喜道："妙呀，明道先生答得真是太妙了！这个问题恐怕再也找不到比这更妙的回答了。人们想要证明一件东西存在，找到它即可，却无法证明一件东西不存在，别人会说只是你还没有找到而已。明道先生将是否存在的问题，转化成能否找寻的问题。事情还是同一件事情，只是不用再执着于那无法参透、无法释怀的死结。"

马永成喜不自胜，如获至宝："鬼神之事，真真假假，终究难以定论。可常言道'举头三尺有神明'，做人心中还是装着鬼神为好。既不怕鬼，也不敬神，这样的人必定肆无忌惮，无所不为。"他语气颇为诚挚，与其说是讲给别人听，倒更像在自言自语。

这番感慨让李梦阳大感意外，不由得对刘瑾的这个爪牙刮目相看。不过，更让李梦阳意外的还在后头。

马永成绕到他面前，双足站定，拱手一揖到地。

李梦阳瞪大眼睛看着他，心下寻思着："不过回答了他一个小问题，至于这么感激不尽吗？这未免也太尊师重道了吧。难不成这问题是他家世代相传，我寥寥数语竟了却了他家几代人的夙愿？"

马永成抬起身子，眼中泛着哀痛："昨日对李大人用了琵琶刑，实在是情非得已，还望大人海涵。原本李大人受杖五十而未死，刘瑾已经对我有所怀疑。我若再不动用这琵琶刑，只怕事情会立时败露。不过，琵琶刑不同于诏狱中的其他酷刑，它虽让人万般煎熬，痛不欲生，却不至于使人丢掉性命或落下残疾。李大人静养数月，当可好转。"

李梦阳刚想说话，马永成伸手示意他不必急着开口，接着说："眼下刘瑾恨李大人入骨，必欲置大人于死地。我们想要搭救，却无人有此神通。李大人可有脱险的妙计？"

李梦阳惨然一笑："必死无疑，岂有生路？"

"不对吧？据我所知，杨一清杨部堂离京时，跟李大人提了三个人，第一位是李东阳李阁老，第二位是东厂的前任提督丘聚，第三位是翰林院修撰康海，所谓'事起于丘聚，成于李东阳，救于康海'。李阁老自然不必多说，他是杨部堂的同门师兄，又是百官魁首，大人与他老人家一定多有往来。丘聚被大人仿造的两封书信牵着鼻子走，差点切了刘瑾和谷大用的脑袋，这件事我也知道。只是这第三位——康海康大人，本该是李大人落难时的救星，怎么偏偏被大人抛在一边？看来杨部堂的话，大人并未完全记在心上啊。”

李梦阳被惊出一身冷汗，一时摸不透马永成的来路。这些年杨一清身边的亲信他全都知道，并没有马永成这号人物。难不成他是李东阳的人？或者说，至少他跟李东阳建立了某种合作关系。

他本抱着必死之心，之前把全家老小都安置妥当，就是要了却所有牵挂。此刻，马永成的话竟又引着他去设想活下去的可能。活着虽然乏味，相比之下，死亡更加无趣，无法引起一个情致活泼者的衷心向往。

保大坊一带的热闹景象在刘瑾五十七岁大寿那天达到鼎盛。从正德元年刘瑾当道开始，刘府所在的保大坊即成为北京城最为人潮涌动之处。据说野狗都因为这一带同类太多、势力交错而常常群斗，吓得猫咪们都不敢上街。

元朝建元大都时，按照《周易》“大衍之数五十，其用四十有九”之法将都城划分为五十个坊。保大坊即为五十坊之一，当时是元朝最高军事机构枢密院所在地。大明迁都北京后，基本保留了元大都的建造格局，对五十坊重新划分，缩减为二十八坊，保大坊仍被保留，府军左卫和府军前卫即设在保大坊。而在嘉靖帝修筑外城城墙之前，北京城由内而外分为宫城、皇城和京城三层。保大坊就位于皇城以东。

刘瑾大寿当天，宝马香车、峨冠华服的文武官员成群结队，像澎湃的春潮一般涌进刘府。吏部尚书兼文渊阁大学士焦芳、兵部尚书刘宇、户部尚书刘玑、刑部尚书刘璟、工部尚书毕亨等阉党悉数而至。其实不止阉党，京中官员起码来了一大半，实在耻于与八虎为伍的，为避免惹祸上身，也大多派人送来了贺礼。而最让刘瑾高兴的，不是百官送来的奇珍异宝，而是两位出人意料的座上宾——翰林院修撰康海和宁夏游击将军仇钺。

众所周知，康海和仇钺是杨一清一派中一文一武两根支柱。杨门十三金人里，除李梦阳以外，数康海、仇钺和工科都给事中许天锡三人最负盛名。尤其是康海，他和刘瑾是陕西同乡，为人高洁清雅，才名震动海内。

近来，随着在朝中的地位日益稳固，刘瑾越发热衷于拉拢文人士大夫，以此博取尊贤友士的名声。尽管康海是杨一清的门生，但东瀛人有句谚语，叫“可恨的媳妇照样生出可爱的孙子”，刘瑾曾多次登门，表达笼络结交之意，康海总是避而不见。刘瑾抱憾不已，恨不能对着月亮起誓。

那晚，文武百官都见证了这样一幕：酒过数巡之后，刘瑾一手携康海，一手携仇钺，兴致勃勃地向在场所有人祝酒。

康海笑容中带着苦涩。他此行的真正目的是替李梦阳求情，他知道只要自己开口，刘瑾一定会答应。可他不知道的是，他的身上从此将被打上阉党的烙印，再也未能抹去。

不同于康海的局促，仇钺兴致昂扬，殷勤备至，一杯杯地向刘瑾敬酒，竭力表达着归顺阉党的迫切心情，连焦芳、刘宇等一帮人都不禁对他嗤之以鼻。

在场众人都清楚，这两个关键人物的变节，必将进一步撼动文官集团本已受伤的根基。

仇钺走出刘府时，已有六分醉意。他穿行在皇都纵横交织的胡同里，如同老鼠走进了迷宫。

斜风掠过，他潜意识中蓦地涌出一泓幽泉，冰冰凉凉，清清静静，让他越走越清醒，越走越警觉。

走到一个小巷子中间时，他停下脚步，转过身，冲着洒满清辉的夜色冷声道："鬼鬼祟祟跟了这么久，出来吧。"

语罢，从巷口挪出一个短小精悍的身影，迟疑片刻，缓步走来。

深夜尾随的人一般有四种：要表白的、要非礼的、要打劫的和要杀人的。仇钺在心里嘀咕了一路，初步排除了前两种可能。待对方走近后，他看到此人脸上戴着一副古怪的面具，更加肯定了之前的判断——毕竟装扮成这样来表白或非礼，是十分不妥的。

细看去，对方戴的是一副绘着关帝圣君的木头面具。这种面具仇钺在甘肃河州见过，是当地人在祭祀活动中表演傩戏时所戴，称为傩面具。傩戏本流行于西南地区，当年太祖为巩固边防，将南人迁往西北，傩戏随即传入甘肃。

这副面具不禁勾起仇钺三分怀疑。他哈哈一笑，说道："原来是位'关云长'，跟了我一路，不会是来找我桃园结义的吧？"

对方并不答话，几个箭步，已与仇钺面对面。他右手抄起阴掌，直向仇钺面门击去。

"咦？"仇钺身子猛向下一探，躲过这一掌，内心疑窦陡生。但凡用掌时，以掌心打向对方，称为阳掌。以掌背打向对方，称为阴掌。此人出招时，两腿扎成弓步，右手以阴掌击出，左手拳心向下收于腰间，这俨然是太祖长拳中的一招"迎面扳手"。在一般拳法中，手握拳收于腰际时，拳心均向上，只有太祖长拳"迎面扳手"这一招，拳心是向下的。仇钺是修习太祖长拳的行家，这一招怎会不认得？不仅如此，从这一招里，他已看出对方的杀心。

躲过一掌后，仇钺双掌疾出，向外一拨一扫，随即又回撤，两掌交叠，打出一招“上步插花掌”，直逼杀手胸腹。对方见这一手甚是凌厉，急忙使出一招“虎步猫形”，跳开一丈有余。

十几招过后，仇钺逐渐占据上风，见对方步步退避，想着他武功也不过如此，心下便松懈了几分，使出一招“金丝缠腕”，想要将对方缠住，再拉回自己的拳锋之下。不料一缠未中，杀手即刻还以一记“掏心拳”，正打在仇钺胸口正中的膻中穴上。对方一拳击中，并未收回，拳势继续粘在仇钺胸口，脚下一个垫步，凝聚腰力，下一刻变拳为掌，用掌根重扣膻中穴下方的鸠尾穴。这几个动作一气呵成，颇见行家手笔。

仇钺一连被击中两处死穴，尤其是鸠尾穴上的一掌，顺势出招，力道沉厚，他只觉心胆俱裂，眼前一黑，仰面摔去。

仇钺毕竟也是身经百战，倒地时左手本来就抓着杀手的右臂，出于本能，这时右手也顺带攀附上去，扣住对方右掌脉门，同时飞起一脚，朝着那人小腹踢去。杀手已经看出仇钺这一脚的去向，但无奈脉门被死死扣住，身体被迫随着仇钺往前倒，他急忙用左拳向下格挡，希望格开仇钺这一脚。而仇钺此时已丧失一半的神志，出脚准头欠佳，倒地时对方的身体又被拽得偏斜，这样反而让对方的这一格落了空，一脚正踢在对方右侧肋骨下的章门穴上。

杀手闷哼一声，摔扑在地，双手捂住肋下，痛得一时无法起身。他担心仇钺再出招来打，扭头看去，只见仇钺已僵卧在一旁，一动不动，多半是昏死过去了。

片刻后，杀手挣扎着站起来，一步步挪到仇钺跟前，凑近查看。谁知，仇钺突然睁眼，左手一记插掌，直捣杀手咽喉。杀手反应倒也快，身子一侧，轻松避开。但这一捣不过是虚招，仇钺有心要看看对方的庐山真面目，所以瞧准他躲闪的方向，左手未落，右手又迎面追出一掌。这一掌力道弱了很多，却刚好打下杀手的面具。

面具落地，露出一张被吓得惨白的脸。杀手在去留之间犹豫片刻，最后勉强站定，以弱不可闻的声音叫了声：“将军。”

仇钺长叹一声：“黄百户，果然是你。”此人正是他麾下的百户——黄擒虎。

“正是属下。不过听将军的口气，好像早已猜到是我。”

“不错，”仇钺摇头叹气，说道：“那晚我与你、蒋明、陈寿四人商议如何伏击锦衣卫，解救杨部堂。由于事关重大，此事再无其他人知道。但第二天行动之前，我突然接到探子的消息，说分散在陕西各处的锦衣卫官兵一天之内全都聚拢到我们营盘周围。他们悄悄潜伏，伺机而动，看那架势摆明是只等我们下手，就立刻出动将我们一网打尽。我当时就意识到，你们三人中必有锦衣卫的密探。可你们都跟随我多年，随着我刀里来、火里去，有的还在战场上救过我的命，”说到这里，仇钺又不禁叹了口气，见黄擒虎羞愧地低着头，又继续说道，“我琢磨了很久，又私下派人重摸了一遍你们的底，始终没查到什么可疑之处。直到咱们刚刚交手，你用长拳套路，我就猜到是咱们边军的人。当然，这还只是其次。最重要的是，我对你实在太熟悉了，你可以改头换面，身形体态却改变不了。而且，你们每个人出招时都有一些自己的小习惯，谁翻掌前喜欢沉肩，谁转身摆腿时习惯抬肘护头，我都一清二楚。”

黄擒虎点点头，无言以对。

“现在说说吧，是谁派你来杀我的，刘瑾还是谷大用？”

“都不是。如果是他们要杀将军，不可能只来我一个人。我是背着他们来的，是我自己要杀将军。”

“为什么？”仇钺突然很感兴趣。

“将军今天来投靠刘瑾，以后将军和我便是一个阵营的人了，咱们迟早会碰面，到时候将军就知道是我出卖了大家。与其等那时候将军来杀我，不如我先下手为强。”

“黄百户，我向来视你为左膀右臂，却没看出你是扁担挑水—— 一心挂两头。”

黄擒虎苦笑道：“老鼠钻风箱——两头受气罢了。”

“你要杀我，我并不意外。只是我一直不知道你身手居然这么好。”

“将军过奖了。论太祖长拳，将军是我的师父，对准穴道砸拳的诀窍也是将军口传心授的。今天将军若不饮酒，恐怕能与我打个平手，即便输我一招半式，我也不可能置将军于死地。可惜将军此刻有些醉了。”

“打个平手？输你一招半式？我的百户大人，你这话未免太狂了吧！”仇钺怒气上翻，猛然前冲，一招“二起脚”，飞身踢向黄擒虎的喉咙。

黄擒虎见这一踢凌厉威猛，硬挡不得，急忙往旁边一扑，起码扑开了四五尺。他自以为已逃离仇钺拳脚所及，刚要起身反击，抬头一看，顿时大惊失色。原来仇钺一个“虎步猫形”，已稳稳落到他身边。这一招竟被他用得悄无声息，像一片柳叶落地，似一只蜂鸟出巢。“虎步猫形”原是用于躲闪的招式，左闪右跳，虚实相生，身法灵活，侧跳落地后两掌架平，护于腰际。仇钺此刻却把它用作追击的招数，连跳两步，风驰电掣般欺到黄擒虎身边，架在腰上的两掌恰好阻住黄擒虎起身。仇钺丝毫不给对手反应的机会，居高临下，使出一招“丁步压掌”，重重打在他的太阳穴上。一追一击，浑然贯通，当真变化巧妙，出人意料。

黄擒虎又惊又痛，忍不住一声惨叫，朝一旁滚去。

仇钺没有乘胜追击，反而退后几步，饶有兴致地打量着狼狈的对手，说道："既然你说我是你的师父，那我今天就再教你一次。拳的力道分为三种：蛮劲、寸劲、灵劲。下者用蛮劲，力道大而不强，身僵力缓；中者用寸劲，拳势带风，既快又准；上者用灵劲，心与意合，意与气合，气与力合，拳上生眼，落处开花。你已经练到能打出寸劲的境界，而我用的是灵劲。"他说罢，仍旧站在原地等候，直到黄擒虎强撑着从地上爬起来，才摆开架势，打算再与他较量。

其实以往在战场上，仇钺动手远没有这般斯文。一旦把对方击倒，他就立马踢要害、上兵器、砸石头、吐口水、撒辣椒面，总之要一鼓作气，不给对手任何喘息的机会。但刚刚黄擒虎说自己武功在仇钺之上，这让他万分不快。要知道，杨部堂曾经夸赞过，三镇之中只有一个顶尖高手——那个人姓仇。

黄擒虎此前只道仇钺武功再高，此时也不过是一个醉汉，现在见他极难对付，索性心一横，再度交上手时，拳风陡然一变。这是一种仇钺从未见过的拳法：抢步占位，欺身入怀，肩、肘、胯、膝、足并用，招式简短，霸道异常。二十招过后，仇钺竟只有招架之功，毫无还手之力。他一个退步，想要拉开距离，再借机使出一记杀招"双峰贯耳"。可他刚一后退，黄擒虎立马进步上前，腰间蓄力，一个侧转身，用右后肩背猛地撞向他的左肩。

两人肢体甫一接触，仇钺只觉左肩顿时如碎裂一般，剧痛之下，整条手臂再也无法抬起。他万分诧异地看向黄擒虎："这些招式不是太祖长拳。"

"不错。将军不是一直对锦衣卫的巴子拳很好奇吗？这招便是巴子拳中的绝技——铁山靠。刚刚我还只是用背靠过去，以往练功时背、胯齐靠，树都被靠断过。”

仇钺疼得满头大汗，背贴着墙壁，身子慢慢滑到地上，心下颓然：“今天怕是要死在这畜生手上了。这次来京前，我到丹徒拜会部堂，向他禀明我的计划。虽然部堂极不赞成，但这些年我实在窝囊够了，拼着豁出一条命，也要来试一试。哪想到事情刚开个头，竟要被人打死在这陋巷中。这般死法，真是不甘心啊！”

仇钺精神恍惚间，胡同口闪出数道火光。伴随着几声枪响，黄擒虎胸腹各中数颗铅弹，倒地不起。

十数名带着火铳的官兵排成两列，踏步而来。

仇钺隐约听到对方领头的嘴里叫道：“打来打去，累是不累？什么年月了，还单挑？爷们儿遇事从不废话，直接上枪！”

第九章　刺虎计划

仇钺被几个士兵抬着火速送往李东阳府上。王太医已在那里等候。

王太医自己也受了伤，一张脸浓青艳紫，仿佛山坡上野花的集会，胳膊还上着夹板。他身边站着一个十岁上下的男童。男童扎一对羊角髻，手提药箱，相貌、神情都呈现出王氏独有的矛盾气质—— 一副让人分不清是心不在焉，还是煞有介事的模样。

王太医受伤的大致经过是这样的：李梦阳被杖责的当晚，王太医走在回家的路上，突然遭到一群来路不明的人袭击。他为救李梦阳而精心准备的还元汤没派上用场，此时正被他小心翼翼地揣在怀里，视如珍宝。几个大汉突然冲出，他竟鬼使神差地以为对方是来抢尿，不顾暴雨般的拳脚，一味死死护住胸口。

对方见状也深以为奇，知他怀中必有蹊跷。几个人费了好大力气才控制住他的手脚，往他怀里一通摸索，最后掏出一个药瓶。为首的那个人知道他是太医，只当瓶子里装着什么珍贵丸药，把瓶塞打开后，迫不及待地凑到鼻子下面狠命一闻……

后来，王太医的右手就被打断了。那个领头的还在王太医脸上重重补了几脚，边踹边骂：“变态！让你怀里藏尿！让你不讲卫生！”后来感觉再踹下去势必闪到胯，才依依不舍地离他而去。

王太医一脸无辜地望着打手们远去的背影，再低头瞧瞧洒落一地如落花般的尿浆，真是“春去也，飞红万点愁如海”。

仇钺被抬到一张藤椅上，面无血色，眼看着只出气不进气。王太医用尚且健全的左手给他把了脉，又验了身上的伤势，对那童子道："重击以致昏厥。施针吧。"

童子闻言，立即打开药箱，取出一排金针，就要上手扎针。

站在一旁的李东阳忙问道："怎么，让这位小先生施针吗？"

王太医朝李东阳行了一礼，介绍道："回禀阁老，这是犬子。阁老请放心，他来跟我来是一样的。"说完一阵得意，刚打算抱着膀子好好欣赏一番，抬手时才想起右臂有伤，只得悻悻作罢。

小童先用金针刺向仇钺头顶的百会穴，用的是点刺法，既准且快，手法十分娴熟。点刺法又分轻刺和重刺：轻刺不见血，用来治缓症；重刺要刺出血，用来治急症。为了使仇钺尽快转醒，小童用了重刺。但数针下去，仇钺昏迷依旧，恍如被番邦巫婆施了诅咒的睡美人。

小童并不慌乱，接着刺向仇钺手部的合谷穴。这次用的是透刺法，从合谷穴刺进去，向后一直穿透到后溪穴。这种刺法力道更猛，刺激的效果无形中加强了数倍。可刺完之后，仍不见起色。

这回，小童再不像之前那般从容了，他回过头巴巴地看了王太医一眼，想从后者的五官中获取一些启示。

王太医展现出少有的沉静与温和，轻声道："看我干吗？继续呀。"

于是，小童又转向仇钺，单膝跪地，脱去仇钺的鞋袜，重新捻起一根针，从足部的太冲穴向涌泉穴透刺。刺罢，再看仇钺，依旧纹丝不动。

三板斧用尽，小童撇撇嘴，站起身来一摊手："准备后事吧。"

王太医脚下一滑，险些没站住，骂道："不长进的东西，是谁教你动不动就'准备后事'的？老王家开的是药铺，不是棺材铺！"

他稍作思索，对小童说道："刺掌心劳宫穴。"

小童问："行得通吗？"

"呵，要不要打个赌？行不通我随你姓。"

小童无话可说，只得照父亲的吩咐办。

一针下去，仇钺呻吟一声，果真醒了。

王太医看着儿子惊喜的眼神，狡黠地笑道："知道为什么有用吗？"

"为何？"

"因为刺掌心最疼。"

众人退去后，厅堂里只剩下仇钺和李东阳两个人。他们都很想跟对方聊聊，却又不知从哪里开始。

对于杨一清的几个门生，李东阳是既爱惜又畏惧。爱惜的是，他们个个都是赤胆忠肝、不可多得的人才。畏惧的是，他们行事往往过于大胆、冒进，总给自己这个内阁首辅出难题。尤其是李梦阳、仇钺等人，凡事据理力争，不知变通，不懂退让，不给内阁留丝毫情面。他们不晓得内阁官员的难处，不明白"保持平衡"对内阁首辅而言是多么不可违背的一条铁律。

"廷威。"李东阳开口叫了一声，便不再有后话。仇钺字廷威，李东阳称呼其字，既是传达一种亲密，又显出了一份敬重。

可仇钺偏不搭茬儿，回了一句"阁老"，便不再说话。

厅堂里，时间细碎无声，像飘来荡去的萤火虫，一不留神，便让人在遗忘中陷入苍老。

李东阳觉得再沉默下去，气氛势必就显得暧昧了，毕竟两个大男人共处一室，相顾无言，算怎么回事啊？

“你今天假意去投靠刘瑾，实在有些冒险。八虎老奸巨猾，怎会轻易相信你？”

“阁老放心，末将看他暂时还未起疑，刚刚遇到的杀手并不是他派来的。”说完，仇钺慢慢抬起头，直勾勾地看向李东阳，以他的身份而言，此种举止可谓不恭，“再者说，如果当初阁老同意我们的刺虎计划，末将今天也不至于出此下策。”

李东阳心道：“好家伙，到底还是来兴师问罪了。”他原本期盼着两人能有一场温和的对话，能够像谷大用在圣驾前唱的那样“不再去说从前，只是寒暄，对你说一句，只是说一句，好久不见”。看来仇钺——可能还包括杨一清——到底还是对刺虎计划的落空耿耿于怀。那好，索性今天就讲个明白。

大事件发生后，八虎当道，国难当头，文官集团内部各个派系间开始捐弃前嫌，同仇敌忾。多少以往互扎过小人儿、互写过匿名举报信的仇人如今化敌为友，相拥而泣。

这个说：“仁兄且听我说，以往那些全是误会，都是小人在中间挑拨。虽然我弹劾过你两百多次，但我每次都是被人蒙蔽的啊！仁兄不妨想一想，咱们都是弘治十三年的进士，同年之谊重于山，打断骨头还连着筋呢！”

那个道：“贤弟所言极是，你我都是自己人。虽然贤弟弹劾过我两百多次，但为兄心里最清楚，你肯定是被人骗了！咱们可是同年，咱们不亲谁亲？难不成还跟那些宦官亲吗……”

尽管大家相逢一笑泯恩仇，但所能做的，也不过是前赴后继地上疏谏言，对八虎根本构不成威胁。

杨一清是文官出身，同时又是手握重兵的封疆大吏。在当时的形势下，他自认为比其他人更有行动优势。他给李东阳写去一封书信，先是分析时局，继而指责刘瑾犯下矫拟圣诏、迫害忠良、结党祸国三条大罪。这封密信由杨一清的亲兵护送，不幸中途被锦衣卫截获。不久，杨一清被打入诏狱。

世人不知道的是，当年杨一清写给李东阳的密信不是一封，而是两封，一前一后从总督府送出。真正要紧的是第二封信，其中详述了杨一清那足以让成千上万人抄家灭族的刺虎计划。除杨一清本人外，了解整个计划的只有两个人，一个是李东阳，另一个便是亲自把信送到李东阳手上的仇钺。

"你如今还认为你们部堂的刺虎计划可行吗？"

"当然。我们军营中最爱传唱杜子美的那几句'挽弓当挽强，用箭当用长。射人先射马，擒贼先擒王'。我们计划趁皇上阅兵的时候，将随行的刘瑾射杀。刘瑾是八虎之首，他一死，八虎不击自溃。千军万马之中一支冷箭取人性命，事后根本无从追查，这正是刺虎计划的可行之处。"

李东阳对仇钺所说的阅兵并不陌生。从太祖时即已形成惯例，大明历代皇帝会定期对驻京军队和各地军队进行轮流检阅。骑兵的检阅项目是骑马、射箭和刀枪，步兵的检阅项目为弓弩和长枪。考核的标准是射箭时远距离能命中，近距离不失准头；使用长枪时进、退、挑、刺等动作要娴熟。考核优秀者赏银、升官，不及格的要罚俸、降职、远调。

阅兵的频率和具体形式每朝都不尽相同。有些皇帝斯文一些，可能召来个千把人，听他们唱唱军歌，看他们展示一下眼保健操，就算完事了。但正德帝不同，他生来便是骑狗逗猴的好动脾性，尤其向往从军打仗。阅兵成为他模拟战场、体验战争的绝佳机会。因此，他隔三岔五就要调支军队进京来检阅一下，并且开发出很多稀奇古怪的战争游戏。

刘瑾作为正德帝的头号宠臣，每逢阅兵，必然在一旁侍驾。杨一清打算任命仇钺做三镇受阅部队的统领官，在受阅队伍中安排进一流的弓箭手，趁大批人马刚进入阅兵场，队形未整、人声嘈杂之时，趁乱将刘瑾射杀。由于事关重大，为避人耳目，整个行动被称为“刺虎计划”。

“你们的计划，杨部堂在书信中同我讲得很清楚。可是，阅军之时，刘瑾就站在皇上身边，你们一支冷箭飞过去，究竟是要刺虎，还是要刺驾？万一误伤了皇上，你们三镇边军有多少颗脑袋够砍的？”李东阳言辞冷峭，神色转冷。

“阁老知道，三镇素来是华夏第一劲旅。我们进京受阅的弓箭手都是万里挑一，其中能做到百步穿杨、例无虚发的，不下十人。实际上，不单是刘瑾，我们还能腾出人手来，把在场的神机营都督张永，东、西二厂提督连带其他阉宦一起干掉，绝对不会伤到皇上的一根龙须。”

李东阳不以为然：“世上确实有百步穿杨的能人，但要说例无虚发、绝无差池，老夫认为不可尽信。楚汉争霸时，刘邦麾下的楼烦号称蜀地第一神箭手，不但臂力惊人，而且箭法奇准。后来，楚汉两军隔河对峙，河面太宽，双方的箭都飞不到对岸去。只有楼烦张弓如满月，箭箭射入楚军大营，一连射中楚军四员虎将。楚霸王项羽听说手下的将军被射杀，勃然大怒，飞驰到阵前，先是数声狂啸，然后指着自己的眉心冲对岸的楼烦大吼‘有胆子射这里’。楼烦见楚霸王威风盖世，好似天神下凡，当即吓得魂不附体，一路逃回大营，再也不敢现身。那一战之后，他就返回蜀地躲了起来，没过几年便郁郁而终。

“再有，西汉时，天下都传李广的箭法举世无双。匈奴对他更是闻风丧胆，称其为‘飞将军’。事实上，他每次都要等匈奴兵靠得很近才放箭。有时，敌人分明已经逼近到几十步之内，他还是迟迟不肯把箭射出去，就是因为害怕射不中，影响了神箭手的美名。

“天威在前，国运攸关，雷霆万钧之压系于一人，谁能担保你的人不是楼烦、李广？即使只有万分之一失手的可能性，我也不能拿皇上的安危去冒险。惊了圣驾，老夫大不了以死谢罪，可若是不慎伤了龙体，老夫，还有你们，就是万死也难辞其咎。”

“我仇钺虽然久在杨部堂门下受教，但到底还是个带兵打仗的粗人，自然不晓得吓破胆的楼烦和射不远的李广，也很难猜透阁老当年为什么推翻刺虎计划。不过，当初我把阁老的意思传达给部堂后，部堂也像今日阁老这样，给我讲了个故事。那个故事让我知晓了两个人，一个叫晋灵公，一个叫赵宣子。”说完这话，仇钺强撑着站起来，拖着虚弱的身子，头也不回地走出了李府的大门。

“阁老……阁老？”门客顾随在一旁轻声叫道。

李东阳回过神来，才发现自己已经在厅堂里站了很久。

“禀告阁老，仇将军已经走了。”

“嗯，知道了。仇将军留在京中，下一步可能还会遇到危险，我们要继续暗中保护。这件事就劳烦先生替我去安排吧。”

“是。”

“还有，”李东阳又说道，“现在黄擒虎已死，还有另一人的归宿，也劳烦先生妥为安置。”

顾随清楚他所指何人，点头应允，心中念道：“可惜徐凤一身好本事，却偏偏要做阉党的鹰犬。”

他正要告退，李东阳突然问道：“先生，你说，我当初故意把杨一清写给我的第一封信泄露给刘瑾，制造出信被锦衣卫截获的假象，害得杨一清下诏狱，他们的刺虎计划也无疾而终，这么做到底对不对？”

“阁老也是迫不得已，因为非如此就不能阻止刺虎计划。杨部堂抱着必死之心，即便阁老反对，他也一定会将计划进行下去。只有让刘瑾罢了他的兵权，才能彻底免除祸患。阁老知道，刺虎计划是团烈火，杨部堂能点起来，却灭不掉。烈火一旦燃起滔天之势，国本将为之动摇，生灵亦将为之涂炭。”

“这几年，每当走不下去的时候，我就忍不住去想，若是真依了杨一清，以霹雳手段毙八虎于一役，眼下的千难万苦或许都不存在了。”李东阳苍老的脸上罕见地露出一抹凄然。

年轻的门客眸子里突然闪起锐利的寒光：“若是只想射杀八虎，大可以安排刺客潜入京师，摸清八虎的起居规律、出行轨迹，伺机而动，逐一击破。可杨部堂偏偏要挑皇上在场的时候动手，宁愿赔上边军万千条性命也在所不惜。他分明是想借此向皇上示威，让皇上以后再也不敢宠幸宦官奸佞。此举大逆不道，非人臣所为。”

顾随见李东阳不再说话，便行礼告退。刚走到门口，他又回头看了这位内阁首辅一眼，忍不住轻叹了口气，随后便出门办事去了。

李东阳瘫坐到椅子上，脑海里还回荡着仇钺临走前留下的那句话——“一个叫晋灵公，一个叫赵宣子”，自言自语道：“罢了罢了。知杨一清者，老夫也。知老夫者，杨一清也。”

晋灵公和赵宣子的故事是刻在每一位宰相灵台之上的为政箴言。春秋时，晋灵公昏庸无道。赵宣子作为百官之首，多次直言进谏，不料竟激起晋灵公的杀心。

晋灵公派刺客去刺杀赵宣子。刺客悄悄潜入赵宣子家中，一句“代表月亮消灭你”还未喊出口，最先映入眼帘的却是赵宣子那严谨自律的居家形象。刺客瞬间涌起莫名强大的正义感，认识到杀赵宣子对不住百姓，可不杀赵宣子又对不住晋灵公，进退维谷之下，最终撞树而亡。晋灵公的一号计划失败。

行刺不成，晋灵公又摆下鸿门宴，打算在席间放出巨犬将赵宣子咬死。可惜，巨犬战斗力不如赵宣子的车夫，被一刀斩死。

晋灵公的二号计划失败。

两番失策后，晋灵公觉得不能再这么委婉了，终于祭出兜底的三号计划。他事先在附近埋伏下大批侍卫，约定以摔烤肉为号，召集侍卫将赵宣子围杀。结果侍卫们杀出后，赵宣子碰巧在当中遇到了一位旧相识。此人名唤灵辄，以前要饭时接受过赵宣子的救助，如今再遇恩公，立马掉转枪头，拼死守护。于是，赵宣子在灵辄的护送下顺利逃脱。晋灵公的三号计划失败。

赵宣子大难不死后，最好的选择就是逃到国外，寻求政治庇护。可还没有走出晋国国界，就听闻堂弟赵穿杀了晋灵公，于是，赵宣子东山再起，继续担任晋国的正卿。

对此，晋国的史官董狐在史书上写道：“赵宣子杀了晋灵公。”赵宣子为自己鸣冤叫屈。董狐却说：“你是晋国的正卿，逃亡时也没有逃出国境，所以赵穿相当于是在你的执政下杀死了灵公。你重返政坛后，大家也没见你将赵穿正法。那么你说，不是你杀了灵公，还能是谁？”赵宣子满腹委屈，却也无话反驳，只好认下“弑君”的罪名。

“赵宣子弑君”提醒着历朝历代的宰相：身为百官魁首，对他人欺君犯上的行为绝不能抱默许的态度，默许即是参与，甚至等同于指使。

擅自诛杀皇帝的心腹，其性质等同于犯上作乱。所以，这世上有资格杀刘瑾的，除了当今天子，再没有第二个人。

可是，皇上到底几时才杀刘瑾呢？这种屈辱的日子，几时才会结束呢？

第十章 我最讨厌别人拿枪指着我的头

张永养了一只猫。他发现猫的领地意识很强，它们会以住所为中心为自己圈定地盘，每天按时巡视，以确保势力范围不受侵犯。有趣的是，它们在捍卫领地的同时，也会尽量避免与闯入者发生冲突。如果两只猫的领地有重叠，它们会默契地错开巡视时间，确保双方在不同的时段巡视重叠区域，避免与对方碰面。为安享领地、避免冲突，它们之间建立了一种有效的轮换机制。

八虎就像是一群巡视领地的猫，皇帝就是他们领地中的重叠区域。以往，大家都遵循一种建立在默契之上的轮换机制。而现在，刘瑾和张永都想把这种机制打破。刘瑾想要把领地上的其他人都赶走，独占皇帝的恩宠。张永恰恰相反，他只想退出这个是非丛生之地。

张永自从接管神机营，经常陪皇帝练兵，感觉气血比以前足了，独自一人时，郁郁寡欢的情况却不见好转。旧病未愈，新症又添。最近他一天到晚手心冒汗，夜里不是辗转反侧难以成眠，就是不停地做梦，梦中的自己纵马挥戈，驰骋于一片火海。

他忆起王太医的话："五脏与五行一一对应——肝属木，心属火，脾属土，肺属金，肾属水。五脏的异样，经常会幻化成五行出现在人的梦境里。《黄帝内经》有言'肺气虚，则使人梦见白物，见人斩血藉藉，得其时则梦见兵战。肾气虚，则使人梦见舟船溺人，得其时则梦伏水中，若有畏恐。肝气虚，则梦见菌香生草，得其时则梦伏树下不敢起。心气虚，则梦救火阳物，得其时则梦燔灼。脾气虚，则梦饮食不足，得其时则梦筑垣盖屋’。你手心冒汗，夜梦频仍，梦中大火熊熊，这是心火过盛之状。”

“要吃什么药呢？”他问。

“你要想吃药，我这里方子多得很，药材几间屋，一天三顿管饱，还不重样。但心病终须心药医，关键是你要自我调节。什么时候不整天胡思乱想了，什么时候这心火也就退下去了。天塌下来有刘瑾和李东阳顶着呢，你愁个什么劲儿啊？”

张永一阵犯难，有些事是自己说不愁，就真能不愁的吗？天塌地陷与他何干？他担心的只是自己眼下该如何做人。

有一点他没有告诉王太医，在他每晚的梦里，铁马金戈的不只是他一个人。在那匹神气活现的狮子骢上，除了自己……还有皇上。皇上才是坐在他身后真正揽住缰绳的那个人。

自己对皇上，从来是人前把他当主子，人后把他当兄弟。可皇上也是这么想的吗？以前或许是，现在却未必。最近一段时间，皇上对自己的一系列亲密举止让两人之间的气氛变得越发暧昧，他的秋波频传，他的嘘寒问暖，他的勾肩搭背，无不让自己觉得无比尴尬。

防微杜渐，未雨绸缪，他多次告诫自己，历史的教训是惨痛的。

当年，西汉的开国将领黥布谋反，汉高祖刘邦亲率大军讨伐，不幸被乱箭射伤。高祖一度伤势沉重，卧床不起，下令守卫不得放任何人进入他的房间。群臣在门外苦等了十几天，像节日里在名胜处排队如厕一样急狂难耐又束手无策。只有樊哙仗着年轻时跟高祖一起做过古惑仔，拥有一段友情岁月，不顾守卫的拦阻，径直闯到高祖的御榻前。他掀开帘子一看，只见高祖正躺在籍孺身上。樊哙又惊又气。高祖也挺不好意思，只好从床上爬起来。

汉武帝时，“一顾倾人城，再顾倾人国”的李夫人有一个哥哥，叫李延年。他因犯法被处以宫刑，随后进入宫中负责养狗。他喜好声乐创作，浪荡江湖的经历和下身挨刀的遭遇不断刺激着他的精神和肉体，既为他的创作提供了无限灵感，也让他有了一种不羁的偶像气质。武帝由此对李延年分外宠爱。不知武帝到底是痴迷音乐，还是痴迷偶像，又或是神往曾祖父刘邦的事迹，后来甚至也与李延年同起同卧。

悟已往之不谏，知来者之可追。张永发誓不让自己沾上这类事情。实际上，他也极度反感与这类事扯上关系。身体残缺是情非得已，但残缺的男人也是男人，他的精神还是健全的。

这些年，他逐渐认清一个现实—— 一旦做了宦官，就注定被当作另类和低等生物。什么抱负，什么情怀，什么愁思，全都与他无缘。可他并非草木，也终究不是庸庸碌碌之徒，他胸中始终鼓荡着绵绵不绝的志向和春花秋月的情思。

他转念一想，即使他不是宦官，恐怕除了那群花痴的宫女外，也不会有人关注他的所思所想。人生来孤独，寡居在一座座密不透风的心之城堡里，纵然偶尔有人走进参观，也不过是个走马观花的过客。

哪有那么多的“天涯共此时”，更多的只是一种心绪的无处安放，最后全都不了了之。

最后他得出结论，说到底他所能够依靠的，只有那倾世的容颜和潇洒的风姿。这是广大宫女的幸运，却是他的不幸。

张永还在径自出神，门外一阵密密麻麻的脚步声由远及近地灌了进来。

他走出门，看到刘瑾、谷大用带着七八个番子正朝他疾步而来。

他眉头一皱，心想神机营这么多道守卫，刘瑾区区几个人居然说闯就闯进来了，看来自己这些手下见到刘瑾和西厂番子，还是提不起胆气。不重罚几个管事的，怕是不行了。

他因之前在奉天门跟刘瑾起了冲突，嫌隙并未弥合，所以也不上前迎接，只是站在原地等着对方走近。

刘瑾来者不善，离着老远便冲张永喊道："姓张的，你出来得正好，今天咱家来向你讨个说法！"

"敢情是刘太监想击鼓鸣冤，出门就迷了路。我这里可不是刑部衙门，怕是给不了你说法。老谷，刘太监不认得去刑部衙门的路，你怎么也不帮他指一指？"

谷大用面色铁青，压低了嗓子说："你先少说两句。今天遇到点岔子，瑾哥来你这里问问是怎么回事。你把你知道的一五一十地说出来，也就没什么了。"

"这话可笑，像是没头没尾的天书。我且听听是什么岔子，怎么岔到我神机营来了。"

说话间，刘瑾早已走到张永面前，气势汹汹地质问道："之前锦衣卫指挥使石文义给我举荐了两个人，一个叫徐凤，一个叫黄擒虎，这两个人我用着都不错。可就在前两天，他们外出办事时，先后被贼人用火枪暗算，好端端的两个大活人，转眼间就成了两具尸首。"

"这京城中有火器的衙门，可不止我神机营一处。"

"可普天之下敢在咱家头上动土的，除了你，我想不出还有第二个！"

"那您可太抬举我了。不过话说回来，这两人虽不是我杀的，我倒真打心眼儿里感谢那个动手的人，感谢他为我大明朝除去了两个杀人如麻的衣冠禽兽!”

“放肆！你想过说这话的后果吗？”刘瑾气急败坏。

张永见他这话说得凶横，哪里肯示弱：“我张永做事从来就不怕有什么后果!”说完，他突然从侍卫手里拿过一把手铳，直直对向刘瑾，另一只手接过手下递来的火折子，凑近手铳的引信。

这一幕猝不及防，刘瑾身后一行人个个吓得悚然呆立。

“张永，你想干什么？快放下!”谷大用急得直跺脚。

刘瑾身体略微晃动一下，一双吊梢眼死死盯住张永，话语一字一字从牙缝里挤出来：“不知死活的忤逆畜生，你倒是真有种!”

“呸!”张永朝地上啐了一口，“咱们可都是宦官，谁也没有种。宦官坐到我们今天的位置，也算是皇恩浩荡、祖上积德了。可你还不知足，还要到处害人。你算算，这几年你手上到底沾了多少血？善恶有报，先是你的两个爪牙吃了枪子儿，接下来保不齐就是你自己。”

“哼，这你管不着。要不你今天把我撂在这儿，要不我包你不得好死!”

两人四目相对，一时陷入僵持。

谷大用示意手下不要轻举妄动，安抚张永道：“不过是一点小误会，都是自家兄弟，何必闹得你死我活？永弟，快把手铳放下，给瑾哥赔个不是，这件事就当过去了。”

他的话无异于火上浇油。张永眼角一颤，也不看谷大用，仍冲刘瑾冷笑道：“既然刚才你都把话说透了，我没道理留着你的命日后来杀我。”说罢，他把火折子往引信上一凑，引信立刻闪出耀眼的光芒，发出毒蛇吐信般的咝咝声。

刘瑾本欲躲闪，可张永的另一只手里不知何时已多出一把匕首，紧紧抵在他的腰眼上。

砰的一声爆响。鲜血迸射，溅了刘瑾满身满脸。众人定睛看去，原来张永在最后关头偏转枪口，射杀了刘瑾身边的一个随从。

刘、谷二人的手下纷纷拔刀出鞘，神机营众人则端起火铳和弩。

这一下着实把刘瑾吓得不轻。他转身便走，用变了腔调的尖锐嗓音叫道："神机营所有的人都听着，备好全家老小的棺材！"

张永垂下的手仍死死握住火铳，不住地颤抖。他知道这是放虎归山，但更庆幸没有一时冲动把刘瑾打死。

两个月过去了，李梦阳像一件无用亦无害的旧家具被遗落在诏狱里。

他知道自己心中还有很多尚未消解的欲念，但他不愿去想。生也有涯，纵有千种万种不甘，待到魂归九泉，一切也将变得毫无意义。退一万步说，即便你青史上留了名，后人充其量也就是透过那几页黄纸，知道有你这么一号人物，大概说过一两句什么话，做过一两件什么事。知道也就知道了。除此之外，再无其他。

由此看来，人生八成要以落败告终——在徒劳中落败，在虚无中落败，在沉寂中落败。今时今日的他即是如此。这是他此番入狱后的彻悟。总之，现在他对于死亡的态度，是不忧不喜、不卑不亢的。

看淡了死亡，死亡却久久不至。看来，康海的援救确实起了作用。

他的伤势逐渐好转，慢慢可以下床走动，再后来恢复到可以绕着狭小的牢房跑圈儿，练习他最喜欢的五禽戏。在马永成的特别关照下，他的牢房里可以成天点起油灯，三餐也还不错。知道他是河南人，狱卒甚至定期给他送来信阳产的谷雨茶。但是，无论他如何申请，都无法获得纸笔。大概是马永成有意打了招呼，怕他又放胆写出些什么东西，被刘瑾知道后招来麻烦。

孔子说："逝者如斯夫，不舍昼夜。"诏狱里的日子却像老男人的小解，千呼万唤，点点滴滴，欲流又止。没有纸笔就没法写诗写文章，不能总在墙上写血书，瘆人不说，早晚会搞成贫血。还有就是伙食虽然不错，但量太少，每餐总吃不饱，又不好意思向狱卒开口，人家会觉得你都蹲了死牢，还成天"吃啥啥没够"的，容易让人诟病自我认知有问题。

渐渐地，李梦阳养成了三大爱好：无聊时逗蚂蚁，发呆时抠墙皮，饥饿时吃茶叶。逗蚂蚁和抠墙皮让他的手像得了灰指甲，而吃茶叶使他整宿整宿失眠。不仅如此，他的爱好后来还在诏狱里引起了一场轩然大波。

问题出在抠墙皮上。墙皮越抠越多，墙体越变越薄，逐渐引发了诏狱管理层的普遍忧虑。负责安保的担心他刨坑越狱。负责基建的更是坐卧不宁，因为若是放任他再抠下去，势必暴露出诏狱工程质量方面的问题。就连宿管方面也不断接到其他犯人的投诉，说李梦阳的牢房里总传来奇奇怪怪的声音，严重影响他们的日常休息和学习，大大阻碍了他们悔过自新、重塑自我的进程。

所以，后来诏狱内部背着马永成成立了专班，经过几轮约谈，才成功说服他放弃这一爱好。

逗蚂蚁同样未能持久。可能李梦阳挑逗的手法让蚁族很不适应，他牢房中几个蚁巢的蚂蚁陆续举族迁徙。再后来，整个诏狱的蚂蚁都绕着李梦阳的牢房走。

茶叶没多久也吃完了。

三大爱好全部夭折。李梦阳只好整天躺在床上睡觉。

躺着失眠的时候，他时常回忆起家乡端午时节千帆竞渡的场景——万丈高阳之下跃动着喧天的击水声和锣鼓声。那种市井的蓬勃竞技，因急于求胜，向来为他所不喜。现在想来，也不失为一种生的证明。

饮食男女、丝竹管弦、星夜虫唱、初雪烟霞、雨中目送、隔窗细语……以往的他总会不经意地忽略这些生活细节——他心中装的朝廷事务太多，无暇他顾。比如，哪怕在家里待了一整天，看到董婉在眼前晃来晃去无数次，到晚上他依然记不起她穿的是什么颜色的衣服。后厨做了可口的食物，他吃到嘴里觉得好，吃完后就忘记了滋味，之后也不再惦记。如果说王安石吃饭只搛自己面前的菜，是因为有眼疾，那么李梦阳则完全是对盘中之味浑不在意。

董婉从贾敏那里学会了做李梦阳老家的山羊烩面。她初试牛刀那次，他边吃边想着公事，丝毫没有觉出不同，只是嘴上不知不觉多吃了两大碗。后来，董婉怕他撑出个三长两短，急忙喊停，他才反应过来。

李梦阳想到这些，不禁哑然失笑。

三个月后，他走出诏狱，已是草长莺飞、“芳林新叶催陈叶”的时节。这时距离董进之被抄家流放、董婉患伤寒去世已一月有余。

第十一章 撼动力量的天平

东厂坐落于东安门一带，看上去是一片平淡无奇的建筑，并无明显的恐怖气氛。

马永成和他的前任丘聚一样，喜欢待在厂内的侧厅里。以前丘聚常在侧厅查阅卷宗，听取密探汇报工作。马永成一般只是静静坐着，喝喝茶，发发呆。

侧厅里供奉着岳飞的画像，代表千古忠义。外墙上有狻猊和狄仁杰审虎的砖雕。马永成时常沏上一壶六安瓜片，端着茶壶，望着那砖雕出神。狻猊是古人对狮子的称呼。狮子最初从西域传入时，人们认为它威猛无比，能食虎豹，逐渐将其视作刚猛不可侵犯的象征。狄仁杰审虎是民间传说，说有个老妇人去公堂上告状，哭诉儿子被老虎咬死。狄仁杰于是派人给附近山头的老虎送去传票，命它们来公堂上对质。大概老虎们编瞎话的经验都比较匮乏，狄仁杰逼供、诱供的十八般手段尚未施展，其中一只老虎就坦白了，并自此承担起赡养老妇人的义务。

执掌东厂者，当有岳飞之忠、狻猊之威和狄公之智。这三条，马永成自知哪一条都够不上，之前的历任提督恐怕也一样。而且这个差事干得越久，罪孽越深，他真害怕自己不得善终。有一次，他去寺院烧香，在地藏殿里看到描绘十八层地狱的壁画。其中第十七层是石磨地狱，欺压良善的官吏都被打入其中，先被磨成肉酱，重塑成人身后再接着磨，如此循环往复，永世不得解脱。那幅壁画色彩浓重，笔触细腻，把血肉模糊的可怕场景和受刑者的惊恐表情渲染得惟妙惟肖，第一时间就在马永成心中投下了深重的阴影。从那以后，他就对肉酱避之不及，连吃了几十年的肉包子和荤饺都戒掉了。

从来都是小人物被大人物推着走，大人物又被时局推着走，只有凌绝顶的寥寥数人才可以造就时局，主宰晴雨。马永成自认为是那种被时局推着走的角色，一直走得四平八稳，小心翼翼。但是，逢时局诡谲、暗流争锋之时，纵然是弄潮的老手，也会有溺亡的危机。

前段时间，朝中又发生了几件大事。

第一件事是李东阳和刘瑾就新一批内阁成员名单产生了严重分歧。内阁是朝廷的中枢，上承天子，下运万方，因而两方势力都摆出寸土必争的架势。刘瑾提出，焦芳必须入阁，且要做次辅。李东阳对此坚决反对，他看中的人选是礼部左侍郎王鏊，以及之前被贬到南京、现任南京户部尚书的杨廷和。

明朝的内阁大学士官阶是一样的，但是排名有先后之分，依次是：华盖殿大学士、谨身殿大学士、文华殿大学士、武英殿大学士、文渊阁大学士和东阁大学士。其中，华盖殿大学士是首辅，总领阁臣。谨身殿大学士是次辅，算作内阁的二号长官。其后的都是阁员，称为群辅。

刘瑾、李东阳博弈的结果是焦芳、王鏊、杨廷和先后进入内阁。从一四九八年内阁首辅徐溥退休后刘健升任首辅，到一五〇六年，由刘健、李东阳、谢迁三人组成的内阁持续了八年之久。现在，这一格局被彻底颠覆。李东阳自然是首辅。焦芳有刘瑾保举，最初任文渊阁大学士，后来先后升任武英殿大学士、谨身殿大学士，成为次辅。王鏊初为文渊阁大学士，后升任武英殿大学士，排名始终在焦芳之后。杨廷和则在焦芳晋升次辅、王鏊晋升武英殿大学士的当月，经李东阳、王鏊等人保举，顺利进入内阁，任文渊阁大学士。

焦芳当上次辅后，刘瑾势力更胜从前，朝中起码有一半的官员开始攀附于他。他身边聚集起焦芳、张文冕、曹元、张彩等一批干将和谋士。这些人具备相当的执政才能，充当了他处理政务和日后变法活动的军师团。刘瑾本人也觉得，与文官们交好以来，自己的地位和声望获得了空前提升，故而越发疏远和鄙夷往日那群不长进的宦官弟兄。

第二件事是刘瑾矫拟圣诏，命令吏部和兵部凡遇文武官员的选拔及调动，必须先与他商议。都察院和六科的监察官们也必须先将奏折呈送司礼监，经他审核后，方可呈送圣上。这两条命令既限制了吏部、兵部和内阁对官员的任免权，又致使言官弹劾刘瑾的奏章无法直达御前。其后，他又矫诏废除天下巡抚一职，严重压缩了文官在地方上的权力。招招见血，每一下都打在李东阳的痛处。

此时，李东阳一派已完全落于下风。可马永成丝毫不曾怠慢，依旧把李东阳敬作百官魁首，对其多方策应。他努力在李东阳和刘瑾之间寻找着平衡，直到又发生了第三件事。

一个月前，刘瑾为制衡东、西二厂，专门在惜薪司成立了内行厂，组织密探对包括东、西厂在内的一切官署、人员实行监视和审问。惜薪司从一个负责给宫里送煤球的边缘衙门，摇身一变成为凌驾于二厂之上的第一特务机关。

那之后有一回，马永成领着一队番子外出办事。当时恰是大雪过后，银堆玉叠，万籁俱息，一派静谧寰宇。一群人脚踏积雪，犹如踩在干枯的落叶上，发出咯吱咯吱的声响。

在一串窸窸窣窣的脚步声里，马永成隐约感到身后传来异响。几个下属也有察觉。走在最前面的他突然停下脚步，高声道："小的们，把跟着咱们的两条尾巴给我揪出来！"

随着他一声令下，十几个身手利落的番子箭一般冲了出去。对方两人见势头不对，拔腿便跑。

雪地追逐极为不易，为防脚底打滑，众人个个跑得像憨态可掬的狗熊，肩摇臀摆，美感全无。最后一直追出三四里地，才把对方截住。那两人虽无路可逃，依然不肯就范，双方大打出手。两拨人赌气较劲，都脱去衣袄，丢掉佩刀，赤手对搏。

马永成贴身带的个个是精挑细选的好手，十几个人围着两个人打，竟一时占不了上风，花了半炷香的时间才将对方制伏，而且双方都挂了彩，身上看不见的伤更是不计其数。

费了这好一番周折，不光手下人个个怒火中烧，马永成本人也动了气，打算好好整治一下两个探子。

二人被撅住膀子摁在雪泥里，竟毫不胆怯。其中一人满脸笑意，抬眼看着马永成，虽然喘着粗气，说话的口气却异常轻松："提督大人，对不住，咱弟兄是内行厂的干事，奉司礼监掌印太监刘瑾之命，监视东厂行踪。"

马永成如同中了定身咒，整个人瞬间僵住，片刻间，脑中炸开无数个念头。这些念头相互碰撞，风烟平息时，已使他胸中的盛气泄了一半。他双目失神，冲下属们摆摆手："放他们走吧。"

手下们怎么甘心就这样算了，他们有的建议敲掉二人的门牙，做成七夕吊坠留个念想，有的叫嚷着要在他们后背刻上"东厂，弟弟错了"几个大字。最后都被马永成喝止了……

马永成至今回想起此事，还浑身不自在。好在他并不特别计较，监视就监视吧，反正被监视的也不止他一个。

相比之下，谷大用则对刘瑾恨意陡生。丘聚倒台后，东厂实力一落千丈，很难再与西厂抗衡。谷大用距离登顶似乎只有一步之遥。如今半路杀出个内行厂来，生生搅醒了他的春秋大梦。他几次三番找到马永成，暗示两厂联手，共同对付刘瑾。马永成顾左右而言他，内心其实已经动摇。但是，他还不愿过早地划分阵营，想再观察一下张永的态度。

张永在二更天接到宫中送出的急件。装信的竹筒上系着一条淡青色绸带，金花五色笺的左下方被折出一个角——这是皇上贴身太监黄伟与他约定的暗号。黄伟每隔七天便把宫里的一些重要消息传递给张永。但这么晚还往外送信则是头一回，因为宫门已闭，要费很多周折。张永知道一定是事态紧急，睡得有些散乱的鬓发未及梳理，心爱的熏过龙涎香、苏合香和麝香的春款驼绒短坎肩也没披上，就急忙拆信来看。

信上短短几行字，写道："瑾向圣上诬你私藏蒙古骑兵，心怀二志，欲将你调任南京司礼监。圣上未允。"

岂有此理！张永拍案而起，几乎一口气骂光了自己多年来积攒下的所有污言秽语，余怒未消，于是又打乱顺序骂了两遍，心情才稍稍平复。

之前王岳、李荣几个宦官也被贬往南京司礼监，前脚刚出京师，后脚就被截杀。如今不过是故技重演。

他预感到事情的紧迫性，决定天一亮就去面圣。他已经有一阵子没去见皇上了。近来皇上的所作所为引起举国震惊，京师里更是人心惶惶，百姓谈之色变。而所有诡异传闻都围绕着同一个中心——豹房。

第十二章 别害怕，我们是来杀你的

李梦阳启程去镇江府之前，刘瑾挨打的消息已在京师传得沸沸扬扬。传言铺天盖地，五花八门：有人说张永不顾皇上劝阻殴打刘瑾，有人说张永奉皇上旨意殴打刘瑾，还有人说张永和皇上联手殴打刘瑾……

那几天，李梦阳辗转多家茶楼酒肆，一边嗑着西瓜子，一边喝着茶，一口气听了十几种版本，兴致不衰。他综合各家，去伪存真，大致了解了事情的经过。

那天早晨，张永走进皇城西苑，顺着波光粼粼、杨柳依依的太液池一路西行，来到了豹房，呈现在他眼前的是一片广阔却并不高大的宫殿群。宫室数量不下百间，总体以单层建筑为主，极少数为双层，单檐歇山式的屋顶，金瓦朱墙，飞檐翘角，星罗棋布。

把守宫门的侍卫让张永的随从卸下兵器，又把他们浑身上下一处不落、仔仔细细搜查了一遍。张永见状也抬起胳膊。侍卫却道："皇上吩咐过，您不用搜身。"

随后，两名侍卫把他们带到一间花草掩映的小竹屋前，请张永入内，随从全部留在外面。

张永心道这又是何必！缴了兵器、搜了身放进来，才走这么几步路又把他们拦下，还不如刚才就让他们在宫门前候着。还有，难道皇上就选在这里见我？

张永刚进竹屋，门随即被关上。转过一道屏风，银灯照耀下，竟有一条宽阔的通道直达地下。

大概走了二三十级台阶，道路变成平地，水磨石的地面打磨得乌光水滑，阵阵香风迎面而来，幽凉似山涧下的水雾，空气中随即腾起一股清新的气味。复行数十步，转过一道弯，只见华灯如昼，画栋胜锦，一座宏伟壮观的地下宫殿骤然显现。

奇花环簇、金玉拱照之下，正德皇帝正躺在一张三面嵌着大理石的鸡翅木榻上。见到张永，他一跃而起，像雄鹰那样展开双臂，高声说道："你总算来看朕了！自打朕建了这座豹房，你可一次也没来过。怎么样，这地方还有些意思吧？"

还没等张永答话，皇帝已三步并作两步来到他面前，一把搂住他的肩膀，吩咐侍卫："快去把那几只土豹牵过来，给张提督赏鉴一下。"

这一如既往的亲密和热情，竟使张永有些不适应。他还是过往的他，皇上已非昨日的皇上。细微处的变化足以使整件事变味。仿佛一不小心，事态就会变得不可收拾。

张永环顾四周，发现这座地宫虽然极大，却是一座无梁殿。墙壁上有很多小门，显然是通往其他宫室的。此间侍卫的甲胄也很新奇，整体形制是一件罩在身上的开襟长袍，其上缀满金属小环，如同军中常见的锁子甲，上身无袖，下长过膝，腰部有一条束带。外界传言皇上近来设计了一种新式的甲衣，称为罩甲，应该就是此物。除了甲衣，侍卫身上还佩戴着一块刻画有豹像的腰牌。

宫殿的西侧不断飘来袅袅香烟和阵阵莺声燕语。张永望过去，看到一个巨大的八角形水池，池水呈蓝、碧、黄三色，边上布满鹅卵石，几十个身着轻纱的娈童或在池中嬉戏，或在池边琴瑟歌舞。娈童虽是年幼的男子，外貌、性情却与女郎无异，有些时候甚至有过之而无不及。他们出身贫寒，一旦被有钱有势的纨绔子弟盯上，便很难脱身。再加上少不更事，往往半推半就走上歧途。民间盛传皇上在豹房豢养了大批娈童。如此看来，传言不虚。这也导致宫外上至王公贵族，下至富商士绅，纷纷仿效，举国风气为之败坏。跟风者常说："当今圣上都玩儿了，我也得玩儿，不玩儿岂不是跟圣上和朝廷作对？"

张永没想到，数月不见，皇帝竟变得如此热衷于藏污纳垢，做尽苟且淫猥之事。不用说，其中自有刘瑾的一大份功劳。想到这里，他对刘瑾的愤恨又添了几分。

他正要开口劝谏此事，外面突然传报刘瑾求见。

张永一时神色慌张，不知何往。

皇帝见状，也知道个中缘由，便示意张永躲到座屏后面。

这一来可害苦了刘瑾。他头一晚向皇帝检举张永私下操练蒙古骑兵，本以为证据确凿，张永必有一场牢狱之灾，谁知皇帝未置可否。他哪肯甘心，如今又来了。他已经想好了，拉横幅、静坐绝食、拦御驾告状，甚至在豹房门口摆烛台、烧纸钱，凡此种种，在所不惜，总之一定要把张永搞倒。

"皇上，奴才昨日向您禀报过，张永私自将俘获的蒙古骑兵收编，在神机营内秘密组建骑兵子营，日夜操练，居心叵测。奴才以为，此事非同小可，务必对张永严加讯问，最起码也要将他调离神机营，发往南京司礼监，以防其不轨。"

刘瑾所述与事实基本相符。原是未曾在意的小事，如今被人当作把柄，完全有可能要了他的命。张永从昨夜获知消息后，便开始思索应对之法，至今苦无良策。

“俘获蒙古骑兵的事张永向朕禀报过，将其收编并且组建骑兵子营，也是朕吩咐他办的。蒙古人向来骑射本领了得，如能为我所用，便可以强制强，还治其身。”

刘瑾话刚出口，就被皇上堵死，一时无法，索性豁出去了，各种暗藏杀机的诟病张口就来，一堆虚无缥缈的罪名随机而生。

皇帝知道张永在座屏后听得一清二楚，担心二人就此结下深仇，所以不停岔开话题。不承想刘瑾已进入飞驰状态，根本停不下来。直到张永从座屏后怒火万丈地冲出来，他还只是奇怪面前怎么突然多了个人，这人怎么感觉这么眼熟，他怎么还朝自己举起了拳头……

张永虽不是行伍出身，但这几年老在军中耍，多少也混了把子力气。而刘瑾平时根本不运动，懒到恨不得上茅房都让别人把着，哪里是张永的对手，不消片刻，身上已挨了好些拳脚。

皇帝从来没见过下臣当着自己的面互殴，一时间有些发蒙，等到反应过来，又不方便亲自去拉架，只能叫侍卫来帮忙。这一耽搁，刘瑾左脸已被打肿。侍卫们冲过来，看到两个级别如此之高的官员扭打在一处，感到颇为棘手。怎么拉呢？用力太轻拉不开，用力太大扯到谁伤到谁，他们都担待不起。这一犹豫，刘瑾的右脸也被打肿。等到两人终于被拉开时，刘瑾早已是猪头附体，面无人色。

李梦阳乘一驾马车出了京师，像獾猪一样昼伏夜出，花了两个月才赶到镇江府治下的丹徒县。他早在东、西二厂挂了号，因此一路格外小心，看到野狗都生怕是假扮的。

李梦阳十年前曾到杨一清府上拜访过一次，他自负记忆力惊人，边走边回忆着去往杨府的路线，很快便迷失在丹徒的街巷中。最后还是不得已去问路人，几番询问，百姓都说不知道。这就令人费解了。且不说那么大一座宅子，单是本地出了部堂这样的大官，四里八乡必定无人不晓。再看他们的神色，不像是不知道，倒像是不敢说似的。难不成杨府出了什么变故？

他只好不顾西东，四处乱找。抬头看看天色，日光渐沉，浓云如一条酗酒的棉裤从远处颤颤巍巍地压过来。恐怕不久就有大雨。

他疲惫地一屁股坐在街口，看到地上成群结队的蚂蚁，下意识捡起一根树枝就要去挑弄。突然高空一声雷响。他骤然清醒，为之肃穆，继而又拔剑四顾心茫然。惊魂甫定，他无意间看向街尾，所有记忆瞬间浮上了心头——街尾那座门庭高大、宅前立着抱鼓石的府第不正是当年到过的杨宅吗？

李梦阳大喜过望，窜天猴一般飞奔过去，仿佛杨一清已站在门口等候。

其实直到此时，他自己也不清楚此行的目的何在，甚至没想好见到部堂后第一句话要说什么。他只知道，自己已经一无所有，事业、家庭、理想全部付诸东流。半生心事，皆成泡影。他现在渺小到一文不值，孤独得可以融化在夜色里。他要么留在京师，余生做一具行尸走肉，要么就来找这世界上唯一的寄托，把自己这份孤独通通说给他听。

他向前奔着，感受到许久未有的轻松。大门就在眼前，几步之遥，门后就是那位寒夜灯火一般的长者。

他忘情地跑着，忽然脚下被什么东西猛地一绊，整个人向前扑倒，狠狠摔了出去。与此同时，几个人从暗处冲出，把他死死按住，喝道：“又想来讨便宜，今天就让你个狗娘养的折在这儿!”

李梦阳拼命扭着头往回看，只见捉住他的几个汉子都是普通百姓打扮，面相却极其凶恶，眉眼间射出咄咄逼人的杀气。他立刻意识到这是一群盗匪，虽然也隐约觉得有什么地方不对，但更多的是涌上一股心酸——为何会在此时此地遭遇这种无妄之灾?

他不再挣扎，安静地躺在地上，品味着身体和内心的疼痛，想到或许冥冥中早有安排，注定他此生再也见不到部堂了。

他兀自难过，忽听得前方响起一个声音，如金属般沉稳厚重，掷地有声：“把人放了吧。有我们在，还轮不着你们撒野。”

李梦阳抬头看去，一队手持弓弩和腰刀的官兵正迎面走来。

身后的几个汉子立时慌了神，控制着李梦阳的手也放松了。这一松不打紧，李梦阳趁机挣脱，一溜烟跑到官兵身后。

人一跑，汉子们更加慌了，既想把人夺回来，又不太敢上前交手，犹豫再三，最终悻悻而去。

李梦阳大概是得救了。官兵们也不说话，只是带着他往前走，穿街过巷，来到一座荒废的寺庙门前。领头的一个军官开口道：“李大人，方才受惊了。”听声音就是刚刚说话的那个人。

李梦阳忙拱手道：“还要多谢军爷仗义出手，敢问军爷怎么称呼？”他注意到面前的男子四十来岁，额宽眉正，鼻唇间一撇美须，乍见即有几分善意，心道此人可能是地方驻军，或许还是部堂的部将。目光再往下打量，见他脚下踩的不是寻常官兵差役穿的皂靴，竟是一双白皮靴。

李梦阳暗叫不好，知道自己上当了。

军官见李梦阳盯着自己的靴子出神，知道身份已被识破，也不再隐瞒，笑道："李大人，在下是西厂的档头，姓葛，单名一个良字。奉谷大用谷提督之命，在此迎候。早前，提督有命，若在此间见到大人，格杀勿论。因此，在下日夜烧香拜佛，只求大人不要到丹徒来蹚这浑水。可老天偏偏不长眼，大人到底还是来了。今日在下职责所在，迫不得已要切下大人的脑袋，大人莫怪莫怪呀。"

他语态柔和，笑意连连，像是十分诚恳地跟李梦阳商量一件什么事情，一派春光和煦。要不是脑袋只有一颗，李梦阳简直要答应送给他。

常言道，世间既有笑面老虎，也有虎面菩萨。这葛老兄怕就是前者。李梦阳刚出狼窝，又入虎口，本该伤心难过，但想到如今连杀手都这么温和恭谨，处处表现出极佳的待客之道和优良的职业操守，这不恰好印证了温良恭俭让的圣人之道已深入人心吗？不觉心生慰藉，欢欣不已。

说话间，又一队人马赶来。葛良和李梦阳循声望去，只见刚才的几个汉子去而复返，身后跟着一大队井然有序的步兵。

李梦阳瞧瞧那些汉子，又瞧瞧葛良，不禁晕头转向，分不清哪个要杀他，哪个要救他，又或是要争着杀他也说不定。

纵然落魄，何至于像猎物一样任人争抢？他自觉尊严扫地，不禁悲从中来。

来者转眼即至。葛良面对数倍于己方的对手，非但面无惧色，反倒颇有些不耐烦。他无奈地叹了口气，说道："想必诸位也知道我们是西厂的人。西厂办事，闲人勿扰。今天你们就算把总督府的亲兵搬过来，这人也照样领不回去。有闲工夫在我这儿白白耗掉，还不如早些散去，喝喝酒耍耍钱，岂不大家自在？"

葛良话音刚落，对方人群中款款走出一个书生模样的人，年纪与李梦阳相仿，面如霁月，目若寒星。葛良认出此人正是李东阳府上的门客顾随。

顾随面色凝重，一言不发，不住拿眼在人群里搜寻，大概是要确认李梦阳安然无恙，对面前的葛良熟视无睹。

自打顾随现身，葛良便立刻收起刚才的傲慢，连忙上前几步，行礼道："在下西厂葛良，奉上官之命在此办差，未敢想竟遇见顾先生。"

顾随闻言有些意外，朝葛良那边扫了一眼，对此人依旧没有印象，随即说道："鄙人不过一介布衣，平素又深居简出，不敢贻笑于人前，大人怎也认得？"言语虽然谦逊，语气中却流露出十足的冷漠。

葛良脸上又现出三春暖阳，吟吟的笑意跟刚才向李梦阳索要脑袋时并无二致，只是又增添了几分恭敬："先生过谦了。在下前年夏天随谷提督到阁老府上议事，有幸见过先生一面，至今记忆犹新。先生虽未在朝为官，平日也极少露面，但入李阁老府做上宾的三年，指点江山，出手如神。现在大家都说'大明不可一日无李阁老，阁老不可一日无顾先生'，先生大名早已威震海内。"

"哦。看来你确实认得我。"顾随声音很轻，像是喃喃自语。

他原本还在思忖怎样把李梦阳抢回来，现在既然身份暴露，那可选的路就只剩一条了。他抬头看看天色，暴雨随时会来，再不动手，恐怕就没机会了。他一抬手，士兵们纷纷送刀入鞘，从背后取下火枪，把葛良等人团团围住。

第十三章 去宁夏吧，那里有人在等着你

顾随把李梦阳送到杨府大门前，就带着人匆匆告辞了。从他口中，李梦阳得知现在各方势力都在密切注视着杨府。杨一清刚回到丹徒，西厂的番子们就紧随而至。与此同时，李东阳秘密派来保护杨一清的人马也进驻丹徒。杨一清的旧部闻讯后，不只害怕西厂加害他，对李东阳也不甚放心，于是从边军那边也拨来一队人马。

西厂、内阁和边军，三路人马在杨府四周布下了十几个暗哨，虽然剑拔弩张，却也一直相安无事。大家偶尔隔空对骂几句，选用的脏字也都比较轻缓，以动物名为主，尽量避免涉及性器和对方长辈，总体而言保持了相当程度的克制。

直到李梦阳出了京师，一路朝着丹徒方向赶来，自以为隐蔽完好，其实早已暴露于众目睽睽之下。李梦阳的举动无形中向各方传递出一个信号，让大家误认为杨一清这股力量正在谋求复苏。

于是，西厂的人开始不安分，半个月之内连派两批人潜入杨府行刺，好在都被杨的部下击退。形势突变，顾随也奉命带着火枪队赶来。

最初把李梦阳按倒在杨府门前的几个汉子就是边军的人。此前，他们连续两次让西厂的刺客逃走，正恨得牙根痒痒，看到李梦阳发疯似的朝杨府奔去，大有一种暴徒怀揣炸药和砍刀冲击官署的气势，才误把他当作西厂的刺客。

李梦阳听得两颊发烫，不是后怕，而是觉得自己竟给顾随和边军带来

这么大的麻烦，俨然成了所有人的累赘，很是过意不去。经历了如此多的苦厄，以往的几分自负早已消磨殆尽，此刻李梦阳不免自惭形秽。

他同时也感到奇怪，西厂既然不想让他跟部堂见面，为什么不索性在半路就把他了结，而是要冒险进杨府行刺。不过，他很快又想通了其中的缘由：自己才几斤几两呀？西厂真正忌惮的还是部堂。部堂门生无数，杀一个李梦阳，还会有十个、百个李梦阳赶来丹徒。所以，西厂的首选是除掉部堂，永绝后患，行刺不成，才想到杀他李梦阳。

李梦阳到底来到了杨府。走在府中幽深的小路上，他双手竟不自觉地颤抖起来。不为别的，他第一次感知到时光那沉厚的质感和吞噬一切的伟力——上一回走在这个园子里，还是十年之前。十年啊，自己向来惜时如金，可十年还是就这么不由分说地飞驰而去。十年让世道面目全非，也让自己几度沉浮。

现在算是又回到原点了吗？似是而非。人永远不可能再回到原点。当你从原点迈出第一步开始，它就已经被时光的黄沙淹没了。除回忆以外，再没有其他方式可以触及那个曾经的原点。

杨一清现居的宅第是其父生前所建，深宅大院，布局考究，属于典型的江南园林式建筑。小路曲曲折折，尽头被草木、假山、亭台和回廊遮蔽，精巧幽深，遮断望眼。

江南一带的园林地面往往用砖、瓦、条石、碎瓷、缸片和鹅卵石等材料铺筑而成，图案精美，色彩鲜明，寓意丰富，称为花街铺地。李梦阳初次造访杨府时，便被地面上的各式图案所吸引。他看到有用墨色鹅卵石和方砖铺成的花瓶，里面插着三把戟，立马意识到是“平（瓶）升三级（戟）”

之意。还有一只鹤站在一只龙头鱼身的神兽背上，取意当是“独占鳌头”。一鹤一鹿，鹤首向上，鹿首向后，意即“高官（观）厚（后）禄（鹿）”……

而现在，那些有仕途进取之意的图案通通从地面上消失了，取而代之的是五福捧寿、松鹤延年和牡丹穿花一类寓意吉祥福寿的图案。莫不是杨部堂的心性变了，不再倾心于仕途的显达，只想在平安福寿中度过余生？

李梦阳会心一笑，他对自己这位老师再了解不过了：部堂不仅有格物致知、修身齐家的执着操守，更有治国、平天下的恒久热忱。只要一息尚存，他就会继续向上攀登，力求在更高的位置上发挥更大的能量。但越是拥有权力、越是在乎权力的人，越是避讳谈权力。所以什么平升三级、独占鳌头就都被换成松鹤牡丹了。

万方多难、众星陨落之时的重逢，让杨、李二人都格外激动。毕竟，能活着见到彼此，需要一连串特殊的机缘和造化。杨一清看起来依旧意气风发，李梦阳也能勉强装出昔日的从容气度，只是两人腔子里都添了不少风霜浸泡的酸楚，一时片刻还未及表露，就像盛开的丛菊，姿态虽好，秋意却已入骨。

李梦阳向杨一清讲述自己在杨府门前遇险和被救的经过，然后将话题转向顾随：“学生以前对顾随了解不多，今日见他临危不乱，出手果决，西厂十几号人，他居然说杀就杀。那毕竟是西厂啊！”他咽了下口水，继续说道，“就冲这一番魄力，着实称得上是一位豪杰。学生现在还不禁后怕，他就不怕给李东阳惹上大麻烦？”

杨一清道：“顾随既然敢拍板，后面就必定有李东阳全力为他撑腰。而且据我所知，现在内阁的方略暗地里有三成倒是顾随定下的。”

李梦阳惊诧不已，想不到相仿的年纪，别人不显山不露水的，已经把事业做到这等境界了。相较之下，自己简直是河伯观海、井蛙窥天。

喟叹之余，他更加不解：“部堂早看出顾随有大才，当初为什么要把他拱手让给李东阳？还有张彩，他满腹韬略，部堂却对他弃而不用。如今他投靠了阉党，成为刘瑾的得力干将，真是相当棘手。”

杨一清摇头笑道：“橘生淮南则为橘，生于淮北则为枳。三年前，顾随来陕西拜见我，欲投我门下。我当时虽总督三镇，勉强称得上封疆大吏，可他旷世之才，去中枢远比留在我这里要适合，所以我就把他举荐给李东阳。事实证明，当初的决定还是不错的。同样的道理，张彩来找我时，我也看出浅水难养蛟龙。不过，我给他指了另一条路，建议他去投奔刘瑾。张彩不愧是义薄云天的志士，甘心背上骂名，做了刘瑾府上的第一谋士。试想，如果没有他从旁匡正，刘瑾必定更加倒行逆施，无法无天。”

李梦阳不由想到，战国时苏秦帮助同门张仪入秦国执政，结果张仪执掌权柄后，极力鼓吹连横政策，最终使苏秦精心缔造的合纵联盟土崩瓦解，苏秦本人也因此被天下唾弃。人心叵测，世事难料，但愿部堂别走苏秦举贤的老路。但不可否认的是，部堂确实是一个心胸如海、目光如炬的人。这些年，俊才入他麾下，即刻便被保举；金银入他府中，转手即被散去。朝野上下莫不赞许。

李梦阳担心的问题，此刻也在杨一清的脑海中盘旋。他也无法预料，张彩这步棋到底有没有下错。人总会变，何况是在那样一个虎狼窝里？

李梦阳随后又聊到自己如何按照杨一清的提示，设计除掉丘聚，只可惜没扳倒刘瑾和谷大用。他们都觉得之前低估了谷大用，此人眼光毒辣，警惕性极高，从不轻易放过任何一个威胁，很多人熬过刘瑾那关，却熬不过他这关。此番对杨一清和李梦阳的穷追猛打，再一次证明了这一点。

最后，李梦阳又从杨一清口中听到一个噩耗。就在他离开京城之后，他的至交好友、杨的得意门生许天锡含恨自尽。许天锡字启衷，和李梦阳、仇钺是杨一清最器重的三个门生。他性情秉直，敢怒敢言，多次上疏针砭时弊，是不可多得的诤臣和赤子，也被外界视为杨门力量在言官队伍中的杰出代表。正德元年，他以工科都给事中之职出使安南，代表朝廷对安南国王进行册封。前些日子，他功成归来，发现朝政已被刘瑾把持，礼崩乐坏，万马齐喑，所有敢说真话的臣子都遭到贬谪。他悲愤至极，即刻组织人手清查宫中府库，收集到刘瑾贪赃的几十条罪证。他心知上疏之后必定会遭到打击报复，于是横下心来进行“尸谏”，写好奏疏后，便悬梁自尽了。

李梦阳强忍住悲痛，问道：“那他的奏疏皇上看到没有？”

“没有，”杨一清仰面，默默闭上眼睛，“启衷自尽前，妻子儿女都不在身边，他把奏疏交给一个贴身的书童，嘱托他转交给朝廷。无奈启衷死后，书童害怕引火烧身，带着那封奏疏逃到乡下去了。目前李东阳正在派人寻找。”

李梦阳把头埋得很低，半天不说一句话。

“你一定在想启衷这么死到底值不值得。”

“嗯。”

杨一清看向他，像慈爱的父亲看着受挫的幼子：“说到底，从来没有什么值不值得，不过是对自己有个交代。当浩劫来临，不可能所有人都全身而退，总有人要殒身。其实，天道不彰，生灵受苦，我们这些身为人臣的，早已不配苟活于世。我们不过在各自挑选一个恰当的时机、一个特殊的时刻、一个确信的理由，然后英勇赴死。虽然未必有用，却可以心安理得。要知道，为信念而死并不屈辱，怀抱信念却看不到希望地活着，才是真正的屈辱。”

杨一清说话的声调平淡如水。李梦阳却分明看到他眼中满溢的失落和悲怆，尤其提到许天锡的名字时，他的身体会不自觉地晃动。

两人各怀心事，相对无言，一直到仆人进来掌灯，又陆续摆上晚饭。

为了让李梦阳品尝一下丹徒当地的风味，杨一清特地吩咐厨房准备了几样地道的小菜，此时已摆上桌。四道热菜是拆烩鲢鱼头、香醋小排、大煮干丝和淡菜炒笋尖，两道凉菜分别是酒风猪肝和花生米。可宾主二人谁都无心动筷，只是一杯一杯地喝着闷酒。

李梦阳本来有一肚子话想跟部堂说，此时却一句也说不出口。有时候，你心心念念地想着，要跟某个引以为知己的人倾诉衷肠，日思夜盼，几多憧憬。等到真正见了面，却发现无论气氛还是情绪，都和预想中的不同。到最后，就连对方到底是不是知己，自己有没有资格对着他细语长说，都变成无法确定的事。

李梦阳端着酒杯，望着饭厅的窗格发呆。窗格上镂着周敦颐爱莲图、陶渊明爱菊图、王羲之爱兰图以及林和靖爱梅爱鹤图。突然，他内心一动，想到自己干脆也去寻一片空山无人、流水落花的去所，与清泉野鹤为伴，无牵无挂，了却残生。他如今已非官身，于朝堂于百姓再无一丝用处，退守田园当是最好的归宿。

杨一清见他对着四爱图出神，当即猜到他的心思，说道：“京师你是回不去了，我这里你也看到了，犬牙交错，同样不是净土。去宁夏吧。或许宁夏才是你最该去的地方，那里还有人在等你。”

李梦阳只道杨部堂所说的人是仇钺，并不曾想到在宁夏等着他的，除仇钺以外，还有更要紧的人。

“部堂，我听说仇钺之前进京，被刘瑾任命为西厂掌刑千户，后来不知道什么原因又离开西厂，重新回宁夏去做他的游击将军了。这事实在蹊跷，想必部堂是知道内情的吧？”

杨一清叹了口气，道：“仇钺把八虎想得太简单了。这件事说来话长。等你到了宁夏，亲自去问仇钺吧。”

两天后，李梦阳从丹徒启程赶往宁夏。临行前，杨、李二人互赠诗作。

李梦阳作了一首《感怀》：

“山寒水渺两堪怜，无限秋光客路前。何处闲游怀远梦，几多苦旅抱愁眠。登高终有风摧絮，绕树从来雨逐烟。人道天河能信步，溯洄倏忽失华年。”

杨一清送了他一首《大江头》：

“月盖星舆织女家，琼花玉树似无涯。牛衣唯有凭栏叹，虎竹方能纵笔夸。黄陇谁教生火凤，紫台何见落寒鸦？真金到底浮沉出，淘尽江头百万沙。”

有趣的是，两人诗中流露出的态度都有别于心中所想。李梦阳虽然伤痕累累，也萌生了归隐山林的想法，但一盏心灯到底没有熄灭。只要部堂吩咐，他还是会继续为时局奔走，全力以赴去寻求转机。况且部堂运筹帷幄，这次既然安排他去宁夏，一定还有巧妙的计划。部堂既不点明，自己见机行事便是。

而杨一清表面上依旧勉励学生要浴血坚持，自己却已然心灰意冷。尤其随着时间的推移，他逐渐意识到当初的刺虎计划未必妥当，可又想不出更好的办法来挽救危局。李梦阳对刺虎计划并不知情，所以没法将这一段心事说给他听。他让李梦阳去宁夏，主要还是想借助仇钺的边军把他保护起来。同时，他隐隐预感到李梦阳与仇钺会合后，还会有一番作为。可再一想，李梦阳虽聪慧机敏，到底不过是一介书生，现在又被革了职，即使到了宁夏，在一个远离政治中心的边疆小城里，又能做成什么事呢？

李梦阳坐在马车上，手里握着杨一清赠他的诗笺。车外的风景零零落落，影影绰绰，仿佛迷人而矜持的少女，又像伪装成乐土的荒原。

他隐约听到滴滴答答的水滴声，低头一看，才发现是自己的眼泪顺着面颊落到了笺纸上。

他这才意识到，自己心中充满了遗憾：遗憾过早离世的董婉，遗憾支离破碎的功名，遗憾颠沛流离的身世，遗憾永难再见的贾敏，遗憾渐行渐远的京师，遗憾寥落黯淡的余生……想着想着，他不由自主地泪如雨下。

自己尽力了，真的已经拼尽全力。可为什么还是这样的结局？为什么偏要承受眼前的一切？自己一直以来奋不顾身追求的到底是什么？难道就是今日的孤苦伶仃和无处容身吗？

终有一天，我们不得不承认自己的平凡与渺小。我们实现不了理想，也改变不了世界。我们在情感和生活的困境中左冲右突，在心动时退缩，在得意时错过。太多悔恨的事无法追究，太多思念的人无法相守。不是未曾尝试追求，只是刚一抬手，梦境全都消失不见。

李梦阳终于放开声音号啕大哭，在那个久阴欲雨的下午，在那段驶向陌生的旅途。

第十四章　你们就知道坑我

整个下午，焦芳在刘府如坐针毡。面对刘瑾的呵斥，他满面羞红，唯有点头赔笑。

自从升为次辅，他可谓事事不顺。在内阁，李东阳、王鏊、杨廷和三个老家伙动辄给他来个“三英战吕布”。三位大学士个个满腹经纶，文辞滔滔，相比之下，他简直就成了草包，一张嘴就露怯。在刘瑾这边，他的地位也一落千丈。以前，刘瑾对他诸多仰仗，政令、奏章多半都由他起草润色。现在，刘瑾无论大事小事，全听凭张彩做主。

但见新人笑，那闻旧人哭。如今焦芳见了张彩，要像见了二主子一样毕恭毕敬。今天也是如此，正赶上刘瑾休沐，焦芳、刘宇、曹元一群人在刘府外从早晨等到中午，一直得不到召见。张彩到后，冲门房问了句“老头子在家吧”，便信步往里迈，简直比回自家还随便。别的不说，单一句“老头子”，除了他谁还敢这么叫？

张彩这个人，总让焦芳有种说不上来的感觉。那家伙表面不动声色，明里暗里、有意无意地似乎老在针对他。焦芳自问既不欠他钱，也没说过他坏话，见面打招呼时的笑容虽然又假又僵硬，但也没难看到让人怀恨在心的地步呀！别的不说，最初还是他把张彩推荐给刘瑾的。当时他看出张彩是个人物，又得知他跟刘瑾是同乡，出于对刘瑾的讨好，把张彩带进了刘府。

张彩外表正应了古人那句“为人洁白皙，鬑鬑颇有须”，头戴高冠，身着华服，出口便是宏图伟略、锦绣文章，器宇风度，冠绝一时，简直把神机营的张永都比下去了。

刘瑾见到后，果然喜不自胜，上前攥住他的手赞叹道："都说李白是谪仙，我看先生才是仙人下凡！我这是哪里修来的福分，竟有幸与仙人结识！"之后短短一年中，张彩从文选郎一路升至吏部尚书，位列六卿，速度之快，简直堪比冲天炮，看得焦芳等人目瞪口呆。

张彩升任吏部尚书后，开始掌管全国官吏的任免及调动。此后，凡是焦芳与其子焦黄中提议的人事任免，张彩一律否决。焦氏父子礼都收了，人却推荐不上去，差评率直线飙升，处境异常尴尬。屋漏偏逢连夜雨，船迟又遇打头风。偏在这个节骨眼儿上，突然有个叫段炅的翰林院检讨不知从哪里收集了一大堆焦芳的黑材料，隔三岔五便向刘瑾打小报告，害得焦芳多次被刘瑾当众责骂。

其实焦芳也握有张彩的把柄。张彩极爱美人，遇到有姿色的女子，必须尝上一口。他听说太常少卿刘介和平阳知府张恕家中有美妾，就不顾同僚之谊，威逼利诱，最终将他们的妾室占为己有。但焦芳觉得即使把这些事告诉刘瑾，以刘瑾对张彩的宠爱，八成也不会责备他。再者，焦芳虽然怀疑段炅是受张彩指使，毕竟没有确凿的证据，为了无法坐实的事情去挑战张彩这个强敌，冒险且不合算。

内外交困之下，焦芳只好求助于神明。他生肖属虎，今年是蛇年，与虎年相差三年，恰好是道教中所称的刑太岁（即与太岁呈偏冲之势）。俗话说得好："太岁当头坐，无喜恐有祸。"焦芳于是把自己的本命太岁甲寅太岁张朝大将军请到家中，日日虔心叩拜，希望能时来运转，否极泰来。

焦芳拜神险些拜出了腰肌劳损，焚烧的香火抵得上一场山林大火，仍未得到神灵的眷佑。段炅又向刘瑾参他一本，告发他假冒刘瑾的名义向官员索贿。刘瑾气得把心爱的斗彩鸭缸杯都摔碎了，越说越气，抽出宝剑来要刺死焦芳。曹元、石文义等人好不容易才给拦下来。

张彩在一旁抱着膀子冷笑，心里骂道："狗贼，这还只是个开头，不好受的还在后头呢！"

当天晚上，众人都散去后，刘瑾留张彩在花厅饮酒。酒过三巡，二人兴致渐渐高涨。喝酒从来不是目的，为的是酝酿情绪。肉麻的话必须等酒后说，如果滴酒不沾都能说出口，那脸皮是得有多厚！

张彩要来纸笔，笔走龙蛇，为刘瑾写下"六合今逢清朗日，宜乘朔气逐云涛"两句诗，一来赞美天下在刘瑾的治理下一派祥和景象，二来鼓励他乘云而上，更进一步。刘瑾感动不已，眼泪鼻涕洒得酒里菜里到处都是。张彩见状，知道时机已到。

前段时间，他目睹刘瑾敛财无数，百官为投其所好，争相贿赂，一时朝野上下，贪腐成风。于是劝刘瑾说："您知道那些给您送礼的人钱都是从哪里来的吗？不外乎两条路，一是贪污公款，二是压榨百姓。他们打着您的旗号大把捞钱，让您一个人担着骂名，最后送到您手里的却连他们贪墨的十分之一都不到。长此以往，民怨势必沸腾，您要如何向天下人交代？"

刘瑾深以为然，尤其想到那些人本来就是沾他的光，现在居然贪的比他还多，顿时觉得吃了泼天大亏。

在那之后，御史胡节从山东挂完职回京师，特地给刘瑾送上厚礼。刘瑾一反常态，不但严词拒收，还将胡节问罪查办。少监李宣、侍郎张鸾、指挥同知赵良从福建挂职回京，一起送了刘瑾二万两白银。刘瑾把钱全部上交府库，让三人在牢房里和胡节凑了桌牌。他还趁此机会查处了一大批行贿的官员，使官场风气稍稍好转。

这一次，张彩想向刘瑾建议的已不是打击行贿这么简单，蓬勃的野心已经禁止他继续缩手缩脚。接下来，他要推行的是一场疾风骤雨般的变法，要借刘瑾这头老虎的力量震慑山林百兽，改变世间的规则。如果说，大明此时的政权运作机制是一个由皇帝、刘瑾和李东阳共同打造的结构精巧、防守严密的马蜂窝，那么张彩极有兴趣做一个捅烂马蜂窝的挑战者。

花厅夜饮的第二天，“刘瑾变法”正式拉开帷幕。变法第一阶段的措施被整理成《见行事例》向外颁布，其内容涉及军事、赋税、选官等多个方面。内阁一方面惊讶于刘瑾居然能在短时间内提出如此系统性的改革方案，另一方面也看出《见行事例》中虽然包含规范官员考核、减免灾区赋税等积极措施，但整体显得相当不成熟，许多措施如果真正推行，极有可能引发一系列结构性的问题。但出于各方面考虑，内阁最终还是投了赞成票——如果说他们真的有投票权的话。

与张彩所设想的一样，变法活动炸出的第一个响雷就是八虎集团的正式分裂。《见行事例》施行后，从中央的司礼监太监到派往各地的中使，各级宦官的权力均遭到严格限制，东、西二厂尤甚。八虎迅速分裂为两派：一派包括谷大用、张永、马永成、罗祥等人，以谷大用、张永为首，另一派则只剩刘瑾一个。

不过，刘瑾此前早已跟其他宦官疏远，之前甚至还爆发过刘丘斗法、刘张互殴的治安事件，如今的分裂究竟又能给文官集团带来多大的益处，在众人眼中依然是未知数。

李梦阳在一队边军的护送下赶往仇钺军营的驻地——宁夏镇安化县。为避开西厂的追踪，他们刻意乔装成赶路的商队。很多人不知道，其实安化是李梦阳出生长大的地方。他在安化一直长到十岁，因为家里太穷，在当地实在无法谋生，才举家迁回祖籍地河南扶沟。

穿越南直隶、河南，进入陕西。到达潼关卫李家庄时，李梦阳远远听到汹涌奔腾的水声，犹如万钧雷霆，震荡心魂。再行数里，来到黄河之畔。河水翻滚如沸，在夕阳下透出酱紫色的光。河对岸即为“千古黄河第一渡，鸡鸣一声听三省”的风陵渡。风陵渡地处山西、河南、陕西三省交界处，扼黄河之咽喉，历来为兵家必争之地。明朝在风陵渡设有船政司，负责掌管这一带的船运交通。

数声鸣叫从空中传来。举头望去，几只大雕在头顶盘旋不已，转而又如流矢一般飞往对岸的渡头。李梦阳见那雕雄伟矫健，双翼一展，如垂天之云，深以为奇。

更奇的是，百十丈之外的河面上竟用船只和木板连起一座横跨两岸的浮桥来。

浮桥一般只在渡河作战时才搭建，战后即拆除。明朝初年，边军曾在兰州建镇远浮桥，将二十四艘大船并排，连接起黄河两岸。每船以锚定于水中，再用铁缆将各船连接，铁缆末端固定在两岸的巨型铁柱上。船上架有木梁，木梁上铺设木板作为桥面。镇远浮桥建成后，以其贯黄河之势、立中流之固而威震天下。镇远浮桥作为防御工事的一部分被长期保留，在浮桥的使用中算是一个特例。此处的地理位置不比兰州，就抵御外敌而言，根本没有架设浮桥的必要。在这里搭一座浮桥，除非是有一边的明军要攻到河对岸的明军驻地去。

明朝设九大军区，有“九边重镇”之称。此地一河之隔，分属两个不同的镇管辖。河这边的潼关属延绥镇，总兵陈继同是部堂的老部下。对岸的风陵渡属太原镇，总兵薛启德是刘瑾提拔的人。此二人不是牛郎织女，凭空搭起一座桥，难不成是为方便两岸村民走亲戚？

再往前行，只见桥头有重兵把守。李梦阳上前一问，才知桥是太原总兵薛启德从对岸搭过来的。

薛启德最初说要建桥，延绥总兵陈继同只道他是痴人说梦。没想到薛启德真在风陵渡调集大批船只和工匠，开始打造铁柱、铁缆。

陈继同勃然大怒，骂道：“二球货，仗着有阉党撑腰，造桥造到我延绥镇来了！他敢造一座，老子就敢造两座！”

陈继同命人预备下大量火箭火把，只等薛启德的船开过来，就把他们连人带桥烧个精光。谁知这时兵部传来急令，命薛启德尽快将浮桥建成，相邻各防区军队一概不得拦阻。陈继同傻了眼，只好等桥建成后，在这一边布下重兵，以防不测。

李梦阳心道，此地并无战事，造这么一座浮桥着实可疑，不知刘瑾和薛启德到底安的什么心。他走上桥去，看向河面，河水冲击桥身，漾出一圈圈水纹。他看得入了迷，莫名认定那波纹里藏着什么东西，也许是他的命运，抑或是流逝的年华。

他俯在缆绳上，探起身子细看，终于把波纹里的东西看得分明：那竟是一朵芙蓉花，花心里隐隐绽出董婉温柔的笑靥。她在打趣自己，笑他如今独自流浪，满鬓尘霜，笑他再也回不到从前，再也回不去与她相守的那些时光。

李梦阳盯着河水，越看越出神。突然间，河流仿佛铁幕一般静止了，而桥身却飞速地后移，他只道自己要被带往遥不可知的异域，在那里永世沉沦。

“李大人，使不得，使不得啊！”

他回过神来，回头看见一个兵丁拦腰把自己紧紧抱住，这才发觉若不是对方拦着，自己早已投身滚滚浊流。

第十五章　卧底初体验

一路向西，跋山涉水，越走越辽阔，越走越荒凉。大漠孤烟直，长河落日圆。月下飞天镜，云生结海楼。

李梦阳惊叹之余，也不禁感慨：若不是自己丢官罢职、四处避难，恐怕这辈子也没机会再来领略这大西北的风光。因苦难而陷入漂泊，反倒在漂泊中饱览了寻常人难得一见的奇丽风景，在最荒凉的旷野享受到最极致的孤独，不知道这算不算因祸得福。

因为杨一清打了招呼，所以每到一地，就有一队地方守军出面，暗中护送他们过境。尽管如此，李梦阳还是觉得他们此行过于顺利了。他不知谷大用已经改弦易辙，不再与他们为难，只奇怪一路上竟没见到半个西厂杀手的影子。

经过长途跋涉，李梦阳一行终于在一天的傍晚时分，赶到安化县。几个兵丁奉仇钺之命，已在城门口恭候多时。李梦阳疑惑仇钺为何不亲自来接他，又想到他可能军务繁忙，无暇分身，也不大计较。

和他记忆中的一样，县城不十分大，由于是郡王朱寘鐇的封地，倒也有几分热闹。兵丁们把李梦阳直接送到仇钺在城中的住所，便回城外的军营去了。

李梦阳站在仇钺家门口，望着眼前低矮的泥巴墙和院内几间破落的茅草屋，惊得目瞪口呆。开什么玩笑，这就是将军府?

院门是敞开的。他小心翼翼地走进去，看到一个农妇模样的女人正坐在屋前择菜，猜测是仇钺的内人，忙行礼道："大嫂子，仇钺仇大哥在家吗？"

妇人嗓门极大，随口答道："他出去要饭了！"

李梦阳听言，立时愣住，仿佛对方说了一种他完全听不懂的语言。他僵在原地，一时间不知如何是好。

妇人见他的衣着和神态，似乎突然想起了什么，忙起身问道："你是我们当家的说的那个……京师来的李大兄弟？"

"正是！正是！"李梦阳如获大赦。

妇人赶忙将手里的菜往地上一扔，双手往围裙上胡乱抹了几下，把李梦阳让进屋，又跑去烧水沏茶。

李梦阳满脑子还是"出去要饭了"五个字，怯怯地问道："大嫂刚刚说我仇大哥去哪里了？"

妇人的脸一下子涨得通红，万般忸怩地答道："他啊……他……他今天正好休息，从军营回来。这会儿正在……正在街上练功。"

"练功？练功怎么跑到街上去了？"

仇钺媳妇支支吾吾，好半天说不出个子丑寅卯。他再三追问，问清仇钺的所在后，索性走出院子，径直到街上找他。

七拐八绕，走到一条颇为热闹的小街。只听得前方人群中一人高喊："武林世家，祖传绝技，俯卧钢叉，银枪刺喉，乡里乡亲们捧个场哟！"

李梦阳赶忙挤到人堆里，看见一个上身赤裸的彪壮汉子，脸戴面具，脚尖点地，双掌在胸前上下翻覆，似乎正在运气。一柄钢叉和一把银枪尖头朝上，木柄直直地插入土中。旁边还放着一面铜锣，里面散放着几十枚铜钱。

刚才那声音和现在这体态，不是仇钺，还能是哪个？

仇钺一转头，正好与李梦阳四目相对，看见后者眼中满是惊讶和不解，顿时尴尬不已。

“对不住了各位！在下有贵客临门，今天就要到这儿，改日再请大伙儿赏脸！”仇钺捡起地上盛着铜钱的铜锣，用上衣一兜，提在手中，又拔出钢叉和银枪夹在腋下，另一只手从人堆里拉住李梦阳，便往前走。

走到家门口，他左顾右盼，见四下无人，拉着李梦阳嗖的一下钻进院内，连忙把门关上，这才取下脸上的傩面具，穿好上衣。

他请李梦阳进屋落座，先问一路上是否顺利，又问到部堂近来可好。二人久别重逢，谈笑风生，只是对刚刚街上的事只字不提。李梦阳知道其中必有隐情，仇钺不提，他也不问。

仇钺媳妇此时已把晚饭烧好，端进一大盆胡羊焖饼，一大盆驴肉黄面，另有四样小菜，一大坛烧酒。她刚刚多嘴，把仇钺在街上卖艺的事泄露给李梦阳，此刻害怕仇钺责怪，准备好饭菜后，就悄悄躲进里屋去了。仇钺虽然心里有气，碍于李梦阳在场，也不去理会她，径自和李梦阳饮酒叙旧。

肉食香醇，面食筋道，小菜也清爽可口，在疲惫的夜晚给人带来充足的暖意。

烛光摇曳之下，李梦阳恍惚觉得回到了京师的家中，转而又责怪自己太傻——他的家早就没有了。

他此前一直以为自己心里装着两个人。相比董婉，贾敏似乎是更令他心动的那个。以前和她们两人共处家中时，他常常会偷偷地想贾敏。可近来，他时时刻刻思念着董婉，对贾敏却很少忆起。差别之大，连他自己也不由得吃惊。至于为什么会这样，他没有细想，只是反倒安心了许多。

烧酒极烈。他强撑着喝下半碗，只觉头脑昏沉，两腮发热，胸口和腹中像燃着火炭一般。汉人饮酒原以米酒和黄酒为主，酒质平厚，不易速醉，酒量大的喝上十几碗也不打紧。后来元朝建立，蒙古族将蒸馏提纯技术带入中原，烧酒开始出现在汉人的餐桌上。因酒性太烈，百姓多不能驾驭。京师地处北方，到了冬天，人们往往饮烧酒驱寒。只是李梦阳酒量一般，不常喝。

仇钺酒量极好，又极爱饮，闲时小饮，愁时大饮，喜时狂饮。今日好友重逢，他欢喜得像从朝廷分到了房，心里念着定要大醉一场，方不辜负此时此地此情此身。他一边劝李梦阳多喝，一边不停给自己添酒，不知不觉喝了六七碗，已开始醉了。

有的人喝多了沉默寡言，倒头即睡。有的人却恰恰相反，一喝醉便口若悬河，手舞足蹈。仇钺不幸属于后者。他二十岁以前生活很是孤苦，后来虽然一帆风顺，曾经的伤痛却深植心中。他暗藏凌云之志，只是羞于向人吐露。机遇迟迟不来，理想眼看渐行渐远时，不忿之情便在胸中堆积。无论是理想还是不忿，平日里都说不出口。所以，找一个人倾诉成为他这些年最隐秘也最迫切的需求。他常常在酒后与人攀谈，可总怀疑对方无法体会自己的心境。其实，一个人心里的东西，怎么可能完全被他人理解？越倾诉只会越孤独。

他异于常人的地方在于即使喝断片，依然能气定神闲，高谈阔论。坐在对面的人听他把一件事情说得有板有眼，其中还不乏妙语和高见，哪能想到这厮已经意识消弭，全然不知自己在讲些什么。

这晚仇钺醉后，也不再避讳，把自己这大半年的经历一股脑说了出来。

原来，他率领宁夏镇将士进京受阅之际，正巧赶上刘瑾大寿，他计上心头，决定假意归顺，借机打入阉党内部。刘瑾寿宴当天，他备上厚礼前去贺喜。与此同时，康海为搭救身陷诏狱的李梦阳，也一反常态，主动向刘瑾示好。刘瑾以为仇、康二人在杨一清倒台后有意改换门庭，心下大悦，不久便让仇钺去补了西厂掌刑千户的缺。

掌刑千户虽然比仇钺原本的职位品级还低一些，但由于是西厂的第二把交椅，属于中枢要害衙门的实权派，地位远非游击将军可比。谷大用早就定了这一职位的人选，无奈刘瑾强行拍板，只好不情不愿地把仇钺接收过来。

事情发展到这一步，可谓比较顺利。可他猜中了前头，却没猜中结局。

潜伏这种事情，总有被人识破的时候。即便是演技高超的人，也无法避免这般宿命。你的表演或许无懈可击，但你的故事毕竟是假的，假的东西必然在逻辑上存在漏洞，有漏洞就会引起别人的怀疑。

令仇钺万万没想到的是，他的这场戏刚开了个头儿，就穿帮了。谷大用压根儿就不相信他会变节。从仇钺踏入西厂的第一天起，他就处在谷大用的小心防范和严密监视当中。

他虽身为西厂的二把手，却没有权限接触西厂的任何涉密文件，也不能进入厂内一系列机密场所。更出乎他意料的是，谷大用竟安排他做起了文书的工作，让他负责起草奏章，美其名曰“尽快熟悉厂内情况，抓紧进入上官角色”。仇钺本来也是通晓文法的，平日里起草个公文什么的，倒是问题不大。可是，等他把精心润色的奏章拿给谷大用看时，却被批得一无是处。

“老仇，这方面怎么只写了三条？其他的事情不能往上写吗？你这样写，圣上会以为咱们西厂啥事也没干，整天净吃白食……这方面怎么写了这么多？写个三条代表一下不就行了？圣上日理万机，你写这么多，他哪有工夫看啊？”

“老仇，你这个地方写的我感觉好奇怪啊……究竟哪里奇怪，我也说不上来，反正就是不对。这说明你对咱们厂的情况还是不够了解，你这样子以后怎么做咱们的掌刑千户？我看你还是得想想办法，多下去走走，多跟厂里的老人聊聊。哈哈，千万不要嫌麻烦，我们当初都是这么过来的。”

仇钺把一道折子改了几十遍，心房崩碎了无数回。他尝试过骗取信任，但没有成功。谷大用面上对他笑嘻嘻的，温言软语，抚慰有加，心里却只是一副看他尽情表演的态度。

仇钺彻底领教了谷大用的厉害，知道再继续留下去也没什么意思，于是提出辞职回西北，继续做自己的游击将军。岂料谷大用立马翻了脸，说西厂不是想来就来，想走就走。要走可以，罚俸两千石！

说到这里，仇钺突然变得无比激动，把一个酒碗摔到地上，满口的脏话如惊涛骇浪般喷薄而出，浩浩荡荡，变化无穷，经久不绝。

李梦阳知道仇钺尽管出身戎马，可多年来涉猎诗书，文武兼修，是杨一清麾下有名的儒将。不料他此刻提起谷大用，竟然破口大骂，污言秽语，口味之重，实为生平罕见。纵是上百个泼妇一起骂街，恐怕也难以与之匹敌。他在何处练就的如此神功？让人心里好生害怕。李梦阳想劝又劝不得，只好任由他发作。久而久之，听得入了神，李梦阳竟觉得这粗俗的叫骂颇有几分震撼人心。

仇钺骂够了，又接着刚刚的话题往下讲。谷大用私下免了他的职，停了他的俸禄，又跟吏部那边打了招呼，不掏钱绝不放他回边军。按照谷大用的说法，西厂为招他进去耗费了大量人力财力，现在他刚来就要走，属于违反任职约定，必须赔钱。两千石，一个子儿也不能少！

李梦阳听到这里，不觉连连摇头，什么“任职约定”，闻所未闻，一定是仇钺酒后胡言乱语。不过，戴罪官员罚俸的制度倒是由来已久。官员犯罪，作为惩罚，须私人出钱购买一定的米粮，作为捐给军队的物资。刘瑾当权以后，将罚俸作为整治政敌的重要手段，李梦阳的老上司韩文就被刘瑾先后罚了一千多石，以致倾家荡产，祖业尽销。如今仇钺被罚两千石，欠下如此巨债，被迫住进茅屋，上街卖艺，似乎也就不难理解了。想到这里，他又耐下性子，且听仇钺说下去。

仇钺被逼得没办法，一度想取了谷大用的性命，来个同归于尽。可谷大用身边有三个护卫，朝夕相伴，形影不离。他看那三人的体态行止，个个都是一等一的好手，自己恐怕连一个也敌不过。总这么悬着也不是办法，为求脱身，他只好变卖家产，东挪西借，勉强凑够了两千石，这才回到宁夏。

经此一役，他身心俱疲。自以为奇谋妙计，不过是别人眼中的小把戏，枉与他人作笑谈。尤其是谷大用日复一日的戏弄，使他傲骨摧折，尊严瓦解。

可事情还没完，四处筹借的银子总要设法还上。杜子美诗云：“囊空恐羞涩，留得一钱看。”可怜仇钺一不擅长低买高卖，二不能以色事人，如何弄来银子？

一筹莫展之际，安化当地的一个张姓财主突然找上门来，向他求字，说是带兵打仗的将军都是天兵天将下凡，得其一幅字，可保家宅安宁。仇钺平素喜欢米芾的行书，米氏“刷字”的功夫虽未学通，落笔倒也有几分样子。别人既来求，他也乐意写。谁知就这么普普通通的一幅字，对方竟送上四十两银子的酬金。他心想，到底是人无横财不富，马无夜草不肥，大概老天爷可怜他，特意送来一笔小财。

张财主走后，紧接着又来了个李员外，还是求字，还是赠以重金。到最后，四里八乡的有钱人都来了，一个个双手捧着银子求他赐字。他这才觉出事情另有玄机，一打听，原来一切都是安化王朱寘鐇的安排。自己与他素未谋面，为何要拐弯抹角地送银子？俗话说得好：“皮裤套棉裤，必定有缘故。不是棉裤薄，就是皮裤没有毛。”一方王侯这样挖空心思地拉拢地方守将，恐怕不是什么好事。他立即把得来的银子挨家挨户还了回去，此后宁肯偷偷摸摸上街卖艺，也不再受这无功之禄。

李梦阳听言，也觉得这个安化王并不简单，他拉拢仇钺一定另有图谋。

两人聊到深夜，仇钺大醉，李梦阳既醉且乏，便各自回房休息。

睡梦中，李梦阳依稀看到董婉走进来，在床边缓缓坐下。他很想起身与她说说话，却怎么也动弹不得。

他顿时悲从心起，哭道：“婉儿……我被困在这个地方了。你已经自由了，可以去任何想去的地方，而我却再也走不了。我一个人……孤零零地……被永远困在这个地方了……”

话未说完，他已泪如雨下。

董婉满怀怜爱地看着李梦阳，努力给了他一个温柔的微笑，两行清泪却随之落下。她哽咽着安慰他说：“梦阳不哭，梦阳不哭。我知道的，你比所有人都有才干，没有谁能比得上你。你未来一定会很好很好。梦阳别怕，要一直走下去，一直往前走。只有我最清楚你一路走来受过的委屈和付出的努力，所以请你无论任何时候，都不要放弃自己的理想。”

李梦阳点头，又问道：“那你呢？你以后怎么办？”

“不知道，我也不知道该怎么办……可你要答应我，一定要过得很好很好。”

李梦阳哭道：“不！我都不确定你能不能过得好，我凭什么让自己过得好？”

董婉哭着哀求道：“就当我求你，你……答应我好不好？”

李梦阳拼命摇头，只觉胸口一阵剧痛，心伤欲裂。他挣扎中从梦里惊醒，发现泪水早已将被子打湿。

第十六章 要不要造反

刘瑾手握玄铁宝刀，寒光闪闪，锐气夺人，正抵在张彩的脖子上。黄擒虎生前将这把刀献给刘瑾，今天还是头一回派上用场。张彩怒目圆睁，望着一旁的石文义，知道自己被出卖了。

今天是刘瑾去白云观参拜的日子。张彩算好了时间，正好能在他回来之前杀掉余明一干人等。可惜刘瑾提前赶回，让他的计划落了空。

张彩清楚，事情之所以会演变成现在这种局面，全怪他自作聪明，玩火自焚。

《见行事例》推行后，张永、马永成和谷大用等人抱成团儿，明里暗里跟刘瑾进行了好几轮交锋。刘瑾虽毫发未损，却也不免心惊肉跳。压力能使人失败，亦能使人变态。挫折能助人登顶，还能让人谢顶。刘瑾在重压之下，开始出现紧张、烦躁、焦虑、失眠等一系列症状。王太医给他把了脉，说他患上了“更年期综合征”。刘瑾气得差点把他关进诏狱。

有一天，张彩到刘府拜访。两人刚见面，刘瑾就拉住他的手，呜呜咽咽地哭起来：“张先生，我恐怕是时日无多了！”

张彩不明就里，还以为他病糊涂了，忙宽慰道：“您这是从何说起呢？那个王太医古里古怪，他的话根本不足为凭。什么更年期综合征，下官于古今医书也多有涉猎，从未听说有这么一种病。您万万不必为此忧心。”

刘瑾不理会他的话，自顾自地哭诉：“当初，谷大用、张永他们害怕朝臣迫害我们，一致把我推出来，让我领着大家赚条生路。为了站稳脚跟，这几年我大开杀戒，不知道整死了多少人。如今他们几个倒是快活了，罪名全落到我一个人头上。有朝一日，百官要秋后算账，我只有死路一条！”

张彩听懂了他的意思，稍稍思索，命令婢女家丁通通退下，悄声说道：“当今圣上一直没有子嗣，以后八成要从他的侄子中选立太子。如果选了个精明强干的，新君登基之日恐怕就是您抄家灭门之时。我们不如借此机会，扶植一个年幼怯懦的，力保他坐上皇位。只要一直把皇帝攥在手里，任凭是大罗金仙也翻不了您的莲花宝座。”

此言一出，刘瑾立马转忧为喜，破涕而笑：“到底还是先生高明，一切依先生之计行事！”

此后一段时间，刘瑾成天往白云观跑，对着长春真人丘处机的神像一跪就是半天，祈求真人保佑皇帝的侄子们个个小儿麻痹，像晋惠帝司马衷一样痴傻，老老实实地给他当一辈子傀儡。

可是，刘瑾去白云观又使事情横生波折。明朝道教昌隆，上自皇帝，下至百姓，无不对道教推崇备至。传言说全真教龙门派祖师丘处机为摈除杂念、全心修炼，曾挥剑自宫，所以明朝的宦官个个奉其为祖师。刘瑾前往参拜的白云观跟丘处机大有渊源。当年，成吉思汗邀丘处机入太极宫统领全国道教。因丘处机道号长春子，太极宫遂更名为长春宫。丘处机去世后，他的弟子尹志平在长春宫东侧建白云观。元朝末年，长春宫毁于战火，唯有白云观保留下来。

刘瑾经常去白云观的消息传出去后，有很多想要攀附他的人便开始在白云观附近蹲守，伺机求见，但大都被他的护卫拦下，只有三个方士例外。他们提前混进白云观，成功跟刘瑾见了面。三个方士名叫余明、余伦和余子仁。他们凭借号称“玄学五术”的“山、医、命、卜、相”成功吸引了刘瑾的注意，并很快得到他的信任，成为刘瑾除张彩、焦芳、石文义等人之外的另一套谋士班底。

余明给刘瑾的侄子刘二汉相面，称二汉头顶有云龙之气，贵不可言。刘瑾心道：“二汉不过是一个九岁的毛孩子，若是有什么富贵，只能是从我手里接过去的。现在余明说他有当皇帝的命，岂不是说我要先当皇帝？”想到这里，刘瑾不禁喜形于色。

余明见状，便推波助澜劝他造反。

在刘瑾看来，造反虽然比造人容易些，可毕竟也担着天大的风险。张彩已经替他想出长保富贵的法子，还有没有冒这个险的必要，实在值得商榷。

见刘瑾犹豫不决，余明又说道：“当初，楚汉逐鹿，项羽、刘邦鏖战数年，僵持不下。刘邦的部将齐王韩信用兵如神，屡战屡胜，占据要塞，兵多将广，成为最能左右战局的一股力量。所谓‘为汉则汉胜，与楚则楚胜’。齐人蒯通两次劝韩信依据有利形势，与项羽、刘邦三分天下，说出了‘天与弗取，反受其咎；时至不行，反受其殃’的至理名言。可韩信感念刘邦对他的知遇之恩，又想着自己厥功至伟，日后刘邦必不会亏待他，因此并未采纳蒯通的建议。后来，项羽兵败，刘邦一统天下。韩信终因功高震主，被处死于长乐宫钟室，死前痛悔自己不听蒯通之言，以致名败身亡。恕贫道直言，公公对大明的功劳，跟韩信的开国之功比，恐怕还差一些。韩信尚且兔死狗烹，您就真有把握能笑到最后？常言道‘伴君如伴虎’，皇帝早上一个笑脸，能让一个人封侯拜相，晚上一个翻脸，就能让他五马分尸。”

这几句话当真把刘瑾说动了。是呀，靠皇帝不如靠自己，培养皇帝不如自己当皇帝！再者，皇上身边的宠臣远不止他一个，尤其想到当初差点命丧丘聚之手，现在又被张永、谷大用频频算计，更加觉得头顶上的皇帝靠不住，必须自己来当这个主宰。

他兴高采烈地把这个决定告诉张彩，不料竟遭到张彩的强烈反对。二人争执不下，最后刘瑾气得将斗彩鹅缸杯摔到张彩身上，张彩才吓得不再开口——毕竟，一生气就摔东西这个习惯很不好。

张彩深知自己闯下弥天大祸。驯虎变成了纵虎，该如何向杨部堂交代？万一刘瑾造反成功，自己岂不成了千古罪人？

他知道所有问题的根源都在那三个方士身上，方士不除，刘瑾的态度便不能扭转。于是，他跟自己的知交好友——刘瑾跟前的第二号红人、锦衣卫指挥使石文义通了通气，得到对方的支持后，就带着一队锦衣卫闯入余明等人的住所，要取其首级。谁知石文义打小就有打小报告的嗜好，转身就把张彩出卖了。

刘瑾到底没舍得杀张彩。但张彩也由此失去刘的信任，永远沦为一颗弃子。

最终，刘瑾还是在激动和惶恐中开启了他的造反计划，就像番邦诗人所吟咏的那样："我身上披的是尘灰与死亡之衣；我恨它，却又热爱地把它抱紧。"

作为一个数十年怀揣造反梦的野心家，安化王朱寘鐇等这一刻等得太久了，好像被压在五行山下的猴王，终于从东方嗅到了和尚的气息。

朱寘鐇是太祖朱元璋第十六子庆靖王朱栴的曾孙。大概是朱栴这一支一直坚持晚婚晚育的缘故，所以到了正德年间，朱寘鐇的辈分变得奇高。明朝皇室起名字一直遵照五行相生的规律——水生木，木生火，火生土，土生金，金生水。朱寘鐇的“鐇”字属金，正德帝朱厚照的“照”字属火，所以按辈分朱厚照要冲朱寘鐇喊一声“曾祖”。

出于莫名之自信，朱寘鐇一直认为自己才是皇位的理想继承人，哪知儿辈、孙辈、曾孙辈依次做了皇帝，自己还只是一个偏居一隅的郡王。当年的“故烧高烛照红妆”眼看变成“一树梨花压海棠”，难为他还初衷不改，一直静候时机到来。

每一个成功的疯子背后，都站着一群疯子。

朱寘鐇麾下聚集了一批志同道合的奇人异士：方士余亦明，萨满教女巫王九儿，宁夏都指挥周昂、何锦，宁夏指挥丁广，卫学生员孙景文、孟彬、史连。他们都是朱寘鐇造反计划的坚定拥护者，揭竿而起的心情似乎比他本人还要急切。

朱厚照即位的消息传到安化后，王九儿教鹦鹉说出“老天子可取而代之”的话，声称“鸟吐人言，天降祥瑞”，劝说朱寘鐇起事。朱寘鐇觉得时机还不成熟，没有答应。

杨一清被下诏狱，三镇军心大乱的时候，余亦明又说：“夫难得而易失者，时也；时至而不旋踵者，机也。故圣人常顺时而动，智者必因机而发。当年蒯通劝韩信起兵自立，与项羽、刘邦一较高下。韩信不听，结果鸟尽弓藏，身死人手，留下千古之憾。老天子一定不要学韩信呀！”朱寘鐇闻言虽然心动，可权衡再三，还是决定再等等。

一群人实在找不到借口了，只好趁上个月朱寘𬭎过寿，派何锦跑去撺掇他：“今天是老天子大寿，这么大喜的日子，要不咱们反一个？”

直到刘瑾变法的恶果在陕西发酵后，朱寘𬭎才真正看到造反的良机。

刘瑾《见行事例》中规定了对军田实行更高的税率。正德五年，大理寺少卿周东在刘瑾的指派下，赴宁夏整顿屯田。为积攒给刘瑾的孝敬钱，周东竟将五十亩充作一顷，严重虚报军田面积，逼迫宁夏边军额外上缴大量税银。同时，巡抚都御史安惟学仰仗刘瑾的权势，在陕西横行霸道，屡屡调戏凌辱将士的妻女。这两件事在宁夏镇的官兵中引发了空前的不满。一时之间，群情涌动，仿佛空气中都布满了易燃易爆的因子，随便一丝火花就能将冲天的愤恨点燃。

时不我待，朱寘𬭎适时煽动起边军对刘瑾的仇恨，发动了图谋已久的军事政变。

一五一〇年四月五日夜，朱寘𬭎在王府宴请宁夏镇的所有高级官员，仅周东和安惟学缺席。宴会期间，宁夏都指挥周昂、何锦领兵入内，诛杀宁夏总兵姜汉及镇守太监李增、邓广汉。与此同时，宁夏指挥丁广带兵闯进周东和安惟学的公署，将二人乱刀砍毙。

随后，朱寘𬭎下令焚烧官府，释放囚犯，将府库和众王侯、将军的府邸劫掠一空，得银钱数万，又组织兵力占据要津，封锁黄河一线。接着，召副总兵杨英、游击将军仇钺前来共举义事，不到者杀无赦。

第十七章 卧底再体验

到达安化的第二天，李梦阳随仇钺住进城外的玉泉营。不知怎的，两人突然间都好像失了魂一样，变得沉默寡言，举止颓然。

仇钺每天天不亮就起来指挥士兵操练，晚上读兵书一直到深夜。李梦阳则整日像一团柳絮一样四处游荡，有时跑到营盘附近的山丘上，痴汉似的盯着天空一躺就是一天。

两个人都以为对方在做什么深远的谋划，彼此并不过问。

李梦阳在不知不觉间，变成了一个消极与孤独的混合体，他所面临的最大问题不再是怎样与世界保持融洽，而是如何与自己安然相处。一直以来，独处都是他最引以为傲的天赋和才华，正如在诏狱时那样。不知从什么时候开始，这种才华被他遗失了。于是，他尝试着伪装成一株植物，忽略时间，忽略自己，在谈不上舒适的闲暇中沉入岁月的湖底。

时光加速流淌，先让他的胡须和头发变长，再夺去他眼神和面庞里的光彩。他又由此产生了无意义的自我消耗所引发的荒芜感。自责，懊恼，却偏偏不去改变。不是没了力气，而是没了心思。变好又能怎样？终究不是自己想要的那种好，因而终究不是真正的好。有时，他甚至会饶有兴致地审视当下这种半含不露的颓唐，觉得“自怜幽独，伤心人别有怀抱”也是一种蕴藏格调的境界。

与李梦阳不同，仇钺把自己的日程安排得很满，妄想以此掩盖内心的焦躁。李梦阳的到来，使他告别孤军奋战的窘境，获得一丝心安。但李梦阳千里走单骑，也宣示了杨门的核心力量已被尽数排挤出中枢，再也无力发起对八虎的有效攻势。考虑到这一层，他的斗志又不免被灌进沉沉的铅水。

他并非无事可做，毕竟他还可以带兵打仗。不过，讽刺的是，此时的他已分不清在为谁而战，他守护的到底是朱家的天下，还是刘瑾的天下。他仍然按部就班做着以往不容置疑、现在却大为可疑的事情，就像从小养起来的儿子越长越不像自己，他这个爹自然也就当得越来越没底气。

仇钺在安化城中安插了不少探子，一部分被派遣到镇守太监李增、邓广汉身边，其余潜伏在周东、安惟学这些阉党周围。但朱寘鐇不在仇钺的监视范围之内。因此，即便安化王府中早已弥漫着“山雨欲来风满楼”的诡异气息，仇钺和李梦阳对此却一无所知。

朱寘鐇发动兵变时，李、邓、周、安等人被尽数诛杀，他们身边的探子不是被一并杀死，就是被囚禁或者收编。直到四月六日傍晚，才有一个探子设法从城中逃出来，快马赶到玉泉营报信。此时，安化城已被叛军牢牢控制，玉泉营周围的戍边部队也大多加入了朱寘鐇的阵营。玉泉营孤军一支，四面楚歌，随时都有被吞掉的风险。

得知消息的仇钺犹如五雷轰顶，惊慌中的第一个念头就是赶紧跑，带着他的军队跑得越远越好。

李梦阳一时间也慌了神儿，几乎要亮出当年在京城跑步上班的本领来，背起铺盖来个百米冲刺。可他随即又觉得不妥，一股强烈的直觉告诉他：这个时候应该留下来。但他不能仅凭“直觉”二字来说服另一个人做出重大决定，要找出一些证据让对方信服，也让自己信服。

作为试探，李梦阳向仇钺指出："不战而退是大耻，临阵脱逃是大罪，今后朝廷追究下来，该如何交代？"

仇钺并不认可。毕竟《吴子兵法》说："凡此不如敌人，避之勿疑；所谓见可而进，知难而退也。"此时不撤，有违用兵之道。

李梦阳又说："眼下烽烟四起，消息阻绝，玉泉营这么大一支队伍，要往哪里撤，该怎么撤？撤退途中误入叛军的包围圈怎么办？"

仇钺略一思索，答道："此行虽然凶险，倒也大有生机。由此向东北方向急行军，只要能顺利跳出叛军的势力范围，再由宁夏镇进入延绥镇，基本就算大功告成了。延绥的边军素被视为骄兵悍将，总兵陈继同更是部堂的心腹。我们与陈继同兵合一处，以延绥为根基，退可阻叛军东进，进可收宁夏失地。"

身为一代名将，仇钺思维缜密，意念坚决。李梦阳一时再找不到理由反驳。

突然，他灵光一闪，拍案而起："可是嫂夫人还在安化城中啊！"

仇钺也跟着拍案而起，拱手道："梦阳兄，仇某已决意留下！"他无视李梦阳诧异的表情，补充道："可是不走不降，如何才能保全我玉泉营将士，还请梦阳兄替我谋划。"

李梦阳心窍开启，一计甫生，一计又来，笑道："既然不走，焉能不降？你不是曾假意归顺刘瑾，和八虎做了回'自己人'吗？如今何不再演一次？"

仇钺觉得李梦阳是哪壶不开提哪壶，连连摆手道："使不得，使不得！上次在谷大用那里吃了大亏，这种事这辈子再也做不来了！"他一朝被蛇咬，认定自己不是当卧底的材料，哪里还肯再试一回？

李梦阳为他打气："这个不怕，此一时，彼一时。世人皆知我杨门中人与八虎是死敌，当初你贸然前去归顺，谷大用怎能不疑你？而如今朱寘𨱎打着推翻刘瑾的旗号起兵，你归顺于他，可谓同仇敌忾，分所应为。再者说，此时边军将领变节者众多，朱寘𨱎既然不怀疑别人，又怎么会单单怀疑你？”

仇钺听他说得有些道理，又想到尚且困在安化城中的妻子。那女人脾气很坏，做事又总冒冒失失，时常对自己挑三拣四，大呼小叫。她家境本算殷实，十六岁嫁给自己，一直忍受贫寒，从无怨言。正如元稹诗中说的：“谢公最小偏怜女，自嫁黔娄百事乖。顾我无衣搜荩箧，泥他沽酒拔金钗。”虽然后来日子过得好了，她依旧不贪富贵，不慕虚荣，每天照样亲自为他洗衣烧饭。贫贱之交不可忘，糟糠之妻不下堂。他可以不那么爱她——他在几年前确实也爱上了另一个女人——但绝不能在危急关头弃她而去。若连她都不能保全，自己还有什么颜面苟活于世？

卧底的戏码，姑且就再演一次吧。搞砸了，也不过是赔上一条单薄残破的性命。

仇钺点头的那一刻，李梦阳也终于领悟了一件事：他哪有什么所谓的直觉，只是不甘心余生都做一个逃跑者。从京城逃到丹徒，从丹徒逃到安化，现在还要逃到哪里？恰巧在此地碰上安化王谋反，不管是不是天意，自己都要在这件事上赌一把，输了也不过是赔上一条单薄残破的性命。

四月六日破晓时分，平卤城千户徐钦奉朱寘𨱎号令率兵进驻安化城，并着手伪造谋反所用的印章和旗牌。朱寘𨱎命孙景文撰写檄文，列出刘瑾十几条重罪，并称：“张彩、刘玑、曹雄、毛伦，文臣武将，内外交结，谋不轨。今特举义兵，清除君侧。凡我同心，并宜响应。”何锦被任命为讨贼大将军，周昂、丁广为左右副将军，孙景文为军师，徐钦为先锋将军，魏镇等七人为都护，朱霞等十一人为总管。

叛军的首脑自然是朱寘鐇，股肱是何锦、周昂、丁广几员武将，灵魂人物却是名不见经传的书生孙景文。

孙景文学问做得马马虎虎，口才却极佳，三寸如簧巧舌，足以混淆黑白，颠倒善恶，倒置是非。因为有这样的本事，他腹中的三分才学，经那张嘴一说，竟像有十分一样。安化王一直对他喜爱有加，大小事宜多由他决断。

想在短时间内打入叛军内部，赢得安化王信任，非从孙景文下手不可。

李梦阳得知孙景文风流成性，酒色不离身，便塞给仇钺一本小书，让他派人献给孙景文。

仇钺只道那书看着平淡无奇，既不厚重，也无精美的装帧，何以能打动孙景文？

李梦阳道：“你别小看了这本书。我离开丹徒时，杨部堂赠我一百两银子，作为我来安化后的各项运作开销。我从丹徒绕道去了趟苏州府，在书市上见到此书，开价正好也是一百两。这是运气好碰上，不然想买还买不到呢。”说罢，转身便走，像是有什么顾忌似的，不愿久留。

一百两居然只买了一本书！莫非是某位大家的孤本遗作？仇钺好奇地将书翻开来，只看了一眼便神魂飞荡，物我两抛。这竟是画工上乘的《风流绝畅图》。

书被送给孙景文的第二天，仇钺即收到答复，说愿意向安化王保举引荐他。仇钺由此对李梦阳的眼光钦佩不已。

一部《风流绝畅图》固然令孙景文爱不释手，他对仇钺的信任和好感却另有缘由。孙景文以一介布衣获安化王垂青，事业称得上顺风顺水，无奈福无双至，他的情路却是一路荆棘。怪只怪他生性多情，爱上的又是比他更多情百倍的女郎。

这女郎是宁夏府的一名歌伎，姿容冷艳，擅长演奏玉琴和玉箫，被人们唤作冷玉。一年前，孙景文奉命去宁夏府公干，机缘巧合之下与她结识。冷玉的姿色虽非倾城绝代，但是才艺动人，又很会讨男人欢心。一颦一笑，即有无边风月，一语一言，最是万种柔情。外冷内热，欲拒还迎，真教那些登徒子神魂颠倒。公子王孙多对她趋之若鹜，可真正能与她爱恋的，数年间也不过两三人。

她总觉得，男子于女子而言，固然必不可少，但世间男子多无趣得很，能让她保持长久新鲜感的寥寥无几。她较容易爱上一个人，却又总是很快地感到厌倦。

孙景文是流连欢场的老手，可是像冷玉这般有风情、极会搔人痒处的女郎，还是初次见到。正是“眼波向我无端艳，心火因君特地然”。

孙景文这样身份地位的人，冷玉原本是看不上的。只是他外显的才华，以及那洋溢着浪漫情调又饱含侵略性的追求方式，带给她一种前所未有的新奇感受。他每日起码要给冷玉写上两三封情书，蜜语甜言，层出不穷。

冷玉每次读罢他的信，都不禁芳心大动，觉得孙景文真是个万中无一、独特且有趣的男人。

他又请工匠打造了一个精致小巧的银带钩，可拆分为两半，一阴一阳，上面刻着“长毋相忘”四个字。冷玉向来钟爱讨喜的小物件，见到后欢喜得几乎要跳起来。两人各留一半，作为定情之物，冷玉日日将自己的那一半带在身上。

其实孙景文的情信都是从历代的诗词文赋中摘抄拼凑而来。银带钩也是仿造西汉江都王刘非送给姬妾淳于婴儿的礼物。可惜冷玉不是读书人，不懂得这些渊源。

不料，激情来得快，去得也快。没过多久，冷玉又爱上了一个画师。那人是个翩翩少年，一支妙笔，总能把她画得如仙女一般。冷玉对他同样痴迷不已。

孙景文得知冷玉另结新欢，倍感屈辱，一次次要离开她，却总是被挽留下来。冷玉并不是不爱孙景文了。在她眼中，孙景文的优点依然是优点，并且还是很大的优点。她只是又看到了别人的优点，所以不能再把爱全留给孙景文一个人。

孙景文想不通，一个人怎么能同时深爱上两个人，而且还要求两人都对自己付出全心全意的爱。他失魂落魄地回到安化，日日买醉，夜夜垂泪，竟像是一个初入情途的后生。

安化王起事之前，孙景文派人暗中调查仇钺，竟意外得知仇钺几年前也曾与冷玉有过一段情缘。大概觉得不甚光彩，仇钺一直秘而不宣。两人最后为何分开，亦不得而知。孙景文一厢情愿地认定，仇钺必然也经历了与自己大体相仿的遭遇，一定也在那个让人又爱又恨的女人身上受了深重的情伤。他因而对仇钺生出一股亲切感来。物伤其类，怜人亦是自怜。只是仇钺并不知晓这份有些特别的同情心。

有孙景文的保荐，安化王对仇钺的投诚确信不疑。他素来知道仇钺能征善战，打算对他授予要职，命他率玉泉营出征。

仇钺不肯与朝廷军队作战，无奈之下只好装病。为不惹来怀疑，他主动交出兵权，同意将玉泉营拆散，编入安化王麾下的各支队伍。

饶是如此，这关键时刻的一病，到底还是引起了安化王的猜忌。

第十八章　唯将军马首是瞻

奉天殿里的几位决策者吵得不可开交。从破晓时分一直持续到夜色深重，从最初的商讨国事到最后几乎演化成一场高级别的骂战。误导诱骗、冷嘲热讽、威胁恐吓，除了不骂脏字以外，无所不用其极。李东阳、杨廷和是一派，刘瑾和新晋内阁大学士刘宇、曹元是另一派。皇帝照旧无故缺席。司礼监的其他几位成员——谷大用、张永、魏彬等人也不知所终。

一五〇九年夏天到一五一〇年春天，内阁经历了一次意外的重组。起因是内阁大学士王鏊、焦芳相继辞官。

王鏊在初入内阁时，凭借个人强大的政治影响力，在一定程度上实现了对刘瑾决策的干预。后来，刘瑾的死党焦芳升为内阁次辅，排位在王鏊之前，刘瑾在内阁开始拥有更多话语权，各方面势力都进一步做大。王鏊见刘瑾行事越发狂妄专横，甚至已经发展到在食堂打饭都不排队的地步，自己的政见十有八九都得不到施行，失望之下便递交了辞呈。

可人生从来不是一场说走就走的旅行，因为会有人向你索取额外的违约金。刘瑾指派内行厂对王鏊进行全面审查和监控，结果一无所获。王鏊在同僚中有口皆碑，皇帝似乎对他印象也不错，在他接受审查期间，不断给予他各种褒奖和赏赐。在这种情况下，王鏊终于平安落地，告老归田。

王鏊辞官后的某一天，焦芳在文渊阁办公办到一半，突然把手中的案牍一丢，冲李东阳撒起娇来："哎呀，不想干了！王鏊哥哥都走了，人家也要走！"于是也弃官而去。

众人甚是不解，以往看他俩水火不容，难道私下里感情这么深厚的吗？其实不然。焦芳在刘瑾那里失了宠，地位早已岌岌可危。此外，他根据为官多年的狡黠直觉，预感到刘瑾这艘旧船已然驶入了危险莫测的风暴区。与其提心吊胆地等候末日，还不如早些逃之夭夭。

王鏊、焦芳退出后，刘瑾先后安排吏部尚书刘宇、兵部尚书曹元进入内阁。内阁于是出现李东阳、杨廷和与刘宇、曹元二对二的局面。刘宇、曹元都是拽着刘瑾的裙裾一路升迁上来的，既无德望，又无根基，自然无法对李、杨二人形成牵制，还要靠刘瑾时不时跳出来助阵。内阁议事从来都在文渊阁，有刘瑾等司礼监太监参与时，便改在奉天门内的奉天殿。

这次争论的焦点是如何应对安化王谋反。两天前，内阁决定任命右都督神英为宁夏总兵，仇钺为副总兵，负责平叛事宜。神英靠贿赂刘瑾刚被封为泾阳伯。仇钺在不久前的对蒙作战中表现神勇，因而受到内阁和兵部的重点关注。

不料，委任状刚刚发出，紧接着就传来仇钺投敌叛变的消息。君臣震怒，满朝哗然。阉党借机向李东阳、杨廷和发难，指责他们用人不当，致使朝廷颜面尽失，要求尽快追回对仇钺的委任状，并对其加以严惩。

杨廷和坚称，仇钺是杨一清一手栽培的忠勇之士，绝不可能变节，此事必定另有隐情。如果此时让仇钺知道朝廷对他委以重任，他一定感激不尽，以死效忠。相反，如果朝廷对他连最起码的信任都没有，还未调查就先行定罪，岂不是把他往叛军的怀里推？

刘宇、曹元极不认同这种说法，第一个议题遭到搁浅。

第二个议题是任命谁来统领大军驰援宁夏。刘、曹主张任用陕西总兵曹雄，李东阳提出要起用前右都御史杨一清。此处双方的意图就更明显了。

曹雄固然是个带兵打仗的好手，但他是刘瑾的嫡系，如果通过平叛进一步提升威望，西北的军政大权必将完全为阉党所把持。李东阳与杨廷和自然举双手双脚反对。而在阉党看来，杨一清虽然是三镇军事体系的缔造者，可能也是解决三镇问题的最佳人选，可他毕竟是其心头大患，之前费尽周折才把他踢出陕西，现在哪有让他东山再起的道理?

早已过了三更天，争吵由拼智力和魄力，逐渐变成拼耐力和体力。刘瑾湿疹发作，下身奇痒难忍，恨不得脱了裤子大挠特挠一番。李东阳一阵阵头晕，脸色煞白，身子几乎要从椅中滑脱。刘宇和曹元昨夜玩“明军荣耀”玩得太晚，此刻困得面目全非。杨廷和为了提气，安排人偷偷将自己杯中的茶换成了参汤，已喝到第六杯，展现出惊人的肚量。

夜色并不撩人，它的每一根触角都在煽动着仇恨。疲惫的歌声在每个人心中响起，唱诵着渴望压倒对手的欲望和目的无法达成的愤怒。

就在众人一筹莫展之际，谷大用、马永成和魏彬三个人鬼使神差地走进来，宣布了皇帝的旨意：第一，边军方面，对神英和仇钺的任命保持不变。第二，起用前右都御史杨一清总理军务，司礼监太监张永监军，率大军赴西北平叛。

皇帝的表态出乎所有人的意料。刘瑾一时间陷入恍惚，随即意识到，自己大概忽略了太多太多的细节。谷大用他们今天之所以缺席，看来是向皇上进言去了。既然司礼监的其他人已经和文官们联手，那么他造反的计划也就不能再拖延了。

叛军在宁夏的军事行动并不如朱寘𬭚预想得那么顺利。声讨刘瑾的檄文传至各州府，竟没有得到多少响应，各地官员纷纷组织武装进行防御。一时之间，四处都是铜墙铁壁，叛军几乎举步维艰。

朱寘𫔵气得骂娘：刘瑾为祸苍生，举世共睹，为什么都不肯站出来反他？他不知道，大家对反贼的戒备心要比对奸臣多得多，恨刘瑾不代表愿意陪他造反。

陕西总兵曹雄得知安化王谋反后，立即调三千精兵进驻灵州，死死守住叛军出宁夏的要道，又派遣灵州守备史镛将黄河西岸的船只尽数调往东岸，阻止叛军渡河。

随后，宁夏副总兵杨英率部撤往灵州，途中遭到叛军包围，全军覆没。杨英一人一马逃到灵州。经此一役，双方都意识到灵州特殊的战略位置，正式开启对灵州的争夺。

孙景文命魏镇率军强攻灵州，不料曹雄的精锐部队广武营抢先一步进驻城中。魏镇赶到时，见城头旌旗摇动，城池四周壁垒森严，知道攻城是没指望了，于是提出要进城谈判，打算用钱财收买广武营的将领。广武营指挥佥事孙隆眼都没眨一下，直接下令开火。魏镇的部队在急雨般的弓箭和火枪声中仓皇而逃。

此后，曹雄担心叛军卷土重来，更是亲自赶往灵州坐镇。

孙景文没料到曹雄如此厉害，环顾手下，竟找不出一个可与之匹敌的猛将。最后关头，他忽然想到仇钺。仇钺归顺后，在安化王的安排下住回了以前的将军府，此后一直称病不出。安化王也猜到他是装病，因而收了他的玉泉营，暂且不去理会他。而眼下正值危难之际，非请他出山不可。孙景文派人去请仇钺到府上一聚，吩咐哪怕抬也要把他抬来。

仇钺此时已暗中与曹雄取得联系，二人相约里应外合，共破叛军。孙景文派人来请，让他十分为难。

他本打算一装到底，打死不下病床。但李梦阳劝他还是去看看比较好，一来可打消对方的疑虑，再者可探听叛军的动向。

仇钺此时内心是极度仰仗李梦阳的。他知道自己手中已没了兵权，凡事必要以智慧取胜，而李梦阳就是智慧女神的化身。李梦阳答应与他同往，他自然不怕龙潭虎穴走上一遭。

仇钺和李梦阳前往孙府。离得老远，就看到孙景文、何锦、周昂等人在大门外恭候，细数一下，几乎所有的叛军统领都在，这阵仗可谓隆重之至。

他们中的很多人对仇钺都仰慕已久，今日有缘得见，并且能在一起共事，无不深感荣幸。仇钺介绍李梦阳时，众人更是惊奇不已，谁也没想到在这小小的安化城中，能同时见到两位叱咤风云、大名鼎鼎的人物。他们甚至后悔当天穿的衣服不够光鲜，出门前没有用淘米水多洗两遍头发。

仇、李被请入上座，几位将官分别向他们介绍了目前双方的兵力部署和战场态势。

听罢，仇钺指出：“眼下曹雄守稳了灵州，下一步必定派兵渡河来攻安化。此时切忌分散兵力，四处攻城。应该把优势兵力集中在黄河西线，以逸待劳。只要能在黄河边重创曹军，就有机会利用俘获的战船乘胜追击，一举攻到东岸。控制了东西两岸，则后方稳固，前途一片光明。”

李梦阳补充道：“八虎当道，民不聊生，西北各省的父母官们怎会不知？他们之所以按兵不动，恐怕还是对老天子的实力不够了解，担心我们成不了事。只要依照仇将军的计划行事，一战扬名，关中各地必定赢粮景从，争相归顺。到那时，牙旗遍地，义军四起，就是有十个曹雄，也休想挡住我们东进的铁骑。”

“仇将军所言极是!”

“李先生高见!”

“我们唯仇将军、李先生马首是瞻!”

“望仇将军带领大家攻破曹军，一雪前耻!”

二人的发言赢来满堂彩。李梦阳看着他们天真的笑靥和闪烁着坚定目光的眸子，不禁感慨：小城市的生意真比京城好做太多。没别的原因——这里的民风太淳朴!

会议结束后是晚宴。大家轮番向仇钺和李梦阳敬酒。有玩儿命做自我介绍的，有想方设法拉关系的，有想要拜师学艺的，还有想要把女儿、妹妹嫁给李梦阳的。

孙景文道：“仇将军和李先生光临寒舍，真属难得的因缘！古人有诗云‘小令尊前见玉箫，银灯一曲太妖娆。歌中醉倒谁能恨，唱罢归来酒未消’。今夜若有酒无歌，岂不耽搁了风月？”说罢，双掌连击两下。一群身着华服的妙龄少女从屏风后鱼贯而出，鼓瑟吹笛，翩翩起舞。

李梦阳大笑道：“霓为衣兮风为马，云之君兮纷纷而来下。虎鼓瑟兮鸾回车，仙之人兮列如麻。孙先生果然好雅兴，妙哉妙哉!”说罢，举起面前的酒杯，一饮而尽。

孙景文抿嘴浅笑，似乎还有下文。

这时，箫声传入，如一双纤手将人送入清凉的湖水。少女们分列两旁，一名楚楚婷婷的女子携着一支玉箫，从中间款步走来。

李梦阳一时间呆住，这女子竟同董婉如此相似！细看去，却又不是，模样、气质还是多有不同。可初见时的那一瞥究竟让他不能平复。他连忙满饮一杯，假装被呛到，一边弯腰咳嗽，一边偷偷抹去眼角溢出的泪水。

只听孙景文道："仇将军，你看这是谁？"

李梦阳转头看向身边的仇钺，见他身体微微战栗，目不转睛地看着走来的女子，喃喃说出两个字："冷玉。"

谁知冷玉看到仇钺后更是激动，手里一松，玉箫滑脱，摔在地上折成几截。全场的目光都停留在这对视的二人身上。只见冷玉定在原地动弹不得，美目泛红，半晌方才轻轻叫了一声"将军"。这一声如泣如诉，又气若游丝。

仇钺眉头深锁，咬了咬牙，起身向孙景文拱手道："仇某有伤病在身，今夜多饮了几杯，此刻心口剧痛难当。请恕仇某先行告辞。"言毕转身向外走去。

孙景文本想着故人相见总是一桩好事，谁知仇钺反应这么大，尴尬之余只好含糊道："都怪孙某安排不周，改日再向将军赔罪！"

李梦阳见状，也急忙告退，追随仇钺而去。

第二天，叛军果然依仇钺所言，在何锦、丁广的率领下倾巢而出，奔赴黄河西岸的各个渡口布防。城中仅留下周昂和数百守军。

李梦阳拍着仇钺的肩膀笑道："今日城中兵马不足五百，一半都是你玉泉营的人，再加上我们之前安插的武士，安化城已是你仇将军囊中之物，平叛的首功非阁下莫属了！"

仇钺亦笑道："仇某屈心抑志、忍尤攘诟已非一日，今日多靠李兄成全，仇某哪里还敢惜命？"

李梦阳瞬间收敛笑容，躬身一拜，朗声道："梦阳今日亦唯将军马首是瞻！”

仇钺闻言，半是欣慰，半是酸楚：到底挺到了今天！

正在这时，千户蒋明急急忙忙跑进来道：“叛军左副将军周昂正带着几个牙兵堵在门口，说是来探视将军的病情。”

仇钺道：“早上朱寘鐇命我随他出城祭祀土谷二神，我推说病重下不了床。他一定是起了疑，现在派周昂来一探虚实。”

蒋明问道：“将军要不赶紧躺到床上？”

仇钺笑道：“躺什么躺？他既然来了，我们索性现在就动手，反正一切早已布置妥当。”

仇钺现在的府邸是朱寘鐇送他的，前任主人正是起兵之夜被诛杀的阉党巡抚都御史安惟学。周昂一行刚进入府中，立时被十几名武士团团围住。领头的两人叫陶斌、来得，是仇府的家奴。

来得悄悄绕到周昂背后，一个扫堂腿将他扫翻，随后用擒拿手把他死死扣住。而陶斌早已左闪右避，穿过人群，来到周昂面前，从身后伸出一把铁锤，径直朝他头上打去。二人配合甚是默契。周昂一声惨叫，登时毙命。

周昂领来的几个牙兵见主帅顷刻间已被击杀，纷纷掉头逃跑，但大门已被蒋明带人死死守住。

最初，宁夏总兵姜汉从军中挑选了六十名高手，仿照古代的厅子都、落雁都、银枪效节军、殿前诸班，组建起一支牙军，实际相当于总兵的亲军卫队，交由周昂统领。他们本来个个武功不凡，但此刻已成惊弓之鸟，又是以寡敌众，不多时便死于拳脚刀枪之下，只剩一个丈八汉子背靠着大门，还在负隅顽抗。

那汉子身形高大，手长脚长，又反应极快，占据着有利位置，几个人都近不了他的身。来得一个箭步冲上去，想用擒拿手将他制伏。那汉子左脚向前一铲，身形成左仆步，左手顺胸口斜向下猛砍，使出一招“箭步单插”。来得躲过那一砍，却被铲翻在地。

蒋明叫道：“原来是少林大洪拳，老子来会一会你！”说罢右掌向前一探，左掌随即跟出，双手翻卷，绵绵不尽，正是太祖长拳中的“金丝缠腕”。

汉子一只胳膊被缠住，随即被蒋明往前一拉，背后空了出来。他踉跄两步，迅速稳住重心，脚成丁步，双手往回一抽，由掌变拳，一卷一推，打出一招“大七星”。蒋明为避拳锋，只得向后一跳，撤了回去。

陶斌趁那汉子身体前出，迅速绕至他身后，正要用招，却被对方早一步察觉。汉子推开蒋明后，立即转过头来，双手成插掌，嗖嗖嗖，是一招极其老辣的“回身三抢手”。陶斌连退两步，躲开了前两掌，还是被第三掌戳中，左眼受伤，血流不止。

蒋明见状，怒发冲冠，疾步欺到他身前，腰间蓄力，一个侧转身，用右后肩背狠狠撞去。那汉子急忙避开，只见一条粗大的门闩被硬生生撞断，不禁倒吸一口凉气。

汉子认得这是锦衣卫巴子拳的一招“铁山靠”，没想到仇钺手下还有人练就了这般硬功夫，心下生出阵阵畏惧。只是他不知道，这招“铁山靠”是当初仇钺跟黄擒虎交手时学到的，只学了这一招，后来教会了蒋明，所以蒋明的巴子拳统共也只会这一招。

汉子施展绝技，一个“右弓步三穿掌”，电光石火，令人目眩。蒋明吓得连退几步。其实这一招若是离近了再打，对方是万难躲避的，只是汉子此时已无心恋战，他只想将对手逼开，自己好借机夺门而出。

门闩已被蒋明撞断，汉子转身推开大门，便向外跑。

蒋明急忙喊着“不能让他逃了”，却也清楚他们根本无力阻拦。

汉子刚跑出几步，只听得一声骤响，整个人随即扑倒在地，不再动弹。

众人循声望去，见仇钺站在中庭，手持一柄火铳，硝烟如一团水草顺着枪口袅袅上升。

“呵！一大帮人，打了这好半天，看着都累!”仇钺将之前顾随赠他的手铳揣入怀中，只道这一刻突然觉得好熟悉，像昨天今天同时在放映。

第十九章 西线无战事

“薛启德你个瓜怂，”延绥镇总兵陈继同一声喝骂直冲云霄，“你有胆子踏过来试试！”

“你让我过去，哎，我偏不过去！”太原镇总兵薛启德望着陈继同身后的几排大炮，手心不由得渗出冷汗。

“不敢过来就给老子滚回你的地盘去！别像只苍蝇一样成天在这儿恶心老子！”陈继同胸中的烈焰愈烧愈炽，从军以来他从未受过此等挑衅。

“哎，你让我滚，我偏不滚！我就待在这儿，我恶心死你！”薛启德突然来了兴致，对着陈继同扭腰甩臀，手舞足蹈。

“无赖！老子他娘的跟你拼了！”陈继同说着，拿起火把就要去点大炮。

薛启德吓得一屁股坐在地上。下属急忙架着他往后撤。

“将军息怒，使不得，使不得！”陈继同的火把也被他的副总兵抢过去。两个亲兵赶紧上来把暴跳如雷的主帅架到一边。

这一幕发生在延绥镇和太原镇的交界处。一座横跨黄河两岸的浮桥，将两个防区连接起来。

一连几天，薛启德每天带兵走上浮桥，企图抵达对岸陈继同的营地，都被延绥镇的官兵阻止。延绥边军面对如此严重的军事挑衅，表现出极大的克制。但薛启德去而复返，阴魂不散。

陈继同看不懂薛启德到底是喝了哪门子的神仙尿，竟敢如此胆大妄为。赶他又赶不走，想打又打不得，气得不知如何是好。

陈继同不知道的是，从此地架起浮桥，到薛启德反复试探，都是刘瑾谋反计划的前奏。他只等曹雄的兵马尽快平定安化王叛乱，即可掉转枪头，与薛启德左右夹击，拔掉陈继同这个异类，进而一举控制西北，虎视北直隶。

陈继同此时已将辖区内的大部分兵力调往东线，用于防范薛启德抢渡黄河。他不敢想象，若是此时蒙古兵再突然从北线压过来，或者曹雄从西线发起偷袭，那局面将是何等的糟糕。

但没过多久，他便得知一个天大的喜讯：仇钺已经生擒安化王，并且重整玉泉营兵马，对曹雄形成牵制。刘瑾东西夹击的部署化为泡影。

西线无战事，太阳照常升起。

杨一清和张永率领平叛大军浩浩荡荡地开赴宁夏。

从叛乱刚爆发时，杨一清就密切留意前线的战事。他对叛军和边军的实力再清楚不过，断定朱寘鐇成不了气候，只要平叛大军一到，不消数日就可将战火平息。他虽信心百倍，表面却不动声色，任由初入沙场的张永愁眉不展，寝食难安。

张永以往操练兵马，更像是陪皇上过家家，没想到有一天会真的出来带兵打仗。他带来了大量神机营的先进火器，诸如夺门将军、神机炮、襄阳炮、盏口炮、碗口炮、旋风炮、流星炮、虎尾炮、石榴炮、龙虎炮等，几乎将家底掏空。可刀剑毕竟无眼，被削了脑袋不打紧，万一伤到脸毁了容，岂不事大？他无法忍受变得丑陋，就像无法忍受走向衰老。但这两件事总是相生相伴、难以逃脱：人注定会变老，变老以后皱纹就会像爬山虎一样布满整张脸，头发也仿佛被晒脱色的丝帛，哪里还有什么风采可言？他看看又老又丑的杨一清，想象自己若干年以后的样子，简直要流下泪来。他不明白杨一清怎么能忍受一个又老又丑的自己，还活得那么心安理得，这不是没羞没臊是什么？所以一定要护住脸，一定不能让脸受伤！缺胳膊少腿也不行，宫女妹妹们会嫌弃。如果真躲不过，那就干脆死了算了。一死了之，就能永远留住现在的风华，永远避开未来的衰老。

年年陌上生秋草，日日楼中到夕阳。取胜、护脸、赴死，三种心态彼此交缠，令张永忧郁万分。

杨一清打死也猜不到张永的这些心思，他看张永每天苦着脸，巴巴地望向自己，只道他是担心仗不好打，因而心中倒有几分好笑。仗是一定会赢的，所有参与这次平叛的都是幸运儿，可以坐待受封领赏。这也是之前内阁和司礼监在出征人选问题上争得那么凶的原因。

但赢了之后怎么办？他这次借着平叛的机会算是正式复出了，可复出之后呢？怎么继续跟刘瑾斗下去？当初的战友、门生已凋零殆尽，自己手里的筹码实在不多。

张彩之前写信向他哭诉：因他的一言不慎，致使刘瑾动了谋反之心。杨一清看完信，先是发上指冠，后悔用错了这个人，后来又觉得也未必是坏事。除了皇帝，别人是杀不了刘瑾的。刘瑾谋反，正给了皇帝一个杀他的理由。这是天赐良机，务必好好加以利用。

大军还没开到宁夏，胜利的消息就已传来。杨一清觉得整件事就像是本来计划跟傻子打牌，赢光他的钱，结果牌还没洗好，傻子主动捐款了。真是连小试牛刀的机会也不给。

将士们更是意难平。有一些将领无法接受这个事实，再三跑去找杨一清确认："叛军真的投降了吗？全都投降了吗？一点儿也不剩了？还有没有不太服气，想要再反抗一下的？或者有没有一直想反，到现在还憋着没反的？这部分人我们还是要鼓励一下，必要时候给他们提供些帮助。要让想反的人真正反起来，反上天，再把他们压下去。这样人家才能死得其所，不留遗憾嘛。不是都说尊重对手就是尊重自己吗？反正我们是这样觉得的，部堂您呢？"说这些话的人都被杨一清用脚踹跑了。

得知仇钺和李梦阳以智取胜，生擒朱寘鐇，杨一清比自己打胜仗还要高兴。当天，仇钺在将军府布下天罗地网，成功击杀周昂和一众牙军高手，然后披甲上阵，召集安化城中的旧部，径直攻入安化王府。他横刀立马，大展神威，一口气斩杀孙景文等十一人，生擒安化王父子。随后假传安化王的调令，命讨贼大将军何锦火速返城。

何锦不知安化城中有变，只道是朱寘鐇突然想他了，便不情不愿地抽调了一部分人马随他返城，留下几名部将继续严守黄河西线的宁夏段。何锦手下有个得力干将，叫郑卿。此人冲锋陷阵，智勇非常。何锦走时，郑卿徒步送了他十里，两人依依惜别，场面感人至深。何锦前脚刚走，郑卿后脚就率手下叛变了。他诛杀胡玺、魏镇等十几名军官，并宣布安化城已被朝廷收复，安化王父子也已落网。闻言，军心大溃，将士们纷纷弃暗投明。随后，郑卿一鼓作气，连克数城，一举将西线全部收复，又率兵追击何锦、丁广，在贺兰山脚下将他们俘获。直到这时候，何锦才知道，原来郑卿早已被仇钺暗中策反。

安化王叛乱至此宣告失败。从他起事到失败，前后不过十八天。仇钺诈降、曹雄守灵州、仇钺策反郑卿，成为击溃叛军、平息叛乱的几大关键。

仇钺站在安化城楼上，望着正在城中各处行进的士兵和凌乱不堪的街巷，感觉像经历了一场梦。他命人寻遍城中的每一个角落，始终没有找到冷玉的踪迹。这瞬间将他获胜的喜悦冲击得所剩无几。

但他眼下却不得不暂时从失落中挣脱出来。安化城光复的消息已传遍四方。杨部堂在急件中告知他，曹雄正率大军向这里开进。为了西北局面的稳定和双方态势的均衡，他必须死死看住曹雄的那支劲旅。

杨一清和张永的部队在原地停留了十三天。原本战争一结束，他们就该立即返京，但杨一清觉得不能就这么匆匆忙忙地回去，必须好好利用眼下的机会给予刘瑾一次重击。正好此时宁夏各地传言说朝廷军队赶到后，但凡支持和参与过安化王谋反的军民将一律受到严惩。甚至还有人说，安化城和另外几处叛军的据点会被屠城。一时间谣言四起，人心惶惶。于是，杨一清便以整顿地方、安定民心为由，暂时驻扎下来。

他思来想去，觉得还是要设法逼张永出手。刘瑾之所以难斗，原因就在于他拥有皇帝百分之百的信任。要扳倒一个皇帝百分之百信任的人，唯一的办法就是依靠一个皇帝百分之二百信任的人。之前，张永能当着皇帝的面殴打刘瑾，闹得举国皆知，最后却能全身而退，足以证明他就是那个能让皇帝百分之二百信任的人。再者，通过关于张永的一些传闻和近来对他的观察，杨一清认为他和刘瑾、谷大用、丘聚有着本质的区别——他不是一个狠毒且有野心的人，之所以卷入这场争斗，大体是形势所迫。

得出这样的结论后，他开始了对张永的鼓动，先是以庆功为由请他喝酒，再借机向他暗示刘瑾对于社稷、皇上和他本人的严重威胁。

张永虽然听懂了杨一清的话，但一来觉得刘瑾奈何不了他，二来对刘瑾到底心存忌惮，所以只是支支吾吾，并不正面回应。

眼看就要说动对方了，却始终差那么一点儿火候，杨一清不得已求助于远在京师的顾随。

顾随知晓事情的来龙去脉后，直接派来了两个杀手。他们悄悄潜入张永的营房，意图行刺，在几乎要得手的时候，恰巧被杨一清安排的巡逻队捉住。他们服孔雀胆不成，在严刑拷打之下，终于松口，承认是安化王手下的牙兵，来替主子报仇。

张永大惑不解：安化王的手下要报仇也应该去找仇钺和曹雄，自己没伤过叛军一兵一卒，这个账怎么也不该算到他头上。仔细辨认之下，其中一人长相竟酷似刘瑾府上的侍卫领班。可不就是他吗！难怪总感觉似曾相识！

张永先是震惊，继而是暴怒：“多大仇多大怨，杀我杀到宁夏来了！这是不想见我回去，要让我在外面死得不明不白。既然如此，那我更要平平安安返京，再彻彻底底跟你算清这笔账！”

遭逢这样一场变故，张永终于认识到，他与刘瑾的关系早已恶化到你死我活的地步，无论是为社稷、为皇上、为自己，还是为那些需要他挺身保护的宫女妹妹，他都必须站出来，与刘瑾决一死战。再加上杨一清从旁开化指点，他更加坚定了反戈一击、险中取胜的决心。

八月，杨一清奉旨留守西北，仍然总制延绥、宁夏、甘肃三镇军务。张永带着一个重大的计划独自返京。

当他的军队到达京城脚下时，城门却紧紧关闭，城墙之上戒备森严。

城内的刘瑾也有一个重大的计划，正在争分夺秒谋划。千金在前，猛虎在后。朱寘镭已经失败，杨一清和刘瑾，不知道谁离成功更近一步。

第二十章　暮霭沉沉楚天阔

“没人告诉你坚持一定会有回报，如果谁这么说了，那他不是在骗你，就是在骗自己。兄弟以往看不明白，自从在诏狱里住了小半年，就开始明白了。你别这样看着我，不是我老提诏狱，确实是那里面太锻炼人了。你要是没事我也建议你进去住一阵子，确实不一样。”李梦阳说得唾沫横飞。

仇钺只是一味点头。

通过一段时间的相处，李梦阳越来越喜欢仇钺了。因为他不仅有本事，为人还很谦虚，除了喝完酒有点话多，其余时候都是一个极好的听众——听得懂，不插话，更不抬杠。

“咱们还接着刚才的话说啊。自打从诏狱里出来，我就什么都看明白了。但看得明白不代表能活得自在。咱先说看得明白。看得明白分好多种，有的人一知半解却装作大彻大悟。比如刘瑾狗贼，别看一些政务被他处理得有模有样，还不都是张彩那些人背后给他出谋划策？他自己懂得什么？有的人心如明镜偏偏对什么都佯装不知，比如当今圣上……呃……这个比较敏感，我不多说，你自己品。有的人越是看得清越是放不下，比如部堂和你我，你说对不对？

“再说活得自在。活得最不自在的那个人未必是傻子，比如李东阳李阁老。而活得最自在的那个人必然聪明绝顶，比如皇上。说到底，每条路走到最后会是什么结果，其实每个人心里大概都清楚。至于为什么还要坚持走下去，不过是人各有志，各信天命。”

李梦阳冲仇钺说这段话时，仇钺是信服的。

安化王谋反虽然是因刘瑾压榨边军赋税而起，但刘瑾并没有把这个真相告诉皇帝。相反，他把平叛的功劳尽归于自己和他的心腹曹雄。在皇帝的默许下，他给自己提高了薪俸，擢升自己的哥哥刘景祥为都督，还给曹雄加官晋爵。

仇钺和李梦阳的事迹被瞒报，无尺寸之功，仍然留在大西北晒着太阳啃窝头。在无望的等待和麻木的固守中，看天光云影各徘徊，迎接一场崭新又毫无新意的夏尽秋来。

一五一〇年是刘瑾专权的第五个年头。在这一年的暑热消退时，李东阳和刘瑾都急于做出某些重大改变。

李东阳留意到一个问题，此时两大阵营相比五年前已经发生质变——它们非常奇妙地实现了内部成员的互换。五年前的文官阵营是清一色的外廷官员，宦官阵营由八虎组成。而现在，除首虎刘瑾以外的七虎已经正式与文官合作，八虎不复存在，取而代之的是以刘瑾为首、以大量文官为附庸的阉党。

在这一年秋天，无论是刘瑾的得陇望蜀，还是李东阳的退无可退，都要求故事即便不走向终结，也必须给出一个阶段性的答案。否则，活着的人将忍无可忍，逝去的人亦难以安息。

作为百官魁首，李东阳从开局就一直在输，输到连他自己都不得不承认，想赢得最终的胜利，恐怕只有靠撞大运才行。可是，不要以为玩得最差的人最不懂游戏规则，或许就是因为他的座位风水不好呢。

刘瑾的哥哥刘景祥获封都督没几天，就因滥用方士余明推荐的房中术肾气枯竭，暴毙而亡。刘瑾在伤心之余，也从其兄的丧事中获取了灵感。那时，他已决定听从余明等人的建议谋朝篡位，正在考虑选择什么样的时机。刘景祥出殡的日子定在秋八月的甲午日，届时文武百官都会前来送葬。平时的京城实行宵禁，入夜后街上禁止闲人走动，调动大批兵马必然会引起多方警觉。而如果把行动定在甲午日的凌晨，大家听到声音，会以为是满朝文武组成的送葬队伍，如此便可避人耳目，瞒天过海。

刘瑾把计划敲定，却没料到，他的死对头张永在这个时候回来了。他急忙命人封锁城门，不许张永入城，一边向皇帝隐瞒张永返回的消息，一边假传圣旨：命张永一行在乙未日——甲午日的第二日入城。

张永被拦在城外，明知是刘瑾从中作梗，却又无计可施，急得团团转。

李东阳得知后，立即授意张永的死党——宦官张雄、张锐把张永回来的消息透露给皇帝。

双方都在和时间赛跑。

皇帝听说张永回来，喜不自胜，命令开城迎接，并在东华门设宴，亲自为他接风洗尘。这个时候距离甲午日还有两天。

这第一局似乎是文官阵营赢了。

张永的庆功宴刘瑾本不想参加，因为担心张永向皇上说一些对自己不利的话，才勉为其难到场。结果，刘瑾坐了一个晚上的冷板凳，除了看皇上和张永两人眉来眼去、深情款款，就是听大家对张永溜须拍马，赞他出师大捷、勇冠三军。

眼看就到二更，刘瑾看大家已喝得东倒西歪，自己既困且乏，下体湿疹即刻便要发作，于是先行告退。临走前，他瞥了一眼烂醉如泥的张永等人，心道：今夜且容你们花天酒地，再过两日都成我刀下之鬼！

他不知张永只是装醉，待他一走，张永立刻从怀中取出早先由杨一清代写的奏疏，向皇帝揭发刘瑾激变宁夏、图谋不轨之事。张雄、张锐、黄伟等一批宦官也按照议定的计划，从旁帮腔，一致对刘瑾展开声讨。

朱厚照此时已有六分醉意，他又明知张永和刘瑾素来不睦，因此只是摆摆手，说道："今天是永弟大胜还朝的日子，我们先不谈这些。来，大家继续，尽管给朕放开来喝！"

皇帝的态度在张永的意料之中。但他志在必得，哪里肯让皇帝这么轻易地滑过去？他索性带着众人跪下，哭诉道："如果皇上今晚不听奴才把话说完，走出这扇门，恐怕我就再也见不到皇上了！"

朱厚照见他说得如此凄切，不禁多了几分疑惑，问道："照永弟你说，刘瑾打算干什么呢？"

"他要夺取天下！"

朱厚照摆摆手，不以为意："朕早就说过，这天下是朕的，也是你们几个的。刘瑾要夺，就让他夺去好了。"

张永只觉这话说得根本不成体统，随即反问道："可如果真让刘瑾夺了天下，皇上又该何去何从呢？皇上已经说过要与刘瑾共分天下了，可他还要夺，这说明他只想一人独占，不想跟皇上共分。"

朱厚照如醍醐灌顶，不由得愀然危坐，说道："把你的奏疏再给朕看看。"

时隔五年，皇帝再一次感受到威胁。五年前，刘瑾告诉他外臣们想把他架空，让他感受到威胁。五年后，这个威胁竟来自刘瑾，而且比上一次更加严重。

张永见他看奏疏的脸色逐渐阴沉，知事情已有眉目，说道："整个京城早已在刘瑾的控制下，我们此刻动手，尚能把握先机，若再延误个一时片刻，恐怕无力回天。”

接下来是长久的静默。

张永感觉大概等待了一百年，甚至更久。最后，他终于再次听到皇帝的声音。那声音隐隐沉沉，挟风带雨，斫地而来。

“准奏。”

朱厚照说完这两个字，缓缓闭上双眼，不再说话，表情变得难以捉摸，似乎覆上了一层浓云。

张永等人立即告退，火速召集兵马，展开对刘瑾的抓捕。

从听到那句“准奏”，一直到率军前往刘府的路上，张永的双手一直在颤抖，他不敢相信一切都是真的。不过，他没有时间去怀疑。现在，他要片刻不停、不顾一切地向前，向前，向前……

刘瑾刚刚睡熟，忽听得窗外脚步声雨点般响起，他猛然起身，隔着窗户问道：“圣上现在何处？”

窗外一人答：“豹房。”

刘瑾披衣下床，对屋内的侍从说道：“此事大有可疑。”说完推门而出，当即被禁军拿下。

这一步迈得意外轻松，以至于第二日，官员们在李东阳府上聚集时，依然忧心忡忡。李东阳坐在太师椅上，杨廷和、顾随、张永、谷大用、马永成、魏彬等人围拢在他周围，大家都在焦急地等待结果。

临近中午时，宫中传来旨意，将刘瑾降为奉御，送往凤阳闲居。

这个结果加剧了李东阳的担忧："百足之虫，死而不僵。只是将刘瑾贬到凤阳，我恐怕他早晚会借机脱罪，卷土重来。五年前的教训恍如昨日，我一刻也不曾忘。"

李东阳所言也是所有人心中所想。毕竟刘瑾这头老虎太难斗了，没人相信他会被轻易扳倒。

张永见状，对李东阳道："阁老放心，有我在，刘瑾这次在劫难逃！"

李东阳点点头，忧虑之色却没有丝毫减轻。

张永攥了攥拳头，也觉得自己的保证似乎少了些底气。

不一会儿，黄伟从宫中急匆匆赶来，进门便道："刘瑾刚刚给皇上上帖子，说他被抓时衣不蔽体，乞求皇上赐他件破衣避寒。"

"皇上怎么说？"张永忙问道。

"皇上看到帖子后念起旧情，十分难过，命人去刘府取了百余件衣服给刘瑾送去。"

众人面面相觑，无不感到惊惶。

张永也察觉出事态的严重性。在这次冲突里，他已是最没有退路的一个，刘瑾如果脱罪，对他而言无异于灭顶之灾。看来，他只好和刘瑾赌一场，押上各自的身家性命，就赌谁的运气更好。

既然是破釜沉舟，他反倒不再迟疑，拿出了有生以来从未有过的果敢和勇烈，说道："刘瑾知道圣上心软，想要装可怜，我让他彻底死了这条心。"说罢，快步而去。

禁军连夜对刘府展开搜查，搜出金锭二十四万锭，黄金五万七千八百两，银锭五百万锭，白银一百五十八万三千六百两，宝石二斗，金甲两副，金钩三千支，狮蛮带二束，玉带四千一百六十二束，金汤盒五百个，蟒衣四百七十袭……这些财富已然冠绝寰宇。

在张永的一再坚持下，朱厚照本人也来到抄家的现场，但他内心始终不信刘瑾会造反。

他早已猜到刘瑾腰缠万贯，可看到眼前堆积如山的金银珠宝，仍不免吃惊：这孙子天天喊着朝廷缺钱，搞得朕都差点儿带头下地生产了。敢情钱全在他这里！

紧接着有人来报，在地窖里发现了三千多副盔甲和五百支弓弩。刘瑾卧房内还找到一把貂皮团扇，扇中藏着两柄见血封喉的短刀。朱厚照认得，这把扇子刘瑾在侍驾时用过！

这一惊着实不小。他面色煞白，半晌方才说道："专诸刺杀吴王僚时，把匕首藏在鱼腹中。荆轲刺杀秦王时，把匕首藏在地图里。现在刘瑾藏匕首于团扇，看来是打算取朕的性命。"

张永见机会来了，忙问道："是否给刘瑾换个地方？"

朱厚照拿起团扇，不住打量着，冷声道："传旨下去，革去刘瑾一切职务，送诏狱。命李东阳领百官商议刘瑾罪行，据实定罪。"

事情终于又向前迈了一步。

接下来的定罪环节却很不顺利。负责发起弹劾的言官们产生了极大的顾虑。刘瑾罪恶滔天，自然该被清算。可如果把他犯下的罪行一桩桩一件件都摆开来说，奏疏中势必涉及大量官员，牵连太广。不用说别人，就连他们自己也未必一清二白。个中尺度如何拿捏？言官们瞻前顾后，拟好的奏疏迟迟不敢往上送。三法司那边也是一样，一直整理不出刘瑾的供词。

张永在跟李东阳商议之后，把言官和监察官召集起来，对众人说："刘瑾在位上时，连我们这些在皇上身边伺候的人都不敢说实话，唯恐被迫害，何况各位大人？谁又不是为了保全一家老小，才违心讨好、忍辱负重？现在刘瑾完了，你们在反映他的罪行时应该一分为二，一来不必有太多顾忌，要直击要害，二来也没必要波及太多人，要有所偏重。”

大家心领神会，最终在呈送给朱厚照的奏章中，除了刘瑾本人，只涉及文官张彩、武官杨玉等六人。

京师西北郊的望儿山上，三道身影临风肃立，杨一清居中，李梦阳和仇钺分立两侧。

深秋的北方大地苍茫辽远，一鸟一鱼一草一木都蒙上一层时节赋予的冷飒与厚重。渔樵晚归，暮霭初起，空气变得冷冽而爽畅，沁人心脾，犹如拂去了铜镜表面的浮尘。

刘瑾在半个月前被凌迟处死。三法司共定他三十余条重罪，皆得到皇帝首肯，最后被处以凌迟，共割三千三百五十七刀，分三日完成。刘瑾支撑不住，第二天就气绝身亡了。

刘瑾亲属十五人连同张文冕、杨玉、石文义等阉党被斩首。大学士刘宇、曹元，户部尚书刘玑，前大学士焦芳等被削籍为民。

吏部尚书张彩被指控为刘瑾造反的同谋，他大呼冤枉，并揭发出李东阳阿谀刘瑾的一些旧事，不久在狱中离奇暴毙。

刘健、谢迁、王鳌、韩文等一批老臣被召回，开始重整朝纲。李梦阳亦被召回，任江西提学副使。仇钺因平定安化王叛乱有功，被封咸宁伯，岁禄千石。

早上，李东阳找杨一清进行了一番长谈，暗示下一步打算安排他进入内阁，让他做好各类准备。如果真是这样的话，杨一清将成为大明开朝以来，从军队统帅成为内阁长官的第一人，可谓“出将入相，前无古人”。

李东阳还说，不出意外的话，仇钺稍后也将被调入京师，执掌三千营。

考虑到张永在这次行动中起到的作用，在李东阳的提议下，朱厚照下旨封张永之兄张富为泰安伯，封张永之弟张容为安定伯。

朱厚照还额外奖赏了八虎中的其他几人：册封魏彬之弟魏英为镇安伯，封马永成之弟马山为平凉伯，封谷大用之弟谷大玘为永清伯、谷大用义子朱德为永寿伯。魏彬被任命为新的司礼监掌印。

刘瑾已除，遮蔽在大明上空长达五年的阴云终于被驱散。

李梦阳感慨不已。不得不说，这个成功存在太大的偶然性。从自己挑起大事件开始，清流们前赴后继，皆是徒劳无功，最后竟由一个宦官将事情做成。天道轮回，正义在一定程度上得到了伸张。但皇帝依旧沉迷玩乐，不问百姓疾苦。王朝百废待兴，大权却仍然被魏彬、马永成等宦官把持。

杨一清同样深有所思。他在想，进入内阁后，自己会不会成为下一个李东阳？虎狼远未除尽，雾霭之后还有更多新的敌手在虎视眈眈。人生短暂，成败转头空，既然早就看透了此类烦忧，为什么依旧难以放下？他静静望着不远处的潺潺溪水，不知道流逝的是什么。

错过一场烟火的表演

开 端

傍晚雪开始变大，落落拓拓，任意东西。我跟袁鹿徒步回到我的公寓时，已是眉发皆白，昏暗窅冥的天色让我俩看起来仿佛两只略显瘦削的灰头信天翁。

在等电梯时，她先用手套帮我拍掸身上的积雪，随后像刚出浴的雌犬，蹦跳灵动，兀自将大衣上的雪抖落。

保姆张姐来给我们开门，足足的暖气扑面而来，温馨明亮的灯光好似引领我们来到另一个国度。

“小宝贝呢？小宝贝在哪里？我要去看小宝贝！”袁鹿两臂下伸，挤眉弄眼，左摇右摆两脚便把短靴踢掉，也不换棉拖，疯兔一样往硕儿的房间冲去。这套动作一气呵成，在我看来简直神乎其技。

我尾随而至时，她正趴在婴儿床的边缘，两眼放光地欣赏着襁褓中酣睡的硕儿，表情天真而投入。

我倚在衣柜门上看了她俩一会儿，直到察觉自己已经神思迷离，才转身回到客厅。

张姐问道：“你们吃饭了吗？冰箱里有肉眼牛排和火腿切片，做起来很快的。”

我赶忙答道：“不用了，我跟小袁在外面吃过了。要不您先回家吧，天也不早了，今天辛苦您了。”

“好，有事您随时给我打电话，我反正就住附近。”她语气既平缓又柔和，让我感到无比踏实。我有时甚至觉得这种语气语调应当像普通话一样在全社会推广，所有人都应该这样与别人交流。

张姐走后，我跟袁鹿坐在客厅的沙发上边看电视边聊着天。

她很喜欢硕儿，只要来到我这里，就三句话不离硕儿。

末了，她突然问我：“那么，你打算什么时候跟你父母提你哥哥嫂子的事？”

我颇有些为难，拿起手中的红酒杯，凑到嘴边，旋即又放了下去：“再等等吧。他们年纪都大了，尤其是我妈，身体一直不好。如果这个时候把我哥哥嫂子去世的消息告诉他们，我担心他们承受不住打击。”

“可你总不能永远瞒着吧？这么久了，难道他们一直没有问起？”

“上次通电话时，我跟他们说哥哥嫂子突然被公司派去丹麦的工程部，可能要去一两年，硕儿也被他们带过去了。”

“嗯……不过最可怜的还是硕儿，还这么小，父母就被车祸夺去了生命。”她言语中满是悲戚。

我们彼此沉默几秒。她沉吟不知所语，我恍然不知所思。

随后我对她笑了笑，说道：“眼下还好，反正我也不用上班，硕儿不是被我照顾得很不错吗？”

袁鹿笑道：“那是张姐照顾得好。你呀，能把自己照顾好就不错了！”说罢，嘴一撇，露出很不服气的神态。

“还有啊，你现在这个状态，别人不知道的，还以为你是单亲爸爸呢！”

我笑而不语，拿起遥控器不断换着频道。

最后，电视画面定格在卫视台的《今日法制》栏目。屏幕里的女主播一如既往地从容端坐，气质温婉大方。

袁鹿指着电视叫起来：“这个……这个女主持我知道！好像叫……凌烁。她长得好漂亮啊！对不对？这么漂亮的姐姐怎么会主持法制节目呢？”

我被她吓了一跳，不过看着她一惊一乍的，倒也有趣：“哈哈，谁规定漂亮的女人不能主持法制节目？”

“那起码你也觉得她漂亮对不对？”

“喂，你这家伙……”我被她问得一时语塞，盯着电视开始发呆。

“不知道她有没有男朋友。她这么好看又这么优秀，男朋友一定也很厉害吧……”袁鹿还在浮想联翩，只不过她后来的话我已经听不见了。

我们聊到将近八点钟，袁鹿看我频繁打着哈欠，便起身告辞。因为有硕儿在家，我没有送她。其实我觉得送女孩子回家是件极耗时耗力的事，多半都是出于礼节，极少是因为情感，只不过没有哪个男人会把这种想法说出来，我尤其不会。

虽然此时我已困倦难当，但距离平常睡觉的时间还有很久。我开始清理袁鹿留在沙发和地板上的头发，全神贯注，犹如工兵扫雷，精确到每个角落。

这件工作刚结束，门铃就响了。我看了看表，刚好九点半，和林伊事先与我约的时间分毫不差。我有时甚至怀疑，她是不是早就到了，一直站在门口等到了约定时间才按门铃。

她熟练地将外套脱去挂到我家衣架上时，我闻到她今天喷的香水依然是汤姆·福特的乌木沉香。她以往香水换得很频繁，有一次用了这个味道，我非常喜欢却未动声色。但从那之后，她每回见我喷的都是这一种了。我由此觉得这个人很有趣。这些东西对我来说并不重要，就如她总是准时出现一样，可我就是觉得很有趣。

“雪下得这么大，我以为你不会来了。”我把一杯热水递到她面前。

她没有伸手接，而是径直扑到我怀里，紧紧抱住我。

随后我俩开始热吻，我把她抱到床上。

林伊背上的肌肤光洁白皙，我舌头触上去她会忍不住发笑。有几个瞬间，我脑中闪过凌烁在镜头前的画面。

我枕在她的小腹上，随着她的呼吸而起伏，听她说她最近发表的两篇论文反响很好，对下一步申请副教授职称会有帮助。

她话语简练干脆，即便是聊天，也只拣重要的说。我极少回应，偶尔“嗯”一下，表示我在听。

她走的时候已经很晚了。事实上无论多晚，她从来不在我这里过夜。我知道有些人无法跟其他人共居一室，这也是我不让张姐晚上住在家里照顾硕儿的原因。

众鸟高飞尽。我静静地躺着，仿佛又经历了一场漫长的迎来送往。

接着，我听到隔壁房间传来硕儿微弱的鼾声。

我蹑足来到她的卧室。她睡得好乖。我冲她微笑，尽管她看不到。我笑着笑着，泪水夺眶而出：“硕儿硕儿，为什么你没有爸爸妈妈呢？”

第一章　Riddle

我一觉醒来已是上午九点钟。昨晚毫无睡意，一直守在硕儿旁边看书。后来觉得无聊，又新开了一瓶红酒。那是袁鹿上个月从欧洲旅行回来带给我的甜红，口感很不错。可惜我体内的循环系统对酒品的反馈与我的味蕾大相径庭，所有带有甜味的酒精饮料最终都会令我感到不适。我一边翻书，一边大口啜饮。夜晚深邃而静谧的气息在我周围环伺，我观察到自己内心犹如一汪静水，深处却暗流涌动，那股力量汹涌得令我吃惊，以至于我唯一能做的就是假装若无其事，不去理会它的嚣张跋扈与自作多情。

整瓶倾尽时，肠胃开始轻微地痉挛。我于是喝了杯热水，躺下睡觉。

亮光透过落地窗帘的边缘照进卧室，投射在绛色的木地板上，虽然窄瘦却格外鲜明，我由此得知室外必然积雪盈尺，风光无限。枕头上残存着红酒和林伊的气息，但这些对我而言已不再重要。现在我只想见证一下，这新的一天又会是哪般光景。

客厅里飘来阵阵清淡的咸香，是张姐煮的火腿虾米粥。她每天六点多来到家里，带着从菜市场买来的菜，开始准备我和硕儿的早餐。无论是淘米洗菜，还是收拾房间，她的动作都极轻微，即使是我这种睡眠轻浅的人，多半也难以察觉。

我对她很尊敬，但也不过是对一般人的尊敬。开给她的薪水还不错，但也不过是一般家政阿姨的薪水。因而她的敬业，或许说是关怀更贴切一点，时常使我受宠若惊。

我偶尔也会对她产生好奇，比如她家住哪里，子女从事什么职业，对眼前的工作是怎样的看法。我知道如果我问她这些问题，有很大可能拉近彼此的距离。如果想把礼数做得再周全一些，我甚至应该去她家中拜访一下。但我什么都没有做，也什么都没有问。我选择了沉默。既然我庆幸她不探问任何我和硕儿的情况，那么我理应以同等的方式回报她。我把这当作一种无形的默契，不管事实是否真的如此。

但有一点很奇怪，我隐约感到张姐对袁鹿那丫头很有好感。我最初怀疑她把袁鹿误当作我的女朋友了，后来发现她并没有那么想。那又是为什么呢？或许因为袁鹿模样不错，人也热情活泼，这样的女孩子本来就很容易讨长辈欢心吧。

我吃完早餐，正在逗硕儿玩，袁鹿打来电话："萧川，你今天来店里吗？"

我非常认真地思考她的问题，证据就是我沉吟半晌，最后回复她："还没想好，去不去都行。"

稍后，我突然想到应该问一下她有没有事的："怎么，店里有事吗？"

"有事也劳烦不到您陈总啊！我们这些虾兵蟹将足以应付。"

她这么说，就是逼我进行商业互吹了："哪里哪里，是袁总博学多能，事无巨细，必然安排得滴水不漏。我多少次郑重告诫自己——陈萧川，有袁总在，你只能多看多学，千万不要插手，插手就是添乱！"

袁鹿在电话那边扑哧一声，便笑得停不下来，半晌才跟我说："你不做销售真是屈了大才！也没别的事情，街角新开了一家服装店，我路过时看到里面有几件男士大衣还挺不错的。我送你一件吧。不过你最好来试试合不合身。"

昨晚才喝了她买的红酒，今天哪还好意思让她再送我衣服，我赶忙以衣服太多为由推辞，再辅以一通乱扯，她也就不再坚持。

其实我俩的关系还远没有发展到可以频繁互送礼物的程度。但看看家里，确实有好几件东西都是她买的。我过意不去，也给她挑过几样礼物，她现在脚上穿的那双棕色小羊皮靴就是圣诞节时我送的。这种礼尚往来的相处模式既不是我一贯的风格，也多少使我惶恐，可转念一想，若是过分在意，反倒显得我计较了。

我和袁鹿认识的时间并不长。因为一个极其偶然的机会，她成为我的朋友和生意上的伙伴。其实也谈不上是什么生意，只是一起在大学城开了一家饮品店。

我从公司辞职后，加盟了一家本地知名的奶茶品牌，店开在市中心的商业街，因为生意很好，便开始物色着开第二家。几番对比，我把店址选在大学城。不料，看中的商铺被袁鹿捷足先登。我提出给她一些补偿，让她把铺子让给我。谁知，这厮嘴硬得很，给多少钱都不干。

后来她得知我要开的店是 Riddle（谜），竟然提出要一起合作。她知道 Riddle 集团的老板向来只开分店，不做加盟，惊奇于我是怎么把加盟权拿到手的。我当时手里的资金并不充裕，又要兼顾硕儿的开销，看她一副富家小姐不差钱的样子，便索性答应了。

之后的合作颇令我满意。她虽然大学刚毕业，做事倒也稳重认真，前前后后打理，省去了我不少精力。而且她同学和朋友貌似很多，每天都有同学或者学弟学妹冲她的面子前来光顾，无形中为我们扩充了客源，起到了宣传效果。

硕儿的事我本不想告诉她，但店里的很多事情我总是缺席，不给她个交代说不过去。结果不告诉她还好，告诉她以后她连市中心那家店也开始帮我打理了。我万般过意不去，硬塞给她两成干股。我们“中国合伙人”的关系由此进一步坐实。

也是从那个时候开始，我猛然醒悟，我居然将自己和一个萍水相逢的小丫头绑上了一辆战车。我听任她慷慨从容地给予我帮助，再怀揣一种类似报恩的复杂心情去与她周旋。这绝非我所想，甚至同我与人无扰的处世态度格格不入。我不明白有什么必要做这种令自己心生不悦和忸怩不适的事。直到昨晚看到袁鹿悄悄亲吻硕儿额头的一幕，我才明白一切事情的缘起。大概我在这条路上独行得太久，在意志偶尔发生松动的关头，我渴望暗示自己，或许我真的还有退路吧。

第二章　手工

那天下午，我还是去了店里。

像要开启一场远途旅行一样，我往包里装了笔记本电脑、茶杯、小袋的铁观音、面巾纸、擦鞋湿巾、钥匙，此外还有两本小说、一支钢笔和一沓稿纸。东西太多，手提包塞不下，最后只好改用书包。

将一包重物挎在一个肩膀上，疾步走在吱吱作响的雪地上时，我脑海中浮现出“林教头风雪山神庙”的动人场景。如果有人这个时候在旁边来上一曲《王进打高俅》，我不是没有情绪失控的可能。

那个时节天寒地坼，万物都将饱满的精气收敛于内，外露的即能够被视觉捕捉到的，全是冷澈、清亮的神采。风光人物之间，泠然自秀，彼此安好，却互不相干，好像诗中所说的“你我相逢在黑夜的海上，你有你的，我有我的，方向”。

我来到店里，看到顾客从柜台前面一直排到门外，五个店员忙得不亦乐乎。

我走过去看了看饮品单，说道：“又推出新品了？”

“是的，先生，我们新推出一款可可慕斯口味……”说话的店员是一个叫桃子的女孩子，二十出头，扎着棕色的马尾辫，圆圆的脸蛋透出一股学生般的稚气，两颊微微有些雀斑，和她头发的颜色很像，据说目前在附近一所大学里读环境工程。

她此刻正盯着电子屏给顾客下单，抬头看到我的瞬间似乎颇为惊讶，一双眼睛瞪得大大的，叫道：“陈总，是您呀！”

我有一种通缉犯混迹在人群中被认出的异样感，眉头一皱：“不是说过嘛，不许这么叫我。”

她连连点头：“好……萧川哥！”随即边笑边回头大喊：“鹿姐，陈总来了！”

我轻叹口气，不知道这孩子是天生健忘，还是有意不当着袁鹿的面喊我名字。

袁鹿正坐在工作区一角的一张小桌前做她喜欢的手工。那里是我为看书而专门设置的风水宝地，在原本不算宽敞的工作区里硬是虎口拔牙，择出一方地域，闹中取静，可以看店读书两不误。结果近来被袁鹿鸠占鹊巢，当成她捣鼓各种手工的工作台。

她背对着我们，听到桃子一喊，立马回头笑道：“到底还是来了。”

我绕过吧台，走进员工区，看到她面前铺着一小堆药材和几只长不足两寸的猴子玩偶，知道她正在制作毛猴。之前听她说过，这是一种起源于老北京药铺的传统手工艺品，制作材料完全取自中药材：用蝉蜕充当猴子的头和四肢，以辛夷做躯干，木通做斗笠，白及做黏合剂，构思精巧奇特，造型倒也生动逼真。

“小同志，你是属猴的吗？”我笑问道。

“嘻嘻，不是，我属狗，双子座，O型血，比萧川大叔小七岁。”

她突然正襟危坐：“尊敬的各位评委老师，我的名字叫袁鹿，就出生在这座城市，大学也是在这里读的，可谓‘生于斯，长于斯，学于斯’。我喜欢做手工，但不是因为我祖上当过木匠。我的梦想是……”

“知道知道，梦想做毛猴非物质文化遗产传承人是吧？”我打断她的话。

她举头望我，眼里闪起一道亮光，头点得像发电报："对对对对对！"

说话间我已走到她面前，她起身问："你要在这里看书吗？我让给你。"

"不了不了。我看书事小，耽误了非遗事业事大。你忙着吧，我去市中心那家店看看。"

"要我跟你一起吗？"

"不用，你专心做吧。"

"真的不用？"

"当然。祖国的非遗传承岌岌可危，刻不容缓！从现在开始，你必须争分夺秒，惜时如金，若不是情非得已，洗手间都尽量别去——太浪费光阴！真要是憋不住的话，也要一路小跑着去，马踏飞燕地回。"

"就你能耐！"她气得抓起一把木通，看样子是想糊到我脸上。

好在我及时转过身，大踏步迈出去，背对着她挥了挥手，示意道别。

只听这家伙在身后奋力喊道："这么久没去了，还找得到地方不？要不要我给你发个定位？哎，一会儿如果手机没电了，你就去岗亭求助一下警察同志！"

我又到市中心那家 Riddle 简单转了一圈。刚想离开时，手机突然响起那首《Song for Lovers》(《情人之歌》)，屏幕上显出三个字——风胡子。

我接通电话，另一边传来一个硬朗而浑厚的中年男人的声音："喂，萧川，你最近行踪有些神秘啊。怎么也不来茶室坐坐了？F 那小子可是三天两头跑来看我，我问起你，他说他也不知道你整天在忙什么。"

电话里又传来另一个人的声音："萧川哥，现在我们'秋暝三杰'总缺你一个，你可不能脱离组织呀！”听得出说话的是F。

我的脸有些微微发热，声音也流露出歉意来：“实在不好意思，近来俗务缠身，浑浑噩噩的也不知在忙些什么……明后天吧，我找个下午去你茶社，咱们三个小聚一下。”

风胡子继续说：“今天不是还早吗？我知道你喜欢喝瓜片和金坛雀舌，前两天特意预备了一些。”

“呃……”我看了看手表，刚刚四点半，硕儿在家有张姐照顾，何况那边还有瓜片和雀舌……

我一咬牙：“好，我现在过去。”

等出租车时，手机又响了起来。我只道还是风胡子，一看竟是林伊打来的。

“萧川……晚上……能陪我去参加个同事聚会吗？在蒲公英。”声音怯怯缩缩，不似以往。她说的蒲公英是一家酒吧，提供地道的比利时风味啤酒，驻唱歌手的英文歌也很好听，之前她曾带我去过一次。

“同事聚会。”我下意识地重复着她的话。

“嗯，是同事。”她显然被我平淡如水的语气弄得更加局促。毕竟迄今为止，我们的相处模式仅限于两人单独见面，谁也没有向对方介绍过自己的朋友，更不用说同事了。她甚至连张姐的面都没见过。

我一时没有作声，静静看着马路对面两个奔跑打闹的孩子。那是一个小姑娘和一个小男生，你追我赶，咧着嘴大笑，大概把家长弄丢了也在所不惜。

她继续说道，像是在为一个晦涩的故事增添注脚：“有两个是我的同事，还有几个是我带过的学生。”

“林伊，你知道的，硕儿到我家之后，我晚上是绝不在外面喝酒的。”

“就去坐一下，不会搞到太晚。酒你不想喝的话，也可以不喝。”

我预感到她真的是想让我帮这个忙，就答应了。

她显然很开心：“那好，七点半蒲公英见。还有……谢谢你，萧川。”

我只好给风胡子发微信说临时有事不能赴约，又打电话拜托张姐在家多留一会儿。

我又回到店里，找了个靠窗的位子坐下，不知如何打发余下的时间。背包里装着小说，却不想打开。我跟店员要来顾客的留言簿，漫不经心地翻看着。我们的留言簿是袁鹿做的，每张活页上都有漂亮的彩绘——蓊郁的藤蔓植物、巧妙的几何图形和各类卡通角色，吸引了很多人在上面写字。我看到其中大多数是称赞饮品味道好或情侣间相互表白的话。还有人夸女老板长得好看，不知袁鹿见到会作何感想。翻到其中一页时，两行格外娟秀的字迹映入眼帘：“我恐怕会坠入一段危险的关系，可我无法让自己就此止步。”

我合上本子，开始望着窗外的街景发呆。

第三章　蒲公英

作为大学老师，林伊平日里的穿着显然过于时尚了，好在她气质并不虚浮，因而能在成熟妩媚中显出一份轻柔沉静来。那晚，她戴着施华洛世奇的星形耳坠，睫毛分外纤长，看得出是刚刚种的，焦糖咖啡色的美瞳使眼睛好似凝起一片神秘的带有轻微异域感的旖旎湖光，脖子修长而光洁，大概因为耳坠是超长款，并没有再佩戴项链一类的配饰。在酒吧的浮艳氛围里，她独树一帜，准确传达出一种经过精心雕饰的含蓄的张扬。

他们一共七个人，除她以外，都是结对的情侣。

其中一对是她的同事。女人的名字里带有一个燕字，留着短发，骨架小巧，肤色看起来很好，秀气且大小匀称的鼻子上架着大大的圆框金丝眼镜，身着棕灰色的西装，四五厘米的高跟鞋较好地弥补了身高方面的缺陷，整个人的打扮很像在公司里上班的白领。男的叫明树，年纪与我相仿，套着一件带毛领的黑色羽绒服，平凡端正的长相倒没什么值得说的，只是发际线有点高，已可以用岌岌可危来形容。

其余四个都是林伊的学生，气质和装扮都有些学生气，只当中一个叫廷和的男孩子看起来很有几分疏朗。我向来笃信“相由心生”，他的长相让我觉得他品性必定不会差，虽然说话声调略高，却没有盛气凌人的味道，并不使人反感。而且他口才极佳，看得出是当过社团负责人或者学生干部的。旁边坐着的女孩子叫安然，应该是他的女朋友，人很漂亮，从上身看身高应该在 170 厘米上下，快要接近男孩。这样一对小情侣，在学校里应该是周围人羡慕的对象吧。想到这里，我不觉一笑。

年轻人聚会的话题总是很杂糅，开始谈社会新闻、心理学和明星八卦，后来又聊到丑书、行为艺术、唯心主义和文艺电影。

燕点燃一支宽窄牌的香烟，问道："前段时间上映的《你好，之华》，你们有人去看了吗？"

"点映的时候我跟廷和去看了。"安然答道，她每次说完话都会习惯性地露出一个微笑，细长的眼睛眯成两道弯月的形状。

"是吗？"燕表示出惊讶，"我是在快下映的时候才去看的，差点没赶上。我感觉这部电影前期的宣传力度并不是很大，很多人都不知道，你们居然看的还是点映。"

"安然很喜欢看文艺片。"廷和看了眼身边的女孩，笑得有一丝腼腆。

安然道："我开始也没怎么关注，后来发现居然是岩井俊二导演的，再看了故事简介，就很感兴趣。"

"就是《情书》的导演吗？"林伊问。

"是的。林老师也看过《情书》吧，真的好经典！" 安然流露出兴奋的表情。

"看过的。"林伊微微点头。

林伊说完后，廷和似乎有意地把头转向一边，跟明树碰了个杯。

我想起自己也曾看过《情书》。高中时在《中国国家地理》杂志上看到一篇介绍世界各大爱情圣地的文章，其中有提到日本小樽，说因为是《情书》的拍摄地，那座被冰雪覆盖的港口小城受到了世界各地情侣的青睐。我怀揣好奇下载了那部电影，没想到前四十分钟就看睡着了三次。如果不是严重缺觉，就是彼时的我还不懂爱情吧。

“《你好，之华》说的是个什么故事？”有人问了我同样想问的问题。

“说的是有一个作家在同学会上见到了学生时代的恋人，其实也不是啦，是有一对姐妹，姐姐叫之南，妹妹叫之华。当时之南刚刚去世，之华就假扮姐姐参加了同学会。随后之华开始以姐姐的名义和作家通信，不过作家一直都知道写信的是妹妹，他想通过妹妹获取姐姐的消息，却不知道姐姐已经因为婚姻不幸而选择了自杀。”安然抿着嘴，看着杯子里的樱桃色起泡酒不再说话。

燕说道：“胡歌在里面演之南的老公—— 一个家暴的渣男，真的好渣，不过他那‘O’形胡和深邃的眼神，又让人觉得好帅！”

明树把手中快要燃尽的香烟捻灭，说道：“我不明白之南分明和作家青梅竹马，后来也发展成了恋人，为什么最后偏偏又去选择一个徒有其表的男人。”

“可能渣男都比较会撩吧，而且又那么帅。”燕说完便呵呵地笑起来。

“即使开始是被他迷惑，后来遭遇了家暴就该果断离开他呀。”明树说。

安然道：“大概是因为有了孩子吧。跟他分开，孩子怎么办？”

林伊道：“女人就是这样，真正爱上一个人，即便后来他对自己不好，也会努力寻找各种留在他身边的借口。有时候不是不想离开，真的就是做不到。”

我不知道她是单单评价电影，还是内心确实如此所想。如果是后者的话，真与我印象中理性而知进退的林伊大相径庭。

几首英文歌唱罢，驻唱的女歌手换上了中文曲目，她音质沉着低回，非常适合唱慢歌：“借我十年，借我亡命天涯的勇敢，借我说得出口的旦旦誓言，借我孤绝如初见，借我不惧碾压的鲜活，借我生猛与莽撞不问明天……"

大家不约而同地停止了交谈，静静地听了一阵，末了，都问是什么歌。

林伊答道："谢春花的《借我》。"

"哦。"众人应了一声，继续凝神静听。

然后是《安河桥》，跟着一连几首都是民谣，冰泉冷涩弦凝绝，听得我眉头渐锁。

接下来的话题自然是时下的民谣和民谣歌手。

谈到民谣，廷和似乎很有感触："说实话，我并不是很能欣赏当下所谓的民谣。我认为，你创作一首歌，歌词首先要押韵，歌词押韵了整首歌唱起来才会婉转动听。"

我笑道："要在押韵的基础上追求更好地表情达意。"

他半起身敬了我一杯酒，我赶忙起身回敬。俩人说不上谁更煞有介事，惹得其他人都忍俊不禁。

他一饮而尽，接着说："而现在那些民谣呢？完全不追求押韵。歌词不像歌词，更像是一段一段的散文。或者说，我随便拿一篇散文出来套上它的曲子，都能照唱不误。词曲之间的贴合度和黏着性几乎为零。别跟我说这就是民谣的风格，人家陈粒怎么就能把歌词写得那么好呢？说到底还是那些创作者水平不够。"

"是，感觉陈粒的歌词写得是比其他民谣歌手高出一大截，像《小半》《走马》《芳草地》歌词都超级好！去年秋天，我跟明树在武汉的码头坐轮渡过长江，当时旁边正好有人用手机放陈粒的《易燃易爆炸》，配着江上的波涛和水雾，真是绝了！"燕激动地说。

"真的非押韵不可吗？有很多民谣的歌词配着曲子来唱，娓娓道来，也挺能打动人的呀。”林伊说这话的声音极其柔和，又伴着非常自然的笑意，让人不觉得这是反驳。

“我跟林老师感觉一样。大概廷和是写格律诗的吧，所以对于押韵有着严格的偏好。”安然挽住男孩子的胳膊，盈盈地笑起来。

廷和笑笑，不作任何争辩，看来他已经把想说的话说完了。

燕说道：“对哦。廷和平时还写诗的，我读过他在朋友圈发的几首，感觉真的蛮厉害的，很有唐诗的调调。我还拿给明树看过，他当时问我‘你这个学生平时是不是都穿长袍留山羊胡的’。哈哈哈哈！”

廷和喝了两杯干马提尼酒，面色微红，声音也略显亢奋：“说到格律诗，现在有很多人一时兴起会在朋友圈里赋诗一首，他们以为只要保证每句五个字或七个字，结尾的字读来顺口就算诗了。其实格律诗每一句的每一个字的平仄都是有要求的，不能想用第几声的字就用第几声。”

“还有这种讲究啊？”有人感叹道。

“是。而且押韵也不能想当然，不是读着顺口就算押韵，‘东方’的‘东’和‘冬天’的‘冬’就不属于同一个韵，都用作尾字就算用错。”

他说的虽然是关于格律诗创作的基础知识，但是在这群外语学院的师生看来，可谓非常新鲜。

无论是刚刚发表的对民谣的那番评论，还是写格律诗的爱好，都让我对眼前这个男孩子好感倍增。

我已从他和林伊的神情中看出一些属于过往的端倪，由此大致猜到了林伊叫我来的意图。我为自己今天来充当这样的角色感到一丝屈辱，但这丝毫没有减损我对廷和的良好印象。我从他身上看到了过去的我—— 一个既高调又恪守礼节的少年形象。不同的是，他还有十年可以挥霍，可以像歌中唱的那样拿出“亡命天涯的勇敢”和“说得出口的旦旦誓言”，可以“生猛与莽撞不问明天”。

林伊见我半天没有说话，只是赔笑，握住我放在桌上的手说道：“萧川，你不是也写格律诗吗？好像还在很多诗词大赛中获过奖。”

廷和似乎有些惊讶，忙欠身道：“陈老师也喜欢近体诗呀？我刚才不知道，班门弄斧了。”

“哈哈，都是许久以前搞的名堂，早就荒废了。”我领会林伊恭维我的一番“盛情”，但觉得似乎没有太大必要。

林伊的电话响了起来。

我留意到她看到来电号码的瞬间，眼中划过一丝悸动。她起身去接电话，离开座位时不自然地回避着我的目光，尽管我当时有意没有看向她。

我偶尔会痛恨自己的敏感，它像一种害人不浅的禀赋，让我在不经意间察觉到太多我并不想知道的细节。我总想超脱事外，敏感的天性却每每让我置身其中。

我心不在焉地跟他们聊了会儿天，酒精度高达十四度的烈性啤酒让我逐渐微醺。我随口跟他们开着各种玩笑，不出意料地让他们对我的谈吐产生浓厚兴趣。廷和也不再说话，而是带有几分敬意地听着我与其他人的交流。

十五分钟后，我走向洗手间。在盥洗台那里，我见到了刚打完电话的林伊，她像朵飘落的蒲公英，带着迷失的沮丧，暂且停留在一丛灌木的顶端。

她发现我时，我已走到她的身前，如同一个并不矫捷却伪装完好的猎手。她茫然无措，用不谙世事的眼神看着我，仿佛我俩素未谋面，彼此隔着一片江湖。那一刻，我悲从中来，几乎怆然涕下。

片刻后，我拉起她的手。她顺从地跟着我，走进洗手间的隔间。

我们先是接吻。随后，我一只手揽住她的腰，把她挤到墙上，另一只手伸进她的胸衣。

她紧紧圈住我的脖子，把头深埋进我的胸膛，不住地呼着热气。

最后，她用尽力气把我的手拿出来，笑道："打住打住！不行！再这样我们就得换个地方了。"

我也适可而止，跟她一边说笑一边走回座位。

走在她身后时，迷蒙地望着她窈窕的身躯，我内心骤然腾起蓬勃的快意与悔意。每次多走近这个女人一点，我沉睡的占有欲便会苏醒一分，像一只争强好胜、愚蠢透顶的猛兽，掠夺的冲动早已掩盖了果腹的初衷。我知道自己真正爱一个人的时候完全不是这样。不安的情绪如同一只白蚁在我理性的皮囊下暗自啃噬，我却还要继续用克制的笑容来粉饰太平。

第四章　得鹿

虽然跟风胡子和 F 是初次见面，袁鹿却表现得毫不拘谨。

“风胡子大哥，您跟萧川哥是怎么认识的？”她似乎总能找到跟人交谈的话题，或许可以称之为一种社交天赋吧。

“说起我们怎么认识，现在又怎么坐到一起的，真足够写一本书。是吧，萧川？”

“对，”我回应道，“孩子没娘，说来话长。”

这时，风胡子的爱人莫卿身着一件水墨色和服走进来。我和 F 赶忙欠身打招呼。袁鹿反应也快，从蒲团上一跃而起，像小学生一样深深鞠了个躬，叫道：“嫂子好！”

莫卿笑道：“这是萧川带来的丫头吧，长得好标致！”

我拉了下袁鹿的衣角，皱眉道：“你又给我耍什么猴戏，快坐好！”

莫卿冲我说道：“哈哈！你怎么能这么说呢，人家小姑娘活泼嘛。”

袁鹿仿佛找到了靠山，回身冲我挤眉弄眼：“听见没？我跟你不一样，你是大叔，我是小朋友，小朋友天性活泼！”

除了去菜市场买菜，这是我一个月以来第一次外出。上次从蒲公英回到家时，已接近晚上十点钟，自从有了硕儿，我还从未回去得那样晚。

我一身酒气地推开家门时，看到张姐正红着眼圈哄硕儿入睡。我瞬间感受到无可名状的愧意，仿佛众目睽睽之下的囚徒。

张姐抽泣着问我：“小陈，我以后能不能晚上住在家里照顾硕儿？你一个男孩子，总要有自己的事，顾不过来的。”

这种请求自然是不容分说的，我没有再去考虑任何事情，当即便同意了。饶是如此，我仍旧无法原谅自己的失职。我开始闭门不出，专心和张姐一起照顾硕儿。

神奇的是，我似乎能察觉到她在一点点长大，像夏天的植物一样每分每秒都在贪婪地生长。我还时常会想，有一天她出落成小姑娘时，长得会比较像谁呢？

时光总会给人以答案。但在此之前，未来永远是无法解答的谜题。你可以有凭有据地去推想，结局却有可能南辕北辙。而一旦你对某种想象坚信不疑，便相当于在内心给了自己一份允诺，这恐怕是最危险的事情。

那天下午袁鹿正好去家里看我，另一边风胡子和 F 又约着见面。我想起之前的失约，感到不好推辞，于是便带着袁鹿一起去了。

风胡子道：“之前你们卿姐突然对日本茶道产生兴趣，我便托朋友送她去日本学了半年茶道。今天正好你们来了，让莫卿给你们展示一下她的学习成果。”

F 叹了口气：“还是萧川有面子，我之前来那么多回，风哥和卿姐可没给我这个待遇。”

莫卿道：“应该是丫头有面子，萧川一个人来，也喝不到我这杯茶。”

袁鹿这次竟没有答话，只是一味地笑，两颊泛起一丝红晕。

“早先不知道是品日本茶道，进屋前是不是应该在门口的水缸旁边洗手漱口？”我问道。

风胡子指着我冲莫卿笑道：“你看！我就说这小子懂行吧！”

“我也只是道听途说。据说日本茶道里茶师先伸哪只手、先迈哪只脚、每一步踩在榻榻米的哪个格子上都是有讲究的。这么复杂的学问，我哪里晓得底细？”

风胡子拊膺长叹：“是好复杂。不仅对茶师的举止有严格的要求，就连茶客也得按照相应的规范来。说句不通风雅的话，喝杯茶简直比唱出戏都难。今天就让你们卿姐一个人展示，咱们就随意地喝，也不算亵渎，这叫‘不知者不罪’。”

这家“秋暝茶社”开了已将近三年，当时正值二〇一五年股灾前夕，风胡子在场外嗅到了不同寻常的危险气息，于是清仓离场，用套现的钱开了这家茶社。

穿过门厅，可以看到茶社正中有一个小花园，其中错落分布着假山、凉亭、鱼池和各类花草，占地不多，但以小见大的造园手法充分突显出花园的层次感，营造出一种幽静闲适的意境之美。品茶前先赏景的体验成为这里与其他茶社最大的不同，也是它一直以来茶客络绎不绝的原因之一。凉亭檐柱上有一副楹联：“鸢飞戾天者，望峰息心；经纶世务者，窥谷忘反。”可谓一语道破其中奥妙。十余间茶室都围绕着花园分布，与门厅一起恰好组成一个接近规则的圆形，花园和茶室之间建有一圈回廊，廊顶同时充当茶室的屋檐。

我们所坐的这间茶室刚刚改成了日式装潢，现在名叫“妙喜庵”。茶室大概有四叠半榻榻米的大小，中间做了地炉。墙上裱有一幅仿唐代周昉的《调琴啜茗图》，画前立着一方低矮的几案，上置一只粗陶插瓶，瓶中几枝桃花细巧娇艳，正好填补了画中秋日的萧索。

莫卿已点燃炭火，又经过洁器、投茶、调膏、点茶、奉茶的流程，最终把茶依次敬到我们手中。我们不大懂，只是一边看一边聊一些与茶有关的话题。

随茶又配有青团、蟹壳黄和桂花糕等几样点心，赏心悦目。我和风胡子素来不吃甜食，这时都忍不住每样尝了一点。

莫卿离开后，袁鹿又提起最初的话题："风胡子大哥，刚刚的话题还没聊完呢，你们是怎么认识的？"

风胡子呷一口茶，眼睛眯成了一条缝："我这人吧，有一爱好——喜欢没事到处瞎逛，不逛商场，也不逛夜市，就专挑那些古旧的街道、无名的巷口，总之就是哪里僻静往哪里钻。那是二〇〇七年……是二〇〇七年吧，萧川？"

"是。"我笑了笑，自然知道他所言何事。

"二〇〇七年的夏天，我一个人去登泰山。登山的前一晚，我闲来无事，就在泰安城里溜达。漫无目的，走马观花，转着转着就进了一个老小区——或者叫家属院更准确一些，那年头不像现在小区都是封闭性的，有大门有保安。大院入口的地方就着路灯还有点光亮，再往里去就黑咕隆咚，几乎连脚下的路都看不清了。也不知道当时的我怎么就那么愣头青，还硬是往里走。"

袁鹿像是在听午夜广播里的恐怖故事，神情万分紧张，一只手揪住我的胳膊。我痛得龇牙咧嘴，只是强忍着不发出声音。

风胡子眉飞色舞，倒真有几分说书人的生动情态："走着走着，前方一幢房子里原本挺亮堂的灯一下子灭掉了。我眼前顿时一片漆黑。看不见路就没法再走，我开始在挎包里翻手电筒。正翻到一半，突然身边响起一声咳嗽。我的天爷！差点没把我吓跪下。"说到这里，他一脸苦笑地看向我。

不明就里的袁鹿顺着他的目光看向我，那表情傻里傻气又可怜巴巴的。我不免十分尴尬，仍是笑。

风胡子把视线移开，接着说："我嗖的一下往后跳了不止一丈，弓着腰攥紧拳头，随时准备跟面前这个不知是人是鬼的家伙拼死一搏，另一只手赶紧掏出电筒往前面一照。只见前面的墙根儿下，我们的陈萧川老先生，正坐在地上吃花生。好家伙！他拿着袋酒鬼花生正往嘴里倒，另一只手里握着罐啤酒，脚边还有几个被捏扁的啤酒罐和两块香蕉皮！"

F一口茶喷到茶案上，连忙拿纸巾去擦。袁鹿笑得捂着肚子在蒲团上打滚儿。

风胡子也哼笑一声，继续往下讲："我当时本想上去给他一脚，后来一寻思，不对！此等奇人异士，必须保护、爱护，打死了他，大江南北不好找第二个！于是索性上前打了招呼。他倒也不见外，跟变戏法似的，又从书包里掏出两提啤酒，邀请我坐下一起喝。"

袁鹿举手发言："我知道！这是不是传说中的'煮酒论英雄'？"

我补充道："我当时还在北京读大三，正好翘几天课去爬泰山，没想到遇到风哥，一见如故。"

"是啊，我虽然比萧川大十好几岁，脾气却很合得来，一坐下就聊得特别投机。我们都是独自旅行，于是就约了第二天早上一起登山。"

F道："可是泰山一般不都晚上爬，正好凌晨可以到达山顶看日出？"

"确实如此。一般人都会挑夜里上去。不过我俩都对看日出没什么兴趣，相比之下，我们更想在白天领略一下攀山途中的风景。" 我说道。

风胡子接着说："第二天我俩按约定的时间碰头，在山脚下一人吃了二十二个包子，就玩儿命往山上跑。我是登山的老手，没想到这小子体力也好得出奇，除了在几个风景特别好的地方停下拍照，我们中途几乎没有休息过。”

“后来呢？”袁鹿问道。

“后来他回北京，我回西安。虽然彼此留有联系方式，却也很少联系。再后来，我为了你们卿姐一路追到这座城市，萧川因为不喜欢北京，也放弃那边的 offer 回到这里工作，我们就又见面了。要不怎么说我俩有缘分呢！”

“哇……”F 和袁鹿都露出不可思议的表情。

“你们知道萧川大叔最早是什么时候给我留下深刻印象的吗？”袁鹿道，“有一次，我俩在公寓一楼等电梯，本来是想上行的，因为没在意，一群人都进了下行的电梯。等电梯载着大家从负二层停车场再回到一楼时，之前按的楼层全部都被系统清除了。这时萧川大叔伸出手一口气按下了九个楼层，跟大家要去的楼层分毫不差。我当时就觉得，这人平时总是一副漫不经心的样子，没料到在细节上这么有心。”

大家一阵哄笑。

“袁鹿，感觉你的名字好有趣，有没有什么寓意？” F 问道。

“名字是我爸取的，出自黄庭坚的两句诗‘毕竟几人真得鹿，不知终日梦为鱼’。”

F 赞叹道：“起名字的典故选得这么与众不同，想必叔叔也是个很有文化修养的人吧。他是做什么工作的，不会是大学教授吧？哈哈！”

“不是。我爸他……以前……是做新闻工作的……”袁鹿微微垂首，神色中蓦然涌现出一股失落。

大家可能都察觉到了她的异样，因此不再有人追问。F 急忙岔开话题和风胡子聊起上次去云南买的几块熟茶茶饼。

我静静看向袁鹿的脸，仔细观察着她的眉眼、鼻子和嘴巴，以及它们作为一个整体所呈现出的柔和的线条和自然的美感，逐渐产生一种似曾相识的感觉。

他姓袁，她也姓袁，她刚刚说“新闻工作”……这应该不是巧合。实际上，当多种巧合汇集到一起的时候，巧合便不仅仅是巧合了。

但我现在还不好向她求证这种猜想。

如果袁鹿真的是那个人的女儿，我该怎么处理和她的关系呢?

想到这里，我的头脑开始发胀。过往的无数画面像密集的箭镞从漆黑的洞穴里一并向我射来。画面里是两张我极为熟悉的脸，他们相向而趋、彼此依偎，最终水乳交融、不辨你我。

第五章　泊船瓜洲

第一眼看到泊洲旧书店的时候，我立马想起王安石的《泊船瓜洲》，心想瓜洲在扬州，店主八成是扬州人。后来与店主聊天，向他求证我的推测。他挑着眉毛，一脸不屑地告诉我他是安徽亳州人，泊洲与亳州同音，所以起了这么个店名。我一度语塞。他随即流露出狡黠的轻浅笑意，仿佛是在一场斗智斗勇中大获全胜。

这家书店坐落在师范大学分校区西门外的一条老街上，由南向北数的第一家。再往里走都是些装饰朴素、保留着二十世纪九十年代风格的服装店、裁缝铺、蛋糕店、小餐馆、菜市场和烟酒超市。它们供应着周边人数庞大的城市原住居民，以及在消费上追求廉价、便利和实用的在校生。因此，整条街虽然老旧，却不容小觑。除午休时间外，总能看到络绎不绝的人流。住户们通常各取所需，即买即走，学生则三三两两地闲逛，拖着漫无目的的步子在此流连。不必说，入夜后一定还能看到勾肩搭背、喝得东倒西歪的年轻人。

在我看来，扎在街口的旧书店绝对是老街的点睛之笔，提醒人们在衣食饱暖的同时，别忘记给自己补充些精神食粮。

我最初走进这家店时，就注意到它的狭小、拥塞和冷清，这样的地方往往让我感觉踏实。条凳架着的木板上整齐地铺放着五花八门的旧书，相当一部分是居家生活百科、耳熟能详的外国名著和以往的流行文艺书刊。大体而言，可看的书不多，如同大多数人的人生，总是被萧索乏味的细节充塞却也不是全无亮点。总之，这样就很好，不精彩倒也不刻意。相较之下，在这座城市另一端的大学城里，有几家旧书店已经颇具声名，老板收书非常讲究，店内有不少成套的精品典籍，引得高校师生们隔三岔五便去寻宝。

那一次，我在泊洲旧书店里意外发现了一本塞利纳的《茫茫黑夜漫游》——一部各大网上书城均不在售的小说。虽是闲逛，好歹也算有了收获。

店主是个五十岁上下的男人，匀称的身材，半长的头发，白净面庞上刻着几道深浅不一的皱纹，让人联想到《老男孩》中的韩国影星崔岷植。跟他闲聊了几句，结账时，他向我递上名片。我看到上面写着“泊洲书店 无为”。“无为”显然不是真名，不晓得是不是取自道家的“无为而治”。管他呢。之前在店名的出处上吃了亏，我决意不再开口——万一他说自己老婆是安徽无为人，我岂不是又翻了船？

离开时，从楼上飘来一阵歌声。店主朝阁楼方向打了个眼色，说道：“是我爱人，最近在练习声乐。”

我在心里默念了一遍那歌词：“花非花，雾非雾，夜半来，天明去。来如春梦不多时，去似朝云无觅处。”

工作日的上午，街巷中的人不是很多。孩子都在上学，大人都在上班，极少有我这种闲云野鹤。我几乎忘记自己有多久没上班了。用袁鹿的话说，我们属于“个体工商户”，而我又是“个体工商户里的最不务正业者”。

不久前，我在朋友的引荐下，结识了一家大型出版公司的编辑，他看了我写的武侠小说的开头，表示很感兴趣。今天，应他的邀请，我特地把小说前三十章的书稿送去他办公室，顺便跟他交流一下对当下武侠小说创作的理解。

事情办得很顺利，虽然在简短的交流中我明显感到对方有所保留，但这或许就是他们的职业习惯吧。他答应会仔细看我的作品。至于出版，我本来就没抱希望。

从出版公司出来时，不过十点钟。我看到马路对面师范大学图书馆垂翼式的顶部在日光下闪烁着玄色的光芒，想起泊洲旧书店就在附近。

到达时，店里有两个女学生正在挑书，她们的目光在一排排书名上缓缓划过，聚精会神的样子像是要给书做安检。店主戴着眼镜，慵懒地趴在柜子上看书，一副事不关己的做派。

我转了一圈，从书架上拿下一本上海古籍出版社的《郁达夫诗词笺注》，随意翻开一页，上面用繁体字写着“露滴红蔷十字娇，为侬甘度可怜宵。不留后约非无意，只恐相思瘦损腰”。看了注释，得知这是郁达夫写给生病住院期间认识的一位护士小姐的。我会心一笑，觉得着实有趣。不知为什么，我很想这时候袁鹿能站在旁边，这样我就能把这首诗拿给她看，告诉她：“到底还是以前的人懂浪漫。”她大概会捂着嘴巴笑着说一句：“好浪。”

店主一直没看到我，我也没上前跟他打招呼。或许，他已经不记得我了。我徐徐走向门口，这次阁楼上没有人在唱歌。

身后传来女孩子的声音：“老板，你们家为什么叫‘泊洲书店’？”

“因为我很喜欢王安石的一首诗，叫《泊船瓜洲》。”

第六章　林伊的家

“陈萧川。”

我回过头来，从一群顾客中看到林伊的同事燕。她一手拿着杯我们家新出的雪芙宝藏茶，另一只手抱着浅灰色的大号文件夹，着装依旧是飒爽利落的休闲西装，与上次见面不同的是短发被拢到脑后，扎成一个简短的低马尾。

“好巧啊。”其实我知道燕和林伊任职的大学就在附近，所以我在这里遇到她的概率并不算低，但我一时没有找到更自然的寒暄方式。

“是啊，我今天晚上有节公开课，打算提前去学校备备课。”她在我对面的位置坐下，我突然意识到她大概有话想对我说，而且必然不是讨论奶茶口味一类的话题。

“你杯子里泡的是什么？”她笑语盈盈，金丝框的眼镜片上反射出蓝色的光泽。

“是雨花茶。”

她捂住嘴巴，咯咯地笑起来，从手腕和脖子的纤细程度不难猜出她的体重。“坐在奶茶店里喝这个，你是来砸场子的吗？店员看你的眼神肯定都透着杀气吧？”

我不作辩解，只是跟着她一起笑。如果告诉她茶是店员桃子帮我泡的，那恐怕还要附带着解释更多东西。

“你和林伊最近是不是吵架了？”

她突如其来的发问令我猝不及防。想必，她是把我和林伊当作情侣了。

我感到面颊一阵发烫，嗫嚅道："我们……不是那种关系。"

"是吗？你们没在交往吗？"她的语气变得格外轻盈，我几乎怀疑这是一个单纯的玩笑。

"可那晚在蒲公英，我看到你们在洗手间门口接吻哦。"

此言一出，我更加困窘难当，如同一个当场被老师揭穿幼稚谎言的小学生，说不清是因为惊诧还是羞赧。

平心而论，我陪林伊参加那样的聚会，她的同事理所当然以为我们在交往。我实在不该再掩耳盗铃，更何况还被她看到了……

"你们是不是好久没见面了？"她毫无预兆地话锋一转。

我点点头。蒲公英聚会之后，我们确实没再联系过。不光是因为我要全身心地照顾硕儿，那晚她与那个叫廷和的男孩子之间不自然的气氛，以及那个神秘的电话，都令我心中升腾起隐隐的不快。这种情绪全无道理，我简直要为之自惭形秽了。

"其实我知道你们没在交往。"

我抬眼看着她，她的表情里虽然还保留着似有似无的笑意，但整体给人的感觉已经严肃了很多。

"林伊一直都有男朋友。"

"嗯。"我用短促的语音展现镇静。尽管之前也曾设想过这样的可能性，可我没料到有一天这种猜想会得到验证，尤其是此时此地从燕的口中。

"为什么要跟我说这些？"我努力地笑了笑。

"因为我感觉到林伊很喜欢你，你应该也是个值得她喜欢的人。"

我不知道该如何回应这样的话，这显然不是个合理的解释。我试图让自己的表情看起来更从容不迫一些，尽管也许不太成功。

“你想听一些关于她的事吗？”

心里的某些东西沉了下去，我几乎是出于礼貌地点了点头。

“我和林伊不仅是同事，也是研究生时候的同学。当时我俩并不熟悉，但林伊很有名气，成绩拔尖，还是我们研究生院的院花，所以我很早就知道她。”她低下头，握着杯子的双手紧了紧，仿佛在从一团火光中取暖。

“林伊的男朋友也是我们学校的，是那种典型的高富帅，品学兼优。两个人还挺般配的。毕业后林伊获得了宝贵的留校机会，而她男朋友去了英国读博。虽然是异国恋，可他们感情依旧很好。”

“这不也挺好的吗？”我终于回归自己旁观者的位置，意识到那是一个遥远的林伊，生活在一个遥远的与我无关的鲜活故事里。

“可是已经五年了，对方迟迟不回国，中间就回来看过她两次。我们有在那边的同学，说其实那个男的早就跟同专业的一个女孩子在一起了。”

“林伊知道吗？”

“八成知道，即便不知道也该感觉到了。毕竟，林伊是那么聪明的一个女人。”

“那她为什么不跟那个男人分手呢？”我立刻察觉到自己问了一个蠢问题。

“因为那个男的不愿分。林伊是那种对方不提分手，自己哪怕再难受也不会主动提分手的人。而且那个男的控制欲还很强，一直通过电话、短信远程监视她，不允许她跟其他异性过多接触。林伊大概早就对这段感情心灰意冷了，但还是这样任对方摆布，日复一日地自我消耗。在我看来，这和慢性自杀没什么分别。”

我不知道该说些什么。

“萧川，”燕用一种促膝长谈的目光看向我：“林伊是个好女孩儿，但凡了解她的人，都不忍心看她这样下去。尽管咱们只见过一面，不过我相信我用眼睛看到的东西——她虽然没说，但一直在等着你，你才是那个最适合她的人。”

“并不是这样的。”我在心里暗暗说道。

“她五点钟下课，如果你能去接她下班，她一定会很高兴的。”

“并不是这样的。”我心里再次响起这个声音。

林伊在学校门口看见我时，显然有些惊讶，不过，那种表情倏忽而逝。她随即恢复了平静，走到我身边，挽住我的胳膊继续向前走。我们俩都没说话，或许是觉得没有必要。她穿着卡其色的风衣，衣领半遮住近来略显消瘦的脸。我没看向她，但依然能感觉到她在微笑。

我们穿过声息零星的人流，穿过雨后的狭窄街巷，穿过晚春势渐繁茂的绿荫。她低声问我：“你怎么了？感觉你今天有点不对劲。”

“我有些胃疼。”

“那去我家吧，我煮面给你吃。”

我没看向她，也没有答话，只是被她牵引着朝前走。暮云在天上聚散流离，瞬息万变。我走在一条未知的道路上，通向轮廓初显的林伊。

林伊的家位于省政府下属一个厅级单位的家属院，与省立医院、市一中只隔着几条街，这多少与我想象的不同。毫无疑问，尽管都是些老房子，却寸土寸金。小区里的道路很窄，两侧的老式板楼处处流露出它们的年深日久、温和沉厚。一楼的住户没有院子，路边狭长的花坛里间或种着一些小菜。

我跟着她走进一栋单元楼，这种老楼没有电梯，每一层也没有楼层的标识，我们拾级而上，一直走到五楼。我听到她有轻微的气喘。

大约是察觉到我在玄关换拖鞋时的屏气凝神、小心翼翼，林伊向我解释道："这是我爷爷奶奶的房子，目前就我一个人住。我爷爷有哮喘，前几年搬去海南和我姑姑住了。"

房子的内设和小区的外观还是比较相称的，朴素、实用里流露出浓郁的年代感和生活气息。客厅只有不到二十平方米，摆上一套皮质沙发、茶几、电视柜和餐桌后，可供活动的空间所剩无几。从客厅里我几乎没看到属于林伊的物品。

鸡汤是之前用沙煲炖好的，林伊手脚麻利地洗了些香葱和小青菜，煮了两碗鸡汤挂面。确切地说，她用的是手掌大的小碗，而我的碗不比锅小太多。

埋着头犁庭扫穴后，我问她："锅里还有汤吗？"

她扑哧一声笑出来："特意煮了很多，没想到还是没把你喂饱。汤还有，只是面没了，再给你煮一碗吧？"

我说算了，又喝了碗汤便偃旗息鼓。

我洗碗时，林伊站在旁边陪我聊天，我们像一对关系友好的朋友，谈话愉悦又不失礼节，心领神会中处处拿捏分寸，恰到好处而绝不越雷池一步。当她提到自己喜欢希区柯克式的电影风格时，我有意聊起《穆赫兰道》和《低俗小说》。

后来她饶有兴致地带我参观她的书房。书架上摆放着很多她小时候看过的《漫画派对》和从小学到高中的英语教材，旁边的墙上贴着很多她参加国家级英语竞赛获得的奖状。

我啧啧称赞："鄙人不才，斗胆给这面墙起个名字，就叫'高校英语教授是怎样炼成的'。"

她笑道："其实我小时候的梦想是当一个漫画家。"

书桌上摆着陀螺、魔方、手串和毛绒米奇等一堆陈旧的玩具。这让我更加坚定了自己的判断——这里早已没人使用，仅仅作为林伊收藏童年记忆的一个小窝。

"小时候的玩具居然被你留到现在，换成一般人早就丢掉了。"

"我没有扔东西的习惯，再旧的东西都舍不得丢。为这个，不知道被我妈说了多少次。"

我刚好被她的话提醒："对了，你怎么没跟叔叔阿姨一起住？"

"我工作后跟他们的关系一直有些紧张，所以索性搬出来住了。"

我没有追问，只是有那么几秒钟不禁去猜测她与家庭关系紧张的原因。

片刻，我回过神来，仔细去看另一面墙上的一副对联："千秋邈矣独留我，百战归来再读书。"

"这是曾国藩的对子。"

"是的。我爷爷很喜欢这两句话。他以前是名军人，参加过解放战争和抗美援朝，后来转业到了这座城市。"

"他这算是弃武从文吗？"

林伊笑道："他自己也常常开玩笑这样说。我突然觉得，如果你们见面，大概会聊得很投机。"

"哈哈。你是在夸我成熟稳重呢，还是想说我气质显老？"

她冲我挑了下眉毛，算是端庄之余的一种俏皮吧。

“怎么样，要不要再参观一下我的卧室？”

我自然知道接下来要发生什么，便随着她走出书房。

她推开卧室门，打开灯的那一刻，我在原地怔住了。眼前是我前所未见的景象。她的房间好像童话故事里仙女的住所，纯白的欧式风格、精美的梳妆台，天花板上垂下小巧的空气凤梨和金色的星星灯串。房间里摆满了各式各样的植物：红果金丝桃、葡萄风信子、插在花瓶中的红黄双色的尤加利和不同品类的洋桔梗。桌台上立着用干燥的满天星扎成的台灯大小的圣诞树以及干雏菊花瓣粘成的小熊玩偶，就连墙上水墨画中的花草也是用风干的植物贴上去的。

“这就是林伊每天入梦的地方。”我暗自思忖着，又想起佛家所说的“身如琉璃，内外明澈，净无瑕秽”。

我开始为她感到难过。

打量她的植物时，我听到背后有窸窸窣窣的声音，知道是她在换睡衣，所以没有转身。

片刻，她从背后抱住我，双手在我的胸前摩挲，我回身揽住她的腰，开始吻她。

桌上的手机响了起来，我瞥了一眼，是打给林伊的视频电话。

我从她的气息里感受到她逐渐升温的焦躁。

她轻轻挣脱我，声泪欲出地说：“对不起，萧川。你能不能先去客厅里等我一下……我需要接一个视频电话，五分钟就好。”

“要不我先回去吧。”

“不用，我保证五分钟就好，你在客厅里坐一下，好吗？对不起，求你不要走……”

第七章 同罪者

透过楼道里的水泥镂空花窗，可以看到外面的月色。夜晚的空气微凉，静谧的氛围宛如一阵幽冷的香气在周遭悄然流动。我又一次心生惘然，不明白自己为何身处此地，又为何这样波澜不惊。

纵然过去的事情不被忆起，眼前的种种却似曾相识。是主宰命运的神明之手将我一步步推到这里的吗？似是而非。我想起基督徒所说的原罪，我与林伊的关系便是我无法逃脱的原罪，此情此景不过是对我罪过的惩罚。

从少年时代开始，我总是怀着一颗渴望冒险的心，幻想在触碰到危险后能全身而退，这种试探把我推向了一条本不该属于我的不归路。

我又抬头看了一眼月色，忆起一首很喜欢的日文歌，很久以前，曾有人在酒吧里为我吟唱过，叫《今晚月色真好》。还记得歌词的大意：

“太阳落山了，黄昏把影子藏得不见了。街灯照在马路上，影子出来了。坐在门可罗雀的小店角落，窗外的烛光，摇摇晃晃。不想回家，哪怕只有今夜。好想忘掉一切的一切，沉睡下去。月儿月儿晚上好。虽然现在我看不见你的脸，想起和你的回忆，眼泪掉下来。我无处可去，我已无法再回到你身边，你真的距离我太远太远。”

我没有难过，只是有种沉重的失落感。

“萧川，萧川——”林伊的声音从背后传来。

“你怎么跑到这里来了？快回去吧。”林伊披着外套走过来，挽住我。她的电话打完了。

我很好奇她怎么知道我在楼道里，而不是已经走了。罢了，毕竟她是我见过最聪明的女人，关于我的事情她总能猜得到。

我们回到了她的卧室。

“对不起。”她微微踮起脚尖，抱住我。

我垂着双手，并没有任何回应。

她小心翼翼地亲吻着我。我失魂落魄，盯着花瓶里那束清冷的白色洋桔梗。

林伊在我的配合下脱去我的上衣。

她的气息很急重。我笑着提醒她：“你把我箍得这么紧，我快要没法动了。”她于是把双手双腿都松开了一些。

激烈之处，她睁开眼睛，泪水夺眶而出，随即又伸着手臂，用一种我从未在她脸上见到过的无助表情让我抱紧她。我依言而行，却没有停下来。

突发的变化令我感到陌生又新奇，尽管内心迅速生出很多朦胧的猜测，但真相究竟是什么，我倒不那么关心。因为真相从来是很难触及的——有时你会被谎言欺骗，有时迟来的真相令你无法理解。

结束后，我还是问了她为什么哭。她抽噎道：“不知道。就是害怕。”

果不其然，我又没有得到答案，但也不重要了。

随后，我费了很大工夫才克服留下过夜的想法。

那天不知是我俩谁的疏忽，我们走近彼此太多了。

照顾小孩子是件极其辛苦的事情，而且需要很多来自上一辈的经验，这些经验世代传承，系统且实用。我庆幸当父母不在身边的时候，能有张姐这样一位尽心尽力、细致入微的保姆帮我打理硕儿的饮食起居。她住进家里后，在硕儿的事情上，我更多的是给她打下手。我尽量避免外出，但总免不了有一些事要出门。我提出再请一位阿姨，专门负责打扫和烧饭，这样张姐就能轻松一些。但她总说自己应付得来。我又提出给她加薪水，也被回绝了。最后在我的一再要求下，她勉强同意在左支右绌时，请钟点工来帮忙。

我们的相处如同家人一样融洽。虽然已经非常熟悉，但她从不过问我的私事，偶尔聊到高兴时，她会主动跟我讲一些她年轻时候的事情，只是一次也没有涉及她现在的家庭。

门铃响起的时候，我正抱着硕儿在阳台上晒太阳，我几乎可以断定来者是袁鹿。现在，除了附近生鲜店的送货员每天八点钟按照张姐列出的单子上门送菜，我这里没有其他访客。

张姐打开门后，我正欲抱着硕儿往门厅去迎客。哪知袁鹿弯着腰，冲我打了个手势，示意我不要动。我呆若木鸡地站在原地，看着她蹬掉帆布鞋后，似离弦之箭一般朝我冲过来，快到眼前时突然刹住脚步，又弯下身子，轻声细语道："别动，我来我来。"说罢，便像使出太极推手一样把硕儿流畅地接入怀中。

她站在阳光里，一脸虔诚，好像被抱在怀里的是她自己。

我笑道："袁总莅临寒舍，怎么也没提前下个通知？我门口红毯都没来得及铺上，真是怠慢了贵客。"

她佯作怒目，摇头晃脑，用仅限于我能听到的声音说："兵贵神速，本贵客就是要不请自来，好撞破你金屋藏娇的好事！"

"金屋藏娇？"我指指硕儿，又偷偷指指张姐："你说她俩哪个？"

她扑哧一声笑出来。我生怕她把孩子抖落在地。看到硕儿在她怀里左摇右摆仍安睡如常，我才放下心来。这孩子睡觉踏实，很少哭闹，省了我不少心思。

硕儿被抱回卧室休息，我和袁鹿坐在沙发上聊天。据她所说，Riddle上个季度的营业额不错，她今天特地来跟我“汇报”账目明细，以便下一步“分赃”。

张姐从厨房里端来茶点，是专门为袁鹿做的培根面包卷，我开了一瓶专门为她预备的起泡白葡萄酒，大有“丰年留客足鸡豚”的架势。

她对着张姐欢呼雀跃：“太棒了，最爱吃张姐做的培根面包卷了！我以前都不吃培根的，是张姐扭转了我的‘三观’。”

她像吃煎饼卷大葱一样大快朵颐，吃相足以让旁观者垂涎，边吃边用含混不清的声音问道：“这个是怎么做的啊？我想回家自己试试。”

张姐忙答道：“这个做起来挺简单的，先把吐司压扁，涂上千岛酱，卷起来，再把培根卷在外面，然后放进空气炸锅，十分钟出锅就行了。”

“嗯，”袁鹿道，“我好怕做不出这个味道，我还是不做了，每次就来这里蹭吃！”

张姐笑道：“那好呀，你什么时候想吃，我就给你做。”

张姐离开客厅后，袁鹿小声问我：“你觉不觉得你请的这个阿姨很不简单？”

我笑道：“是吗，哪里不简单了？”

袁鹿道：“我们家从我小时候起，请过的阿姨也有五六个，不说别的，单是张姐这一手中西合璧的烧饭功夫，一般阿姨就根本来不了。还有，从平时的生活细节来看，你觉得她是那种出身寒门的女人吗？”

“不是。”

“既然不是，那为什么又要做保姆这么辛苦的工作呢？”

“或许是家道中落吧。”我说道。

尽管她说的道理显而易见，但我仍然对私下议论张姐的私事感到不自在。

“嘻嘻，所以不管怎么样，萧川大叔是交了好运，遇到这么难得的家政阿姨。”她将杯中的葡萄酒一饮而尽，又用手捶打着胸口，看样子是被面包卷噎到了。

电视上正在转播奥沙利文和塞尔比的斯诺克比赛，奥沙利文的白球走出一道飘逸的弧线，绕过绿球，直接将一颗红球打入底袋，引来现场观众的一阵惊叹。

之后袁鹿收到F打来的电话。

我听到她在问“萧川和风胡子大哥去吗”，随即意识到是F在约她，便赶忙冲她摆摆手，示意我不想参与。

谁知她反而语带顽皮对电话那边说道：“他们不去我也不去。”

他们通完话，我还没来得及责怪她，F的电话果然又打到我的手机上：“萧川哥，我今天博士论文答辩通过了，想请你、风胡子大哥和袁鹿一起庆祝一下。你晚上有空吗？”

我白了一眼正志得意满地拿着遥控器换台的袁鹿，知道已经不宜推辞，便应了下来。

挂掉电话，我正要兴师问罪，只见袁鹿一动不动地盯着电视，神色恍惚。

电视上正在播报一则新闻：省广播电视总台爆发购剧窝案，副台长连同节目采购部主任、副主任等七人因涉嫌经济犯罪正在接受公安机关调查，台长袁升平两个月前去了香港后，失联至今。

我感觉到哪里不对劲，过了半天才意识到是自己的身体在颤抖。我深吸一口气，看看袁鹿，她依旧保持着刚才的姿势，没有动过。

她侧影柔和，白皙的面庞上挂着不加雕饰的清甜，那是涉世未深的少女所独有的气质。

我嘴角扬起一抹笑意，心中默道："久违，袁台长。幸会，袁小姐。"

第八章　唐泽雪穗

晚餐的地点F选在了佐藤居酒屋，据说是一家不可貌相的地道小酒馆，长期雄踞本市日料排行榜的榜首。袁鹿很喜欢吃日料，安排在这里应该是有意照顾她的口味。

整条街被一片高档住宅区的外墙占去了一大半，所以店铺并不多，除了佐藤和一家24小时便利店，就只有几家经营进口女装的小店。酒馆正对着环境清幽的采月湖公园，那里是目前市内为数不多的收费公园之一。临近傍晚，公园已经闭园，服装店也接近打烊。暮色渐昏，华灯未起，街上只有疏疏落落的几个行人。从这里向远处高耸的电视信号发射塔方向走，过两个路口有一家本地品牌的商业综合体。烧烤店云集的凤凰西街也在附近，好几家主打烤全羊和生啤的排档在那里扎堆，味道十分正宗。这个时候出门的人大多是向那个方向聚集。

我和袁鹿走下出租车时，恰巧风胡子和 F 也刚到，正隔着马路朝我们挥手。

佐藤居酒屋保持着传统日本居酒屋的习惯，在店门口悬挂红色的灯笼。店内装潢成木屋风格，空间不大，一侧是烹饪区和吧台，余下的空间里摆放着六七张可移动的六人座木质方桌，没有包厢。毫无疑问，名气和容客量之间的巨大反差，必然造就了每天座无虚席的场面。我们坐在 F 预订的一张桌子前，旁边硕大的方形屋柱像一扇屏风，将我们与另一侧的食客隔开，看上去倒显得没那么拥挤了。店里放着日文抒情歌曲，音量恰好可以淹没邻桌的谈话声。墙上贴满了山口百惠、吉永小百合、铃木保奈美和泽口靖子等一批二十世纪炙手可热的日本女明星的海报。不远处的吧台上摆放着招财猫和几种不同颜色的达摩蛋。

我默念着屋柱上一首名为《酒德》的诗："酒是古明镜，辗开小人心。醉见异举止，醉闻异声音。酒功如此多，酒屈亦以深。罪人免罪酒，如此可为箴。"我知道有些日本文人会用汉文写格律诗，不晓得这首是不是。

"是唐代孟郊的诗。"F 见我盯着那首诗出神，开口道。

"哦。居然是孟郊写的。"我默默点头，兀自有几分惭愧。

这家居酒屋的菜品很丰富，提供很多从日本空运来的新鲜食材。袁鹿点了招牌铁板 M9 和牛、烤三文鱼头，以及她最爱吃的鹅肝寿司。之前请她吃日料，她一口气吃掉七个鹅肝寿司的场景令我记忆犹新。我点得比较谨慎，选了俄罗斯白牡丹虾、烤秋刀鱼和黑蒜。F 点了黑椒牛舌、半生牛肉、甜虾刺身、冷豆腐沙拉和焦糖布丁。轮到风胡子时，不出所料，他皱着眉头把菜单从前到后翻了两遍，最后一脸茫然地点了风味炸鸡块和茶泡饭。

清酒我们选了獭祭 39 纯米大吟酿，风胡子喝不惯清酒，所以单独要了杯麒麟一番榨。

吃饭时，风胡子对"纯米大吟酿"的说法产生了疑惑。

F 解答说："在日本酒中，不使用酿造酒精，仅以白米、米曲和水为原料酿造的酒，一般被冠以'纯米'二字。精米步合——也就是大米的抛光留存率在百分之六十以下称为'吟酿'，百分之五十以下就叫'大吟酿'。"

"所以，不使用酿造酒精还有那个精米什么合在百分之五十以下的就叫'纯米大吟酿'？"风胡子像是课堂上认真和教师保持互动的学生。

袁鹿在旁边不失踊跃地提醒他是"精米步合"。

“对。可以这么说，纯米大吟酿是清酒中等级最高的一种，口感最温和，酒香也最浓郁。”F道。

风胡子闻言又拿起酒盅喝了一口，然后不再说话，手又不自觉地握住面前的啤酒杯。

我猜他终究想不通酒精度只有十六度的酒怎么能被形容为“酒香浓郁”。

大家对和牛的味道很满意，干式熟成的处理方式让牛肉的汁液和甜度得以更大程度保留，经炭火炙烤后口感非常细腻。

后来我们无意中聊到婚姻，风胡子说他最近正在读马尔克斯的《霍乱时期的爱情》，最认同其中的一句话是“社会生活的症结在于学会控制胆怯，夫妻生活的症结在于学会控制反感”。

袁鹿叫起来：“风胡子大哥，你不能这么想！你和莫卿姐那么恩爱，怎么会有反感呢？”

F笑道：“难道你没听说过‘再好的婚姻都有五十次想要离婚的想法和两百次想掐死对方的冲动’吗？”

袁鹿失望地抿起嘴，拿眼睛偷偷瞟我。

我吃到兴起，正在往一块烤肉上撒玫瑰盐。

风胡子问道：“萧川，你怎么看？”他夹起一片半生牛肉，送进嘴里嚼了几下后又悄悄吐了出来。我向他投去同情的目光，因为我也接受不了生味太重的红肉和滋味怪异的三文鱼头。

“这本书我也读过。其中有一句名言，说‘诚实的生活方式其实是按照自己身体的意愿行事，饿的时候才吃饭，爱的时候不必撒谎’。说实话，我不太认同这一点。我相信大多数人都不会表现得那么‘诚实’，爱情和婚姻里都有很多身不由己，无论是好感还是反感，都需要懂得隐藏。”

袁鹿端起酒杯，故作郑重地对我和风胡子说道："这杯酒，小妹敬两位在情海里饱经沧桑、卧薪尝胆的壮士！"

我和风胡子相视而笑。

F说道："这样，刚刚风哥说到了《霍乱时期的爱情》，下面我们每人也说一本自己最喜欢的爱情小说。"

这种话题在我看来和给硕儿选哪个牌子的奶粉一样伤脑筋。

之后，F向我们介绍了土耳其作家帕慕克的《纯真博物馆》。书中的男主人公在失去爱人后，开始痴迷于收集对方曾经触碰过的各类物品，哪怕是一块墙皮和一个颜料刷。最终，他建造起一座博物馆，用来陈列那些奇特的"藏品"，其中包括他用八年时间积攒的女主人公遗留下的四千二百一十三个烟头。

大家肯定都想到了"恋物癖"这个词，但是谁都没有说出来，只是为书中的那个男人感到悲伤。如果留不住一个人，就守住她所留下的一些痕迹，这或许也是告慰相思的一种方式吧。

袁鹿最喜欢的爱情小说是《茶花女》。如果说《霍乱时期的爱情》是写老年人成熟陈酿的爱，那么《茶花女》就是写青年男女激烈苦涩的爱。不同的是，前者在错失五十年后仍旧修得圆满，后者却因一方早逝而永生抱憾。

"茶花女本来谁都不爱的，她被男主的真心打动，为了他下定决心脱离风尘场。但是她的出身遭到男主父亲的嫌弃，为了维护男主的家庭，她被迫离开男主，又过起了之前那种毫无希望的生活。"

她黯然神伤，继续说道："可男主还是误解了她，以为她移情别恋，更想方设法地报复她。她受尽了委屈，连死前想见男主一面都没能如愿。"

F 和她碰了个杯，大概是想转移她的情绪。

“萧川哥呢？你最喜欢的爱情小说是哪本？”F 问道。

“东野圭吾的《白夜行》吧。”这是我迟疑许久的答案。

“为了帮助唐泽雪穗实现野心，桐原亮司甘心永远生活在阴影里。最后桐原为此付出了生命的代价，雪穗始终没有回过头看他一眼。”

第九章 旅行

我和林伊进行了一次短途旅行。

这本应使我意外，尤其是在此之前我已做好放弃这段关系的打算，但是我想，既然我能接受之前她带给我的那么多意外，再多一次怕是也无伤大雅。

当她提出想让我带她去邻省参加浅草音乐节的时候，我没思索太久便给了她肯定的答复。我记得她说过，浅草音乐节每年都在邻省举办，只需一个半小时的高铁车程，她却期盼了几年都未能成行。我大概是帮她实现这个毫不奢侈的心愿的唯一人选，况且这对我而言，并不十分为难。

可我没有料到，这场旅行真正成为我们关系的转折点，它甜蜜而痛心，以至于虽然过去没多久，我对当中部分细节的记忆已经开始模糊，姑且看作“只是当时已惘然”吧。

我们在傍晚时分走下高铁。站台上人潮起落，我们手牵手穿行其间，宛如一对安然从容的恋人。站台也许是一座城市最引人入胜的地方，就像一个探险故事的序章，预示着所有新奇的未知即将扑面而来。

出发前林伊精心挑选了酒店，地点在音乐节举办地附近，从高铁站乘地铁过去也很方便。我们在人民广场站下车，就近走进一家餐厅简单吃了点东西，随后继续赶往酒店。城市的夜晚灯火如织，她拉着我行走在无边的光影中，我明确感知到她内心的迫切。

穿过湖畔公园外围的一条绿道后，我们到达了目的地。

这好像是我们第一次一起住酒店。最初的忸怩很快便烟消云散，随之而来的是巨大的新鲜感。陌生的城市让我俩都有如获新生之感，像是甩掉所有枷锁后那种薄如蝉翼的轻盈。没有前尘往事，没有耿耿于怀，犹如两个赤裸而洁净的素人。

我们决定早点休息。我给张姐打了个电话，询问硕儿的情况。我不确定林伊要不要跟另一个人视频聊天，完成所谓的例行公事，只是不动声色，静观其变。她把手机放在床头柜上，之后就再也没有动过。这自然令我心生快慰。

那晚，从床、沙发、座椅到浴室的盥洗台，林伊近乎痴迷地吻着我。我从未见她这般乐此不疲。她像四面八方涌来的春水，载起一叶舟楫，以温柔却不容分说的触手，将后者送入一丛丛盛放的藕花。

第二天上午，林伊仍在熟睡，我独自下楼吃早餐。酒店里的自助早餐异常丰盛。我吃了两碗虾子面外加很多西点，后来不得不靠喝意式咖啡来缓解腹胀感。

等我再回到房间时，她已梳洗完毕，整装待发。按照日程安排，上午我们要去美术馆看一个画展。在出租车上，她喝着我打包带给她的红枣豆浆，我把煮鸡蛋剥好递到她的嘴边。她不由自主地笑起来，像个孩子一样说道："有男朋友真好。"

我也笑了一下，心想如果这一切都是真的，我会不会很开心。

看完画展，在她的提议下，我们去盒马鲜生用午餐。我们从一个个水槽里挑选面包蟹、象鼻蚌、白竹蛏、鲍鱼和花蛤，店里提供现场加工烹饪。由于都不爱吃辣，我们在口味一栏选了"葱姜炒"。

我在等餐，林伊去给我买啤酒，我有一种新婚宴尔的错觉。

下午，我们光顾了几家她关注的网红甜品店，随处拍了很多合照，甚至在商场里买了一套情侣装。两人都或多或少放下向来的矜持，随意聊着各类话题，也开了一些玩笑。

在音乐节排队入场时，我站在她身后，倦意上涌，几乎打起瞌睡。

有一瞬间，说不上是有意还是无意，我瞟了一眼她的手机屏幕。林伊给一个和她用着情侣头像的人发了一句“我也爱你”。

后来的记忆就变得支离破碎、晦暗不明了。

我应该发了脾气。

我不记得自己发怒时是什么样子了。可能是把脸转向一边不和她说话，或者是低着头用吸管拼命吮吸着纸杯里的冰柠乐。总之是我无法想象的场景。

面对我的抗议，她大概哭了一场。我真的不记得了。

再后来，我又跟她和好了，起码是表面上和好。多半是因为她哭了。同时，我考虑到毕竟是在旅途中，与她决裂无异于将她独自丢弃在异域。我认为自己不应该在旅途中丢弃一位女士，不管是出于怎样的原因。

和好后，她表现出莫大的欣喜，和上次在她家时一样，她从我的包容和谅解中验证了我对她深不可测的爱意。但我无法将我的真实想法说给她听。不是我不诚实，而是我没有勇气破坏她对一件事物善意且美好的想象。

对于彼此我们都有难以言说的期待，可惜两种期待很难契合。她依然是那个林伊，那个世界上最聪明的女人，但她不再是无所不能，她无法驾驭自己危险而复杂的感情生活。

我尤其清楚，经此一役，无论后续事态如何发展，我们再也无法跨越此时此地的至暗。

旅行结束后的十几天，林伊突然从我的生活里消失了。其实也不奇怪，我们之前也经常好久不联系。不知何故，这次我却觉得格外漫长。我在想，如果能趁此机会脱离彼此的生活，倒也不失为一个差强人意的结局。

紧接着，硕儿生了一场病。开始，我和张姐只察觉到她不想吃东西，后来她发起高烧，我用灯在她嘴里照了一下，才发现她的喉咙肿得很厉害。

我们连夜把硕儿送到省儿童医院。医生诊断后，说是患上了疱疹性咽峡炎。这是一种由肠道病毒引起的呼吸道感染，主要在小儿中传播，且当时正值感染的多发季节。

之后几天，硕儿反反复复地发高烧，我守在医院，不眠不休，恨不得生病的是我自己。我第一次有代人受苦的想法。不，她不是别人，她就是我。

张姐也几乎没有合眼，几天下来变得憔悴不堪。有一次，我走出病房，看到她坐在走廊的椅子上抹眼泪。我顿感酸楚。

但是就在下一刻，她缓缓抬起手，冲着自己狠狠地扇起了耳光。

我立马冲上去制止她："张姐，你这是干什么!"

她哭道："都是我不好！我那天上午看天气不错，就抱着硕儿去公寓楼对面的广场上晒了会儿太阳，肯定是那个时候被传染上的……"

"这不能怪你，你何苦这样呢？"我一边安慰她，一边懊悔自己的失责。我让张姐回家休息一下，自己又回到病房。

这时，我发现手机几十分钟前收到过来电，是个熟悉的号码。我出了会儿神，拨了回去，但是没有人接。

第十章　海市蜃楼

我有时会产生时光遗失的错觉，仿佛倏忽之间，我已垂垂老矣。所有相识者早在多年前的一个清晨，搭乘一艘巨轮随波而去。那时节，我既无船票，也无意远行，独存在万籁俱寂的世界里，终日与虚空为伴。

林伊再次联系我，是在一个周六的午后，她很急切地约我一个小时后在“花间晚照”见面。

时值初夏，梅雨缠绵，潮湿像腰身柔软的妖怪透过玻璃窗钻进公寓，用细密的触手轻轻敲打人的脑袋，孜孜不倦，日夜不止。阳台外是满城烟水，对面的广电大厦犹如从海底破浪而出的奇峰，在雨幕中挺拔而缥缈。

这段时间，我重读了《黄金时代》，印象最深的两句话是：“我始终盼着陈清扬来看我，但陈清扬始终没有来。她来的时候，我没有盼着她来。”可惜我不是二十一岁粗犷强硬的王二，我无法心思坦然地敞开门户供他人在我生命里穿梭。纵然曾经有，如今也再难复制。

我转身穿过客厅，取下衣架上的外套。

花间晚照是颐和路上的一段主题型人文休闲街区，名字取自北宋词人宋祁的“为君持酒劝斜阳，且向花间留晚照”。颐和路本身是一条双向两车道的支路，到了花间晚照路面进一步收窄，晚间时常会造成车辆严重拥堵的局面。虽然名字立意古雅，房屋却不是本地域传统的“青砖小瓦马头墙”的徽派建筑，而是总体采用蓝白色调、马蹄状门窗的地中海建筑风格。近年来，类似模式的街区营建了不少，而且往往被冠以“历史”“文化”的头衔，却鲜有能把自身文化内涵诠解清楚的。

我到达时，雨已经停了，天色却依旧昏暗。由于没有约定具体地点，我不知道去哪里寻找林伊。拨打她的电话，显示无人接听。

我们极少约在下午见面，而且她不喜欢在雨天出门。

“林伊，你在哪里？”我给她发了条微信语音。

我从街口走进去，两边是鳞次栉比的静吧、西餐厅、可丽饼店、比萨店和冰激凌店，发达如植物根系的支巷里甚至还有刺青店、罐头店、女鞋店、酸奶铺子以及可与柴犬玩耍的咖啡屋。它们大多还未营业或者刚刚开门，清冷又密集得令人目眩。

走到街尾时，我收到林伊的回复：“你猜我在哪里。”

我向来不喜欢玩猜谜游戏，却也只好折回头，沿着刚才的路线往回走，希望能在中途遇到她。路面的积水堪比沉重的脚镣，让我小心翼翼不敢加快脚步。

突然间，有人贴到我身后，用手蒙住我的眼睛。

我在焦躁之余，内心顿时腾起一层愠怒，但还是轻轻抓住那双手，转身对林伊报以亲切的微笑。

她带我走进一家书店。我们从英伦风格的电话亭式样的入口走进去，一楼是收银台、书架、文创品货架和进行 DIY 陶艺、油画的活动区。除了店员以外，并没有其他客人。

我们在二楼咖啡厅坐下。她的心情似乎很好。我脑海中还盘旋着刚刚上楼时木质旋梯在脚下咯吱作响的余音。

“萧川，我和之前那个人分手了，”林伊敛起笑意，想让话语显得郑重，“是我主动提的……我想和你有一个新的开始。”

这是我有生以来第一次体会到悲凉。命运施予了我善意的嘲讽。

“太迟了。”有一个声音在我脑海里回荡。

是谁太迟了？是林伊，还是我？

我知道，对面的女人正在热切地等待我的答复，用她未曾有过的忐忑和温软。

我终于认清了现实。下面所能做的，就是一如既往、不失礼貌地体面演出。

“对不起，林伊。我从来没有想过这个问题……”我不敢看她的眼睛，因为我在说谎。

“或许是我对感情的规划没那么长远吧，”心里有一处地方越收越紧，我努力让语气听上去连贯，“我觉得，我们像之前那样挺好的，真的在一起倒未必适合彼此。”

尽管言不由衷，却是我唯一能给出的答复。

“我……不太懂……”她的声音里甚至带有几分怯惧。

我很想做些解释，可我说不出口。我无法对刚刚做出巨大割舍的她说出那些话。既然写好了残酷的结局，又何必额外添加注脚。

我们陷入了长久的沉默。

后来，我鼓足勇气抬起头，看到她咬着嘴唇，面无血色，两道泪光像是早春飘雪前的凄雨。

“我了解你，这是你最终的答案，我们不会在一起了，是吗？”她的声音里混杂着眼泪，将我们周围的空气浸湿。她从未如此俯首低眉，这令我无地自容。

“嗯。”我气若游丝，不确定她能否听到。

她的身体一瞬间失去平衡，手臂将杯子打翻，咖啡从几案流到她的身上。她倚在沙发里，双手捂住胸口，哽咽得说不出话来。

我很想把她抱进怀里，却僵在原地。我知道，从拒绝她的那一刻起，我就已经放弃这种资格了。

“林伊，你没事吧？”我还是决定起身去扶她，尽管这种表现看起来极其虚伪。

她摆摆手：“求求你，不要在这个时候担心我，更不要怜悯我。”

就这样又过了好久，她强撑着坐起来，问道：“是不是因为硕儿，所以你才不能和我在一起？”

“不是，是我个人的原因。”

“真的不是吗？”她在期待我改口。

“不是。硕儿是我哥哥嫂子的遗孤，我会全心全意照顾她，但我不可能为了她孤独终老，也完全没有这种必要。所以，是我个人的原因……我觉得我不能和你在一起。”

“不对，你根本没有哥哥。”

“什么？”

“你之前在电视台工作吧？”

我睁大眼睛看着她。

“萧川，那次我因为低血糖在你店里晕倒不是我们第一次见面。我第一次见到你是在电视台的演播厅。”

我想起马洛伊·山多尔的话：“所有人的生命中都有一位见证人……他知道别人不知道的关于我们的一切。”

“大概是在三年前，当时我还是我们学院的辅导员。有一次电视台联系到我，想要我们组织一批学生去演播厅当观众。于是我就带队过去了。那天，演播厅里录制的是一场辩论赛，我没记错的话，辩题应该是《从情感需求的角度来说，家庭应不应该要二胎》。当时，正方的一位辩手情绪总是上不来，于是一位年轻编导便走上台给他做辅导。”

听到这里，我已心下了然。

“那是我第一次见到你。还记得当时你对那个辩手说了什么吗？”她一字一顿地复述道，“你说‘由于缺少玩伴，独生子女往往最喜欢热闹的氛围和融洽的聚会，这是我的切身感受，你是否也有同感’。”

“所以，”她与我对视着，眼泪一刻也没有止息，“你是家里的独生子，你没有哥哥。硕儿是你的女儿，对不对？”

第十一章　乌龙潭医院

“硕儿是你的女儿，对不对？”

“你之前在电视台工作吧？”

“你的女儿为什么叫硕儿？”

林伊的声音环绕瀛寰，循环往复，如隐雷般由远及近，穿过冷重的云雾浩浩荡荡奔流而至。

我慢慢睁开眼睛，指尖传来红酒瓶的冰凉触感。一连几个夜晚，我都在地板上和衣而卧。躺在坚硬的透着丝丝凉意的地方，居然能帮助我驱赶失眠，不晓得这和小龙女睡寒玉床是不是一个道理。

睡前总要喝很多酒，并非要借助酒精来消融一些记忆——那无异于自欺欺人。相反，我要让它唤醒我心底最沉重的失落，然后在沉醉中一步步走向清醒，以祷告般的虔诚一次次品尝凛冽的痛感。

我每时每刻都在想象着，林伊也在这座城市的某个角落里正心神黯然，她的痛苦不会比我少。

如果她啜泣不止，代表她的伤口正在绽开。如果她若无其事，就意味着那道伤痕已经长进她的心里——像入侵者已融入宿主，表面平静，实则痛入骨髓。讽刺的是，这就是我们逐渐相爱的后果，是我亲手赠予她的礼物。

胃痛越来越频繁，也越来越凶狠。张姐给我买了药，可惜不是总有效果。她一定知道我在酗酒，只是什么也没说。后来，我偶尔口中会有血腥味，吐出来看得到淡淡的血迹。

在她的反复劝说下，我同意去做胃镜。

省立医院的一个朋友跟我说他们那里的胃镜已经排到三个月以后了，他帮我联系了一家私立医院，说是检查设备比他们院的要好。

“你要不要找个朋友陪你一起？我听说无痛胃镜要打麻药，做完后人意识不清醒，没人陪着很不安全，何况你还要开车。”张姐不无担忧地说。

“不要紧。结束后我在医院里多休息一会儿，等清醒了再走。”

我收拾停当，待要出门，袁鹿打来电话。

张姐忙在一旁解释道：“是我跟小袁说的。让她陪你一起去吧，你一个人不行的。”

我来不及多想，接通了电话。

“酒仙大哥，还走得动道吗？要不要我把车停好，上去背你下来？”之前还担心袁鹿知道后会过分紧张，听到她在电话里的语气一如往常，我多少放下心来。

明白她在怪我酗酒，我不好意思地说：“没事，拄着双拐勉强能蠕动，你在车里等我就好了。”

袁鹿套着件浅蓝色风衣，没有化妆，头发简单扎了一下，看样子多半是从家里急急忙忙赶来的。

我们来到医院。医生问过情况后，让我先去做血检和心电图，结果正常就可以做胃镜了。袁鹿跑前忙后，上楼梯时坚持要搀着我，仿佛我已病入膏肓。

进内镜室前，她问一个棕色头发的护士小姐：“我能陪他一起进去吗？”

“没关系，您先在外面等一下，一会儿检查时如果发现什么问题，医生会叫您进来，在屏幕上指给您看的。”

“哦。”她咽了口口水，脖子不自觉地缩了一下。

我穿上鞋套，躺在皮质病床上，开始输液。偌大的内镜室里仅我一人。光线柔和，没有闻到传说中消毒水的味道。

大概过了十分钟，护士小姐走过来：“很抱歉，先生，给您检查的医生现在有一个急症患者需要处理，请您再稍等一下。”她随即把输液的速度调慢。

我僵硬地点点头，好像没有听懂她的话，继续仰面而卧，开始胡思乱想。

我想象着一会儿我被注射麻药，陷入昏迷，恰恰就在这个时候，地球遭遇了前所未有的巨大自然灾害，只有极少数人能绝处逢生。而这家医院其实是军方的一个绝密医学研究站，专攻人体冷冻技术，我被幸运地选中，装入超低温休眠舱，待到地球重生那天再被唤醒。

所以，可能我再次睁开眼睛，已经是几百年后。我会像一件穿越的古董，去见证一个陌生的全新的世界。那个世界里没有林伊，没有袁鹿，也没有硕儿。

我的思路被轻轻的开门声打断。

“喂，萧川大叔，你紧张吗？”袁鹿隔着门缝向里张望。

我笑着摇摇头。

“护士姐姐说医生还要等一会儿才到。你别怕，有我在呢。”

说着，她在原地转了一个圈，侧着脑袋，两只手伸过头顶，摆出一个心形，同时伸出舌头，笑着冲我做了个鬼脸。

见我被逗笑了，她又双臂下伸，翘着手掌，摇摇晃晃地跳起鸭子舞。

接着是类似《Nobody》（韩国歌曲）的复古舞，然后是左右移颈的新疆舞。

她眉眼中的笑意是那样轻盈，好像不多不少的一叶阳光飘进心里。

这时，护士小姐笑着从她身旁走过。袁鹿赶紧立正，脸上泛起一阵红晕。

“门外是您女朋友吧，好可爱。”护士小姐把一管麻醉药推进我的吊瓶里。

可能还不到半分钟，我就失去了知觉。

再度醒来时，最先看到的是袁鹿的脸，我庆幸时间没有跳转到数百年后，除非我昏迷后，她也被冷冻了。

她哭得眼圈通红，跟我说结果不太好。

我接过检查报告，上面写着“浅表性胃炎活动期、十二指肠球炎、胃黏膜异位”。

我笑道：“这有什么大不了的。看你这悲痛欲绝的样子，不知道的还以为我得胃癌了呢。”

闻言，她哇的一声哭起来。我赶紧捂住她的嘴，尴尬地冲医生和护士笑了笑。

回程的路上，袁鹿问我能不能陪她去看望一个人。

“朋友吗？”

“是我妈。”

我故作自然地点点头，脑海中立刻浮现出之前在电视台上班时，听到的关于她母亲的种种传闻。

目的地是乌龙潭，我们从一家医院到了另一家医院。

乌龙潭在这座城市的名气不仅来自有关乌龙的传说，还因为这里坐落着华东地区最大的精神病医院。

等待探视时，我偷偷看了眼袁鹿，她平静的表情里流露出的坚定令我吃了一惊。这一瞬间，她和我认识的那个叫袁鹿的小丫头判若两人。她犹如一位坐在法庭听众席上的坚强母亲，静静等候着法官对孩子的宣判。

就这样，我居然鬼使神差地见到了袁升平的妻子。

她比传说中的还要美，即便是在生病的时候。

她们的聊天主要围绕彼此的睡眠及饮食，也提到这个时节的天气和风景。除了记忆力不太好，她母亲看起来一切正常。

简单听了几句，我便开始在一旁发呆，这次意外造访比方才畅想的人体冷冻更令人难以置信。

母女分别后，袁鹿告诉我，她母亲患的是重度抑郁症。

“我妈的病主要是因为我爸。我初中的时候，有个女人往家里打电话，是我妈接的。不知道她们说些了什么，之后我爸妈就经常吵架。我上高中后，他们的关系有所缓和。也可能是因为我爸工作越来越忙，他们平时相处的时间不多。”

袁鹿沉默片刻，一只手攥着我的衣角。我们走在医院的鹅卵石小道上，我低着头，内心在期盼她尽快往下说。

“可是，我进入大学才半个学期，我爸就告诉我，妈妈被诊断得了抑郁症。那段时间，我妈突然变得特别沉默寡言，整天都无精打采、失魂落魄的，有时早起会忘记洗漱，有时就把自己关在洗手间里哭。”

她的语气依旧很平静，如同在叙述一个与自己无关的故事。

“我按照医生的嘱咐，每天给她吃来士普、米氮平那些抗抑郁的药物，她的情况一天天好转，我似乎看到了希望。直到有一天，她趁我爸不注意的时候，翻看了他的手机。当天夜里，她上洗手间——那些天都是我陪她睡的——我看她总不回来，就进去找她。结果我看到她躺在血泊里，手腕被割出两道很深的口子……后来，她又试图自杀过几次，我们没办法就把她送到了这里。”

我和袁鹿是一座迷宫的两个端口。现在，我终于知道另一端发生的故事了。

“医院同意我每周来看她两次。她现在每天要吃好多药，情况不好时还得输液、接受电休克治疗。医生说，我妈这种情况，即使将来出院了，也必须终生服药。”

地上落满了樟树的紫色果实。我小心翼翼地绕开它们，避免踩破任何一个。

穿过玄关时，我感到家里的空气有些不同寻常。

张姐一边询问我检查结果，一边关上阳台的窗户。

我走进硕儿的房间。她没有睡着，看到我后立马伸出小手，对着我咯咯地笑起来。我想，过不了多久，就可以教她叫“爸爸”了。

爸爸，陈萧川。

硕儿，我的女儿。

再回到客厅时，我定住脚步，忽然为之前的感觉找到了答案。

“张姐，刚刚家里是不是有人来过？”

她转过身来，低下头，没有作声。

“是凌烁。凌烁来过了，是吗？”

我打量起眼前的女人，她已经年过五十，一道道细纹像攀缘植物爬上她的额头，啃噬着她的岁月。我第一次感觉到她的身体竟是那样单薄，像遥遥在望的风筝，被绷直的细线牵引着，以危如累卵的姿态在高空中瑟瑟发抖。

“张姐，您和凌烁是什么关系？”

她仍旧不说话，低着头一步步走到我面前，跪了下来。

第十二章　水火相容

三年前，我在省卫视台做编导，参与一档语言类选秀节目的制作。

那时候的生活和现在迥然相异，总要为了选题而没完没了地开会，字斟句酌地打磨台本，经历演播厅里高强度的录制，以及剪辑房里通宵达旦的剪辑。仿佛生活在两片海域的交汇处，每天都会接触形形色色的人物和新奇未知的讯息，思维永远处于求知若渴的亢奋状态。我和台里的许多人一样，尽管躯体早已被疲惫灌满，灵魂仍要故作顽强地向外透着光。

其实我远比不上一些同行思维活跃，也不热爱载歌载舞的舞台形式和过于煽情乃至做作的表现风格。对虚构倒是有些兴趣，但仅限于文字而非自欺欺人的卖力表演。从这一点来说，我或许并不喜欢这份工作。确切地讲，我不知道自己究竟喜欢怎样的职业，正如我不知道自己该爱上怎样一个人。在某个时间点的某种机缘下，我进入了这个领域，于是我便成为一名编导。同理，在某个场合的某次相遇，我窥见一个女人内心的冰山一角，接着我便爱上了她。当然，后者的原委要复杂很多。

做编导最大的困境就是灵感下线，无法从看似不可胜数实则鲜有新意的资讯中捕捉到选题。突破这一瓶颈的方式，大家也是八仙过海，各显神通。抽烟、喝酒、灌黑咖啡、听钢琴曲这些方式早已不足为奇，被逼入绝境时，有人甚至会把脑袋埋进浴缸里闭气，有人去刷各种各样的恐怖片，我还知道经济频道有个女编导靠玩俄罗斯方块来重构思维。当时，国内有个叫尚先生的年轻音乐人刚推出一张音乐专辑叫《不打烊的小酒馆》，有同事推荐我听，事实证明颇合我的胃口。但我最喜欢做的事，还是见缝插针地看金庸的武侠小说，随便翻上几页，即可获得长足的蓄力。我梦想着有一天自己也动笔写上一本，无奈实在没有精力，只好以待来日。

有一次录制节目的间隙，我突然感觉头脑昏昏沉沉，便走到演播厅外透透气。走廊上空空荡荡，视野很好，给人一种空气也比演播厅里低几度的错觉。我像是过烟瘾一样仰着头猛吸几口，随后从腰包中抽出一本《飞狐外传》，翻到《风雨深宵古庙》那章，趴在栏杆上看起来。

正看到袁紫衣“软鞭挥动，甫点胡斐前胸，随即转而打向右胁”，身后传来一个声音。

“陈老师。”

我回过身，便看到了她。

那时，我一如既往地冷静，因为站在我面前的不过是个陌生人。即便后来我们逐渐变得熟稔，这种冷静也维持了不短的时间。可再到后来，就消失不见了。

“陈老师，您好！我叫凌烁，刚刚从科教频道调过来，请您多多指教！”

时隔三年，我仍记得那天她穿着一件带有星星图案的黄色针织衫——那件上衣我后来再也没见她穿过，下身是朴实无华的牛仔裤和白色板鞋。除了一条用红绳穿着的小马造型的金质腕饰，周身再无其他装饰品。淡淡的香味不像是香水，大概是阿道夫洗发水的味道。

她的自我介绍虽然简短，却也提供了足够我俩寒暄的基本信息。半年前，我刚跟随李副台长从科教频道调来，这大概是她认得我的原因。

“哦，是凌老师啊，幸会！欢迎您来支援前线，以后一定要不吝赐教。”“老师”是我们媒体行业惯用的称呼。

说话之间，我已麻利地把小说换到左手，伸出右手与她握手。轻轻一触，我感觉到她的手又凉又湿，想必是体质原因。

凌烁这个名字我有些印象，因为它兼具水火，两者俱有桀骜之势，却融于一体，是很有些特别的。没记错的话，她应该是之前台里通过“女主播培养计划”从大学里选拔的七名选手之一。按照台里安排，他们七个人毕业前会进入各大频道实习，若确实是可造之材，再调来卫视台重点培养。

“我在科教频道的时候经常听各位老师提起您，都说您是科教的头号才子，设计的台本可以轻轻松松登上热搜榜的那种。尤其是大鲲老师，他跟我说过很多关于您的事迹。”

类似的溢美之词我听的不算少，不知道为什么偏偏在她面前脸红了：“您过奖，我哪有那么挥洒自如，‘事迹’就更谈不上了，大鲲老师不揭发我的糗事，我就谢天谢地了。”大鲲是科教频道的摄像师，比我年长七八岁，我初入行时就跟着他到处拍外景，后来一直十分要好。

我们又简单聊了几句就相互道别，一来我还要回演播厅，二来对于职场上的两个初识者而言，如此这般的寒暄已足够表情达意。

毋庸讳言，即便在美女如云的省台，凌烁的长相也是拔尖的。我同时想到一点，当前各大频道的当家花旦大都在三十多岁，相较之下，凌烁有着接近十岁的年龄优势，仅凭这点，便能让她在容貌上轻松击溃一切强敌。对女人而言，果然年轻就是资本啊。

我突然对自己得出的结论感到吃惊，到底是从什么时候开始，我也学会用这种世俗的目光去品评异性了？这等于变相宣称，芳华逝去的人理应像三春谢幕的残花，怀揣一份体面的自知，悄无声息地退出争奇斗艳的舞台，把聚光灯尽数留给后来者。可即便我不这样想，大多数人也会抱有同样的看法吧。这才是世道真正残酷的地方。

后来，在我与凌烁藕断丝连的那段时间，我经常会在她知情的情况下，跑去参加别人安排的相亲。之所以那样做，既是急于借助一个不错的人选来摆脱两人的关系，也是出于对她的一种挑衅和报复。可是不知道为什么，一旦面前坐着另一个女人，我就不自觉忘掉前一种目的，只念着后一种，这导致我所有的相亲都变得文不对题，结局自然不了了之。

记得最后一次相亲时，我遇到一个不太一样的女孩子。之所以唯独对她还残存些许印象，是因为她和我一样，一看就不是真心找伴的，不过是出于某种特殊原因，想找个人说说话罢了。

既然是同道中人，我也不再按常理出牌，而是无所顾忌地想到什么就说什么。那些话，只能说给自己或是再也不会见面的人听。

后来她笑着说："感觉我们是一路人，坏得很的那种。"

第一次被冠以"坏人"之美名，我的欢欣溢于言表："不不不，你绝对没我坏。我什么事都干得出来……称衣冠禽兽也不为过。"

她始终报以微笑，这让我可以松弛地将话题深入下去："我会坚守，也会背叛；会坦诚，更尝试欺骗；会包容，也渴望报复爱我的人。"

她喟然叹曰："那你真是出类拔萃了。"

旋即又说："其实也不是，都不过一念之间。"

"是啊。过去的某个瞬间，我一念之差决定做个坏人，结果就持之以恒、兢兢业业做到现在，如果以后条件允许，还会坚持做下去。"

"毕竟做坏人才有感觉，"她温存体贴的表情仿佛我俩是共处多年的知交好友，"你过去做的事究竟有多坏？"

“不一而足吧，”我凝眉深思，片刻后，继续说道，“比如让别人爱上我，最后撒手而别。又或者是包容一个人的背叛，佯装大度，最后再以眼还眼、以牙还牙地背叛她。”我不知道自己说的是不是实情，或许那是彼时的我对坏人的一种想象和憧憬。

“我觉得你这样也挺合理的，虽然我不太赞同。可能你的经历跟我太不一样，也可能是爱情这东西实在太复杂，但你大可不必把自己想象得这样坏。有时候只有心态简单了，才能体会到爱情的快乐。”

她表达出与我相左的看法，我不以为忤，语调反倒流露出更加不可抑制的愉悦：“快乐都会有呀。我在爱情里也有纯粹、浓烈、闪光的快乐，而且频率非常之高。但纵然如此，这依旧不能代表爱情的全部。毕竟爱情是一个整体，它有美好的地方，也有不堪的一面。我们通常只想守着它的美好安闲度日，但最终往往是它不堪的那一面，奠定了一段感情的结局。”

那晚，我对着一个陌生人，用我那段日子独有的隐忍和狂乱，把埋藏心底的话一股脑都说尽了，既亮明了我的当下，也预言了我的未来。我仿佛一个灵感喷薄而出的理论家，侃侃诉说着许多我尚且无法验证的猜想。

第十三章　婚礼

我坐在梅山高尔夫度假酒店的一楼大厅里吹着冷气，整个下午的烈日炙烤使我汗流浃背，疲乏不已。我调松了领带结，又把衬衫的袖子往上挽了挽，心中暗自感叹秋老虎的威力。与我一起的还有本场婚礼的另外三位伴郎，他们慵懒地陷在沙发椅中，强打精神聊着当下正流行的某款网络游戏。我看了看手表，距离仪式开始还有一个半钟头。

这是我第一次参加本地风俗的婚礼，照例是大清早在新郎家集合，跟着浩浩荡荡的婚车队伍前往新娘家接亲。但临近中午赶到酒店后，才得知婚礼是在晚上举行，与我家乡中午举办婚礼的习俗不同。整个下午，一对新人和八位伴郎伴娘都在摄影师的指挥下拍照和录像。我像是参加肢体协调挑战赛，不断听从号令，做着各种表达幸福喜庆的夸张又肉麻的动作。强烈的奉献精神也无法阻止我在内心叫苦不迭，相比这样蹦蹦跳跳地摆拍，我更愿意写上万字祝词祈求他们恩爱白首、千秋万代。

婚礼在酒店的大草坪上举行。新人和宾客已经各就各位。我向远处眺望，周围群山环抱，深林摇曳，飞鸟相与还。落日刚沉入山峦，热气却散得很快，天色尚明，凉风渐起。嗯，时间刚刚好。

证婚人据说是新郎父亲的领导，在本市日报社担任主编。他脱稿发言，大家料定他不是出口成章便是有备而来。

“新郎帅气、英俊……阳光……善良……”他的停顿逐渐拉长，似乎是在搜寻熨帖的褒奖之辞，但脸上依旧保持着昂扬亢奋的表情：“新娘美丽、大方……漂亮……孝顺……善良……”

我抿抿嘴，看看一脸严肃的新郎和新娘。新郎肤色黝黑，体态很是饱满，目测体重起码在九十公斤以上，新娘的重量也不遑多让，两人都戴着黑框眼镜，这样看来倒是有几分夫妻相。

我试图从他们紧锁的眉头上读出他们此刻的心理活动。或许是整个白天积攒的疲劳使他们感到烦闷，也可能是礼服绑得太紧，致使成串的汗珠像正在搬家的蚂蚁小队，从他们身体各处滑过。又或许他们并不如自己想象的从容，终于让紧张盖过了喜悦。总之，他俩看上去万分局促，与现场循环播放的小提琴曲《Por Una Cabeza》(《一步之遥》)那优雅流畅的旋律形成鲜明反差。

接着，我扫视全场，好奇地打量起到场的一众宾客。在人群中我发现一双眼睛正注视着我。目光交汇时，凌烁笑着冲我摆了摆手。她依旧扎着马尾辫，青涩却光彩照人。

仪式很快结束，大家进入自助餐厅用餐。二至六人的小桌台，宾客们自由组合落座。我的研究生导师今天也到场了，我陪他坐在一起。那是我毕业后第一次和他见面，他对我少了几分严厉，但我依然不敢怠慢，近一个小时的用餐过程像是正襟危坐听了一场学术报告会。

散席时，我在酒店大厅再次遇到凌烁。我们相视一笑，似乎已经是老朋友。

“你是路雪鹏还是陈佳的朋友？”

“路雪鹏、陈佳？”我疑惑地看着她。

她睁大眼睛，不可思议的目光在我脸上停留了几秒：“就是新郎新娘。”

“哦，原来如此啊，哈哈……”我笑得格外尴尬。说来实在讽刺，一天忙活下来，竟然还不知道新郎、新娘叫什么。前一天晚上接到导师的电话，说他学长的儿子要结婚，但是缺少一位伴郎，希望我能来救场。所以我根本就是临危受命，而非新郎、新娘任何一方的亲朋。

“我是受人之托来帮忙的，跟新郎、新娘不怎么认识。”我明显在为自己的心不在焉开脱，因为一天下来我有不止一次的机会看到或听到他们的名字。我又想起了那位主编，他在致证婚词时也没有提新人的名字，显然他也是赤膊上阵。

“哈哈，你好有趣。”

我早就注意到她已经称呼我“你”而不是“陈老师”。

这时，有人在大厅门口喊她的名字。几个与她年龄相仿的女孩子在那里等她。

她问道：“你开车了吗？要不要坐我们的车一起走？”

我看了一眼她的女伴们，说道：“谢谢，不用了。时间还早，我正好散散步。”我有意让自己的微笑更加明显，希望她没有察觉我刚刚在犹豫。

那个晚上，我在月光明亮的林荫道上走了很久。酒店的位置接近梅山风景区的腹地，过了晚上七点，连接景区内外的公交车都停运了，由于游人早已离去，附近也很难打到出租车。

道路两旁生长着高大笔直的杉树，山岚静谧，暮光宁和，凉风中偶尔传来几声鸟鸣，仿佛群山沉睡前的呢喃细语。

我想起了巴勃鲁·聂鲁达的诗句：“我喜欢你是寂静的，仿佛你消失了一样，你从远处聆听我，我的声音却无法触及你……你就像黑夜，拥有寂寞与群星。你的沉默就是星星的沉默，遥远而明亮。”

在那个充满朦胧情愫的夜晚，我带着疲倦和愉悦，在山野间轻声吟诵。

后来，我多少次设想，如果那天晚上我选择跟她一起走，我们最终的结局会不会不一样。

两个月后，台里组织人员赴日本学习交流，凌烁也在其中。这期间，我们没有再见过面。

第十四章　今晚月色真好

有时候，把一件事的来龙去脉讲清楚不难，要把它的前因后果想明白却并不容易。

张姐说——不对，现在应该要叫张阿姨了——凌烁误了我，也误了硕儿，更误了她自己。除了第三点以外，另外两点我并不怎么认同，甚至在听到这种说法时，还产生了莫名的惶恐。

对于我而言，是无所谓误与不误的。硕儿是我的女儿，我主观上相信她也和我秉持一样的态度。但女大十八变，待她真正懂事可以回答这个问题时，会不会给出与我一样的答案，还不好说。

唯一不容否认的是，我们如今的处境必定有因有果，但那个“因”究竟是什么，原谅我还没抽出时间想个明白。不是因为太忙，而是真正清醒的时候太少。

和我预想的一样，张阿姨的出现是因为得知真相后，萌生了为凌烁“赎罪”的想法——这其实毫无必要。可最终确定一切不是凌烁的有意安排，我竟然有些失落。

我知道张阿姨以往喜欢带硕儿去公寓楼对面的广场上晒太阳，广场就位于公寓楼和广电大厦之间。张阿姨说，每次她们去晒太阳时，凌烁都会从大楼里下来买咖啡。那是凌烁每天最开心的时候，她终于可以见到自己的女儿，可以把她抱在怀里，亲吻她的脸颊。遇到天气不好，见不了面时，凌烁总会站在窗口俯瞰广场，魂不守舍。

我很感激张阿姨，比之前承蒙她悉心照料时还要感激万分，因为她从没有问过我，我和凌烁还能不能在一起。

我回忆往事，并不是要在追根溯源中找到那个“因”，因为事情必不会如此轻易。只是过往的每分每秒都已化为我生命的一部分，那时说过的话、做过的事，决定了我现在要说的话和将做的事。我相信，如果时间能冲散一切，那么过往的经历便是使其再度完整的黏合剂。

二〇一四年的平安夜，整个下午我过得异常闲散。编导不用按时上下班，大多数时间可以自由支配。我先是在仙霞门的明代瓮城上转了一圈，俯览周边成片的老式平房，随后沿着斑驳的城墙根一直走，来到宝华寺。

每当心绪不宁或者闲来无事时，我就喜欢往寺院里跑，而这座城市恰好古寺云集。宝华寺刚刚完成了复建，大概很多市民还未得知开园的消息，所以那天香客并不多。

寺院整体采用仿宫殿式建筑风格。山门殿和天王殿很气派，里面的韦陀像丰神俊逸，金刚力士和四大天王则个个威武庄严，塑像线条饱满流畅，色彩勾勒得尤其鲜明，算是与众不同之处。东西罗汉堂里号称供奉有五百罗汉像，可惜还未完工，因而尚未开放。大雄宝殿的气势就更加宏阔了，两旁分别是伽蓝殿和祖师殿，殿后还有藏经楼，藏经楼后面是巍峨的十三层宝华寺石塔，塔的一层供奉着造型精美的千手观音。这种规制分明的宗教感和一系列超自然的神秘隐喻，每每令我肃然起敬，灵感闪烁。

后来我半躺在回廊的木凳上，听从佛堂里传来的木鱼声。冬日的暖阳晒得我昏昏欲睡。一只肥胖的橘猫摇着尾巴从我身旁走过，末了回过头冲我叫了两声，友好的眼神仿佛我是它心爱的鱼贩。闭园之前我吃了寺内的素斋，心满意足地迈开步子，回台里加班。

那天我拜了佛，但好像没有许愿。大概当时即便不是清心寡欲，也并不孜孜以求些什么。不过，佛祖慈悲，还是好心送了我一件礼物。

我和一个负责做后期的老师一直对着编辑机忙活到夜里十一点半。那厮感觉身体被掏空，撑开行军床倒头便睡，不过瞬息，便鼾声如雷。我则按照李副台长的要求，把存有样片的 U 盘放到他十七楼的办公桌上，以供他第二天清早到单位时看。

广电大厦的每一层都设有门禁，需要刷卡进入，不同的人员拥有进入不同楼层的权限。十七楼是行政层，我本不该有这一层的权限，但调来卫视台的第一天，李副台长就给人事部打了招呼，我的卡不但能刷开十七楼的门，还能打开他本人办公室的门。

从李副台长办公室出来，路过人事部的大办公室时，我看到最里面的一张办公桌前亮着灯，好似旷野中一团发光的萤火。凌烁正赤着脚蹲在椅子上，对着电脑快速码字。

确实听人说过，赴日交流团上周回国了。据说台里对这次交流很重视，袁台长中途还专门去日本探望过交流人员。

我慢慢走近她，看到她的头发扎了起来，发簪有点特别——不对，是根筷子。

她看到我时表情最初有些复杂，但很快就给了我一个久别重逢的微笑。看得出来，这个笑是发自内心的。

我预备好先做一场程式化的寒暄，可最终没有开始。原因是我注意到，她手边放着残余的桶装方便面和一瓶打开的韩式蒸馏酒，难怪进门时就闻到老坛酸菜的味道。据我所知，这一行有很多人喜欢加班时喝点小酒，当然仅限于啤酒。我本人倒没试过，因为我觉得哪怕是微醺，也会或多或少削弱人的判断力，进而影响工作状态。

“你怎么喝这种酒？”

“啤酒不够劲，白酒又太辣了，喝不下去。”她的表情像一个老实交代的犯罪嫌疑人。

我忍俊不禁。再看看她，似乎和之前很不一样。手上戴着梵克雅宝的腕表，白色珍珠母贝表盘和以雪花镶嵌法铺镶的圆形钻石格外抢眼。桌上放着爱马仕的精致手包。只是整个人气色不佳，浓重的黑眼圈和暗沉的肤色让她看上去成熟了好几岁。想必近来这样延续到午夜的加班已不是第一次。

“你一会儿有事吗？”她问这句话的时候，并没有停止手上的工作。

“没什么事，是有什么工作需要帮忙吗？”

“不是，能陪我出去喝两杯吗？”

我有些意外：“怎么，蒸馏酒还没喝够？”

“我听大鲲老师说你酒量了得，所以想见识一下。”

“哈哈，大鲲老师胡说的，其实我酒量很小。不过这种天气小酌两杯驱驱寒，我倒乐意奉陪。”

“太好了。不过你要稍等我一下，我先把手头这个工作搞定。”

她工作时，我在一旁百无聊赖，随时拿起她办公桌上的一本书，书名是《伪装成独白的爱情》。其中折起一页，上面几行字被用横线标注出来，应该是她很喜欢的句子，“他与自己较量，就像一位驯兽师与猛兽较量。这个寡言少语、既骄傲又忧郁的人千方百计地努力彻底成为自信、谦虚、卑微的人……”

我又翻到扉页，上面写着“赠凌烁小友”，落款是“戈舞”。字迹好像在哪里见过，一时却想不起来。

我放下书，问道：“对了，你怎么会在人事部？”

“从日本回来后，台里还没确定让我进哪个节目组，所以暂时安排我来人事部帮忙。”

这种安排可谓稀奇古怪。

我无意中瞥见她文档的标题《在国家广电总局专项工作部署会上的发言》。

大约过了半个小时，她结束工作，打车带我去往一家酒吧。在出租车上，看着窗外划过的夜色，我突然想起一个古代的故事——“红拂夜奔”。尽管风马牛不相及，我闭上眼睛，还是从此刻的气氛中觉出一点淡淡的放纵。

到了地方我才知道，原来她的几个朋友已在那里等候多时。大家进行了简单介绍，一群人全都是她的大学同学。

这时，服务生端上来一个很大的方形茶盘，里面横七竖五排列着三十五只形制相同、图纹色彩各异的小茶盏，茶盏里盛着各种颜色的调味酒。接着又端上一个长条形茶盘，上面是两排共十只青花瓷斗笠杯，盛着竹叶色的调味酒，透过酒可以看到绘在杯底的寒梅图。说实话，这种乱人眼目的阵仗我倒是初见。接着就进入游戏环节，游戏的名字叫“美女缠身”。

凌烁负责介绍规则，我因为是唯一一位初玩者，所以听得格外认真。

规则是在筛盅里放入与游戏参与者数目相同的骰子，然后随机指定一人为庄家，负责摇筛盅。摇好后，只有庄家可以看结果，从庄家左手边的人开始顺时针依次报点数。每人报完点数之后，如果筛盅里出现了所报的点数，则为通过，该点数的骰子全部从筛盅里取出，下一人接着报数。若所报点数没有出现，则报数者被罚酒。若某个人猜完后，筛盅里的点数已全部被报出，则下一人被罚酒。下一局在庄家摇完骰子后，从输家左手边的人开始重新报数。

那晚加上我一共是七个人，从第三轮开始，一个颧骨高高的男孩子似乎就被“缠”住了，一连喝了好多杯，几乎要醉倒。后来在他的抗议下我们更换了游戏。但我和凌烁似乎比较幸运，总有人在我们之前犯错，因此在其他人把调味酒和啤酒喝光之后，我俩的啤酒杯几乎还是满的。

凌烁对这个结果显然不满意，她提出我俩石头剪刀布外加猜有无，一决胜负。

这两种游戏简单利落，既靠运气，更考验观察力和直觉，我们几乎是胜负各半，她略占上风。一次次对垒中，我感受到她的聪颖伶俐，也隐隐窥见其内心的骄傲与好胜。我一直相信，骄傲和好胜对杰出者绝非坏事，反而令其光彩更盛。

酒喝得很快，我渐渐有了醉意。

后来我们经常两个人去酒吧，大多只是象征性地喝一点，再也没像那样拼过酒。

关于那晚，似乎还有两件事情需要交代。一件事是在我们拼完酒后，她走上台，用一口流利的日语为我唱了首歌，歌名叫《今晚月色真好》。

我不懂日语，只能听出她唱得清澈宁静，动情之处虽不露声色，亦使人无法忽视。那一刻的她，如同一个风尘中的童话故事，不解世俗的演绎和如怨如慕的情愫互为表里，真伪难辨，令我深为动容。

后来，我知道了歌词的大意："太阳落山了，黄昏把影子藏得不见了。街灯照在马路上，影子出来了。坐在门可罗雀的小店角落，窗外的烛光，摇摇晃晃。不想回家，哪怕只有今夜。好想忘掉一切的一切，沉睡下去。月儿月儿晚上好。虽然现在我看不见你的脸，想起和你的回忆，眼泪掉下来。我无处可去，我已无法再回到你身边，你真的距离我太远太远。"

另一件事是在散场后，我们就近找了一家酒店。尽管我从未有过那样的经历，倒也不算太慌张。人们常说酒后乱性，但我俩进到房间时，酒已经醒得差不多了，似乎也都没有借机装醉的想法，这也让当时的选择不至于被打上"冲动""迷乱"一类的标签。

触碰到她身体时，我发现她的手心脚心全是冷汗，仿佛秋天清晨的潭水。

我的手顺着她的小腹往下，她抓住我的手，轻声说："不要用手。"于是我便继续吻她。

她努力克制着情绪，尽可能使自己保持安静，偶尔只在嗓子里轻轻地哼一声。结束后，她一声不响地走进洗手间，拿出一条浴巾铺在床上，后来我才知道是她把床弄湿了。

她最喜欢马尔克斯的一句话："诚实的生活方式其实是按照自己身体的意愿行事，饿的时候才吃饭，爱的时候不必撒谎。"我虽然极不认同那种荒蛮的道理，但那晚，我分明真的跟随她那样做了。

第十五章　等待台风结束

我很不愿承认的一点是肌肤之亲从来被我看作男女交往的一道分界线，一旦越过这条线，无瓜葛就变成了有牵绊，好像阳光照过湖面，即便后来被云遮住，温度依旧留在水里，风中的鸟看不到，水里的鱼却明了。

我开始约凌烁吃饭、散步、看电影。不是我多么想这样做，而是觉得理应这样做，无关乎有趣无趣。正如以上所言，经历那晚之后，我就成了水里的鱼。

不过，凌烁的表现却很反常。她惶恐地拒绝我不失礼貌的邀约，给出的理由却很难让人信服。当她以要去超市采购甚至回家追剧之类的理由拒绝我时，我理所当然地认为，她委实不想因为之前的“逢场作戏”而跟我有更多的交集。

可每次当我打算放弃时，她又会主动接近我，准确无误地向我传递她的好感和期许。她会和我一起去看电影，在开场前五分钟匆忙离开，事后再三表达歉意。诸如此类的意外一再上演，终于令我哭笑不得，更无计可施。这显然不是恶作剧，更不是什么欲擒故纵的老套戏码。我只能说她的行为神秘而可疑。

相比之下，更不容忽视的是这段前所未见的遭遇逐渐侵袭了我内心的宁静。有生以来，我第一次感受到真实的慌乱，夹杂着难以言说的焦躁和不满，以及紧随其后的羞赧。我在翘首等待一个明确的信号，告诉我可以适时抽身，如同守在窗前等待台风天气的结束。

悬念并没有持续太久。有一天，她主动向我袒露了她和袁升平台长的亲属关系，并解释她因此承担了很多对方交办的工作，不得已利用几乎所有的私人时间来加班。

我疑窦初开。在那之前，我已从袁台长的签字中认出和她那本《伪装成独白的爱情》扉页上相似的字迹。还记得那里的落款是“戈舞”，“戈舞”和“升平”应该是一个人吧。

她向我坦白的目的，是打算正式和我约会。

说是约会，不过是一起坐在星巴克的角落里加班而已——她写文案，我看武侠小说。我看过她写的东西，基本与电台的工作无关，全是为台长先生参加各种交际活动准备的发言稿，比如在某场慈善晚会上的演说词，又或是给某企业家协会周年庆典寄去的祝贺信，等等。

这种特殊的约会进行到第五次的时候，我开始有意识地和她聊起台长先生的家庭和情感生活。作为表兄妹，她自然了解很多内情，也乐于当作八卦来和我分享。彼时，我们的关系已经一日千里，无论谈论什么话题，都极有默契，毫无违和的亲密感有时简直令彼此吃惊。尤其是她对我，已经到了无话不谈、言无不尽的地步。

但是，那天，她说起那些事情的口吻和立场，都不对。

我耐心听她讲完一切，终于不失时机地抛出一个蓄谋已久的问题：“听你说这些话的感觉，怕不是和他有什么感情纠葛吧？”

我希望她断然否认，前仰后合地说一句“萧川，你在开什么玩笑”。

可是她愣住了。

我在心里数着：一秒，两秒，三秒，四秒，五秒……每多数一秒，我的绝望就增加一分。凌烁，你发呆太久了。你在干吗，傻瓜，快否认呀。

紧接着，她的泪水夺眶而出。

之后，她问我是怎么发现的。我摇着头苦笑说，其实她说谎的功夫很差劲，一个故事被她讲得每一个细节都透露着蹊跷。而且，不会有哪个女孩子会把中年表哥的照片挑出来，专门设置成两人微信聊天的背景。她闻言，也哑然失笑。

她于是向我讲述和袁升平在一起的起因和过程。可我不再有心情听完整个故事。我的脑海中只剩下四个字：体无完肤。

她言语中的动情在我看来仿佛剖棺戮尸一般咄咄逼人，一字一句刺进我的骨肉里。

下一秒，我用一种连自己都不认识的声音吼道：“那为什么还要来招惹我？”

我站起身，在店员和几位顾客惊异的注目中扬长而去。

后来，张阿姨告诉我，凌烁从小生活的家庭环境并不好，主要归咎于父母永无休止的争吵。张阿姨是我们本地一所高校的老师，而凌烁的父亲是一位年轻有为的工程师。按照常理来说，他们家属于典型的知识分子家庭，应该充盈着典雅的书香气息才对。但实际上，夫妻两人的性格都无比固执且强硬，多年的高等教育好像只提升了他们的学识，却未能磨平他们的棱角。或者说，只是让他们在待人接物时表现得更有涵养，而在爱情和婚姻里，他们始终没有学会向对方退让。

初识时的欣赏有多浓烈，婚后的厮杀就有多暴烈。张阿姨回忆说，他们会因为任何一件小事吵得不可开交，小事化大，株连九族。他们用各种充满辩论技巧的语言去否定对方，用一种基于了解之上的机巧去攻击彼此的痛处，时而当头棒喝，时而冷嘲热讽。每天走出家门，两人滴水不漏地扮演着大家眼中的佳偶天成、琴瑟和鸣。回到家里，他们摘下面具，呈现给对方的是比寒冰还要彻骨的漠然。这场厮杀的唯一见证者就是凌烁。

看到我不可思议的表情，张阿姨笑着抿了抿嘴，点燃一支香烟。她像是自嘲般地感叹道："在这个世界上，恐怕只有夫妻之间才能结下这么深的仇怨。"我确实无法想象这种爱情，似乎比我和凌烁的关系还要令人费解。我们总归是因果相循，他们呢，他们的因又在哪里？

他们在外界不知情的情况下离过两次婚，后来都复婚了。但是第三次没有。

分开很久后，有一天夜里，凌烁的父亲给张阿姨打电话，电话接通后没有说话，而是一直在那头哭。张阿姨也没有开口问什么，只是静静地听着对方哭。最后哭完，电话挂断了，彼此都没说一句话。两个人什么也没说，却又好像讲了很多很多，从一见钟情到结婚生女，再到各奔东西，这里面所有的爱，所有的恨，所有的怨，都在那一阵肝肠寸断的哭泣中被诉尽了。还需要再用言语去补充什么吗？或许可以，但真的没有必要。

"打完电话的第二天，他就和另一个女人结婚了。对方小他十二岁，听说婚后对他很好，几乎是百依百顺，无微不至。"

"那叔叔后来应该过得很幸福吧？"我随即后悔，觉得这么问有些不妥。

"我也觉得他很幸福，"张阿姨好像并不介意这个问题，"但是有一天，凌烁告诉我，他后来过得并不快乐。我问为什么这么说，她却不肯告诉我，只是说她能感觉得到。再后来不到两年，他就患癌症走了。从确诊到去世，前后只过了四个月。”

我又重新给她点了一支烟。烟带缓缓上升，随后像阻滞的水流一般，难以为继。人因为各类繁复的感情饰物而优越于其他动物，却最终为感情饰物所累。说到底，谁又比这缕薄烟幸运到哪去呢——由一点光热催发，竭力向上奔涌，行至中途只剩身不由己。

“在你们争吵的时候，凌烁都在做什么？”我回过神来，突然想到这个问题。

“她就睁着一双大眼睛安静地看着、听着，不哭也不闹。我们吵架不避着她，她也不干涉我们。我想，她小小的脑袋，一定正在努力理解眼前发生的事情。”

第十六章 听故事的人（上）

又到了袁鹿所说的“愉快的分赃日”，我被喊到岫烟路上的一家饮品店，听她“汇报”两家 Riddle 的账目。

岫烟路不是城市主干道，所以车辆一直不多，两旁矗立着树龄久远的高大梧桐树，还有丝竹绕耳的清泉山公园，其东门也在这条路上。环境还是挺清幽的。

饶是如此，我依旧不理解这种“越国以鄙远”的做法：“直接去店里不就好了，何必翻山越岭到这边来。不知道的还以为咱们自家的奶茶里放了大烟壳或者地沟油，以至于两位老板自己都不肯喝。”

“萧川大叔，你要搞清楚状况，我们这可是‘分赃’哎，当然要偷偷摸摸、避人耳目了。”

这家伙竟然真把这事当成“分赃”了。我叹一口气，把脸栽进一只手掌里，听她继续郑重其事地说着：“尤其不能在自家店里，我们大摇大摆地在那里对账，店员们看到会怎么想？他们会觉得这些其实都是他们的血汗钱，我们不过是通过压榨他们的剩余价值而坐享其成罢了。那样一搞，咱俩万恶资本家的丑恶形象可就洗不白了。我一个小喽啰自然无所谓，但陈总的形象兹事体大，毕竟桃子妹妹她们那么崇拜你……”

既然事态如此严重，作为两位“万恶资本家”之一的我便不再争辩什么。可是我不明白这和店员桃子又有什么关系。

房租、水电、员工工资、进货成本、宣传费用……一桩桩一件件被她梳理得清晰有序。只是我怀疑自己未必在听。

很快，外面落下了入秋的第一场雨，雨滴夹带着冷气簌簌下坠的时候，我的心也彻底沉寂下来。我们一边喝东西，一边等雨停。除了店员，店里渐渐只剩下我们两个。她一边刷微博，一边以类似播报的形式和我分享随时看到的花边新闻。我则打开笔记本电脑，继续写我的武侠小说。

这丫头重度嗜糖，咖啡却只喝美式，对于大多数人难以下咽的酸苦，她居然喝得气定神闲、面不改色，大有一种方外名士的不凡气度。相较之下，坐在她对面抱着大杯冰柠乐的我，看上去则更像是个被偶尔拉出来放风的低品位中年宅男。

窗外雨势渐大，朦胧的水汽像是飘浮在空中的暮光碎片，它们亦是一个个微小的黑洞，齐心协力将天空散落的亮色尽数吸走，使整个世界越发暗淡了。

外面越是轰隆不已，室内越发显得安静，安静得如此透彻，仿佛人也消融其间。

在我起身伸懒腰的时候，袁鹿端起我的平板电脑，清了清嗓子，用尽可能粗壮的声势照着屏幕念：

顾随箭矢一般猛冲上去，弓步一沉，腰间蓄力，右手打出一记掏心拳，被那汉子轻松躲过。顾随见状，拳势未收就迅速变为侧掌，直朝那汉子躲的方向扫去。不过这一掌亦是虚招，他左手从掌下翻出，使出一招擒拿手，奔那汉子左腕而去。那汉子身形颀长，躲闪腾挪甚是灵便，右拳一格，一个侧转身站定，左脚蓦地向前铲出，身形成左仆步，同时左手顺胸口朝前下方猛砍下去，是一招十分爽练的“箭步单插”。顾随大惊，只顾往上格那一砍，顾不得脚下，立时被铲翻在地。

董明在一旁看得分明，心道：“‘箭步单插’是大洪拳的招数，此人练的是正宗少林拳法，难怪如此沉稳刚劲。”他两个跨步上前，伸出掌一探一兜，使出一招“金丝缠腕”。这“金丝缠腕”是太祖长拳中极少的以柔克刚的招式，诀窍是两掌交叠打出，以缠绵的劲道拿人腕子。董明早年于少林拳之外还修习了几年内家拳，对这一招的领悟又与一般人不同，柔韧黏滞的力道被驾驭得炉火纯青。

汉子只觉一只手腕仿佛被绳索缚住一般，任凭他如何挣扎，使出去的力气好似扔进水里的石头，瞬间即被淹没，最终化为无形。他如同被牵引的风筝，在董明的支配下忽左忽右，踉跄东西。

顾随等人见状，意欲扑将上去。危急之时，汉子怒目圆睁，使出丹田之气一声大喝。虎啸之声震耳欲聋，周遭数人都不由一怔。意外之余，董明手上也略减了力道。汉子抓住时机，左脚向右横上一步，右脚跟进，一跃而起，双拳并架，凌空下砸，打出一招“恨脚双云顶”，拳锋如雄鹰扑兔、泰山崩摧。董明惊骇不已，向后跳出一丈有余。

我本想阻止她，但还是随她去了。末了，不无尴尬地说道：“呃……我这章还没写完，最后定稿的样子可能跟现在差别很大。”

她将电脑放回桌上，目光仍聚焦在字里行间，手中转着自己的马尾辫，点着头自顾自说道：“你的打斗场面感觉很写实啊，不是那种一掌劈开一座山的，那种就好玄幻。你这有点像金庸的《雪山飞狐》《飞狐外传》。”

我瞠目结舌：“你……行家呀！你还看过《雪山飞狐》和《飞狐外传》？”

她立马眉飞色舞地一步跳到我面前，我甚至怀疑她打算模仿我笔下的人物，冲我打出一记掏心拳。

“哈哈，没想到吧。不止这两本，金庸的武侠小说我基本都看过。最开始是看 TVB 的电视剧，后来觉得不过瘾，干脆就把书找过来看。而且上大学后，我发现不光我看，我们一个寝室的女孩子都看过。”

“女孩子看武侠小说，到底是出于怎样一种心态呢？”

“别人我不知道。我主要还是喜欢听故事。”

“听故事。”我机械地重复着她的话。

“对。我从小就总缠着我爸给我讲故事。后来他的故事讲完了，我就去电视里和书里找故事。找来找去，我发现武侠小说里的故事是最扣人心弦的。当然，侦探小说也不错，我也看了好多。你呢，萧川大叔？”

“我？”

“是啊，我是说你是不是也很喜欢听故事？”

“我……还好吧。”

“我知道了！”她直视我的双眼，“你不喜欢听故事，你喜欢讲故事，所以你才会写小说。现在我们是喜欢讲故事的萧川大叔和喜欢听故事的袁鹿同学！”

我是一个喜欢听故事的人吗？不好说。可是，那一年，我耐心听完了两个人的故事，一个是风胡子的故事，一个是凌烁的故事。

当时，我刚得知凌烁的秘密，没等她把故事讲完就悲愤交加，拂袖而去。我以为凭我对她隐私的掌握以及由此爆发的盛怒，足以让我们成为彻彻底底的陌路人。她理应在我面前无地自容，起码会因忌惮而有意躲避我。事实却不是这样。

仅仅在第二天，她便又开始接近我，是那种怯怯缩缩又发自本能地接近，小心翼翼地关怀着我的冷暖，像是善良的救护人员冒着被攻击的风险去抚慰一头受伤的猛兽。

为什么还要这么做呢？就此收手，江湖两忘难道不是最好的结局吗？

事情如此突兀地向下发展，已超出我的理解范围——即便是今日，我同样无法参透她那时的所思所想。

有天晚上，风胡子约我见面。那时，他已从西安来到我所在的城市，我俩定期小聚，通常是二人对坐，非茶即酒。

基本上男人间的话题总离不开女人，说来也怪，我和他从未聊过女人，而那天例外。起因是这只老狐狸嗅出了我的异样。

我们去的是一家以经营羊蝎子锅为主的小酒馆，店里的香辣硬币蟹和秘制小黄鱼也颇有名气。

坐下聊了一会儿，他突然问我："萧川，怎么了？我感觉你小子有心事。"

"没有吧，哈哈……大概是最近加班太多，有些疲劳。"

"不对，你心里肯定有事。"他笑道，随即用手指了指我的鞋子。

我低头看了一眼，不明所以。

他伸出一根手指晃了晃："这是我认识你以来，第一次看到你的鞋子是脏的，哪怕是在下雨天。以我们陈大编导的风格，除非是进门前不小心在下水道里踩了一脚，否则一定是最近遇到了极不寻常的事，才让你如此地失魂落魄，竟然都开始不修边幅了。"

我终于笑了："风哥，'老奸巨猾'就是用来形容你这种人的吧。"

"因为女人对吧？"他笑得甚至让我觉得有些为老不尊。

我低头笑笑，不置可否。

“你呀，就是过于沉稳了，凡事总比同龄人要考虑得多，这当然是优点，但有时候也是缺点。你这个年纪，为女人烦恼不是再正常不过的吗？心里难受就释放出来，老憋着有什么用？”

这时，服务生把煨好的花雕酒送过来。风胡子打开壶盖，看了看随酒波摇曳的姜丝和枸杞，又凑近闻闻，赞道：“不错！这家酒馆煨花雕时放的是蜂蜜，不是糖。”

我想要接过酒壶给他倒酒。他摆摆手，拿起我面前的杯子倒满，又给自己斟满一杯。

他没有追问我的心事到底是什么，转而讲起了自己。我不说，他便不问，这即是我俩足成知交的一大印证。

“你知道我为什么叫风胡子吗？”

“李白的诗‘风胡灭已久，所以潜其锋’。”

“对，风胡子是古代一位铸剑师，被李白写进了诗里。但我取号风胡子，不是因为李白，而是因为女人。”

“女人？”

“不错。这首诗里还有四句‘吴水深万丈，楚山邈千重。雌雄终不隔，神物会当逢’。意思不难理解，哪怕吴水再深，楚山再远，只要两把神兵利器灵气相通，就总会有相遇的一天。够浪漫吧？”

我点点头，心想：“是有点浪的。”

他接着说道：“我跟你莫卿姐刚认识时，其实相互是看不上眼的。她觉得我四处留情，又太追求自由。我呢，觉得她太傲慢。但后来几次接触，我才发现她不一般，是那种非常有涵养有见识的女人。我就最爱这一挂。”

我端起的酒杯停在中途，露出难以置信的表情，忍不住打断他：“什么？

你还四处留情过？”

“嘿嘿，是啊。怎么了？”他的笑容里总算有了些许不好意思，使我相信他还不至于是个段正淳式的老牌流氓。

我意味深长地点点头，意识到我不仅对女人了解不多，对男人了解更少。

“后来呢？”

“后来，我无意中发现她在手札里写下了这首诗，于是从下一次跟她见面开始，我就改名叫风胡子。她一听就明白了我的意思，却还故意问我为什么改名叫风胡子。我说我就叫风胡子，而且以后都叫风胡子。”

“再后来呢？”我几乎成了被父亲的故事牵着走的傻儿子。

“再后来，她仍然信不过我，一声不响地离开西安，回到这里。我一个人留在西安，越想越不甘心，周围缠着我的小姑娘是不少，可是看来看去个个都比不上她。我心想去他的，老子什么都不要了！所以就抛下一切，单枪匹马追了过来。”

他讲得极简括，但不难想象当中必定有大量的缠扰和波折。

“风哥，我没想到你会是一个在感情上这么感性的人。”

“哈哈，你真的觉得我感性吗？”

我点点头。

“其实不是，尽管表面上看起来是这样。对莫卿这个人，我冷静观察过，也仔细琢磨过，确定把她吃透了，我才大胆出手。所以这不是感性，而是理性。事实上，我一路追到这里，之后发生的一切，都与我之前设想的一样，我得到了想要的结果。相反，如果你在做决定的时候，根本就没想清楚，更没看明白，那才真叫感性。”

看我若有所思，他赶忙又说：“我就是跟你随便扯扯，你也不必深究。你还年轻，有的是犯错的资本，哈哈！”

我以为自己听懂了风胡子的故事，实际上我没懂。

第十七章　听故事的人（下）

我到底还是听完了凌烁的故事。

一切的起点始于广州—— 一座洋溢着南国风情的绚丽城市，那里是凌烁读大学的地方。

大三那年，她和当时的男朋友还有同寝室的一个小姑娘，三个人合伙开了一家贸易公司。

广州一直以来被称作“商贸之都”，坐落在各大写字楼中的贸易公司可谓多如繁星。它们的经营模式很简单，主要是和一些第三世界国家的人做生意，对方开出自己需要的商品清单，贸易公司根据客户需求直接去对应的工厂提货，从中赚取差价或佣金。采购的商品很杂，从衣服、鞋子、箱包、文具、玩具到数码电子产品，几乎无所不包。

凌烁本人很有商业头脑，再加上她的男友和室友都是当地人，拥有一定的人脉资源，所以业务一度开展得很顺利。

我当时对开公司还没有概念，尤其开公司的是一个还在读书的大学生。这也更加印证了我一直以来的一种观点——就是在重大的决定面前，女人往往比男人更果敢和坚决，她们柔弱的外表下深藏着甘于承担一切风险的强大意志，这使她们的人生更像是由一场场大大小小的赌博串联起来的。这固然可钦可佩，更深可畏惧。太宰治说他不敢惹女人，是有道理的。

“那两年，广州那边刚兴起一类网贷公司，收益率很高，最高的年利率甚至超过了百分之二十。我当时的男朋友和室友很心动，都劝我把公司的流动资金存进去。我开始并不同意，虽然当时我们的账户上有接近三百万现金，但其中有超过一半是客户预付的货款，我很怕出现什么闪失。可是他们轮流做我的工作，我考虑到毕竟公司大家都有份儿，而且平台是随存随取，支取方式和银行活期存款没有太大区别，不会影响正常的资金使用，所以最后还是同意了。”

我隐隐感觉到，她的故事描述着一段与我截然不同的人生，这也昭示着我俩根子上属于截然不同的两类人。

“简直像墨菲定律一样，”她凄然一笑，“仅仅过了一个多月，平台就出现兑付延期问题。虽然平台一再宣称是系统故障，但还是引发了严重的挤兑。结局是公司实控人不知所终，警方介入后，宣布平台涉嫌非法吸收公众存款，而且那些钱大都被转移或者挥霍了。”

后来的情况就急转直下，男友和室友一起人间蒸发，她作为登记在册的公司法人，独自背负了巨额债务。

“我惶惶不可终日地读完了大四，并顺利找到了工作。期间，收账公司的人三天两头找到我，催我还钱。我从朋友那里借了一些，但是远远不够。当时唯一的办法就是卖掉家里的房子，但那是我爸留给我妈唯一的东西，我实在没有办法向家里开口。”

“所以是那个人帮了你吗？”就是从那个时候，我开始下意识地避免说出“袁升平”三个字，在她面前从来只说“那个人”。而她，或许从未察觉到这一点。

“是的。收账公司的人得知我的工作地点后，就频繁地到广电大厦楼下堵我，我没有办法，已经把辞呈都写好了。但是后来被袁台长在楼下撞到一次，他把我叫到他办公室，问起事情的原委，我就一五一十地告诉了他，并且说我想辞职。他当即表示可以先借我一笔钱，把收账公司催收的几笔账先还上。他说得很诚恳也很坚决，几乎是在我还犹豫不定时，就已经替我决定了。我既意外又感动，于是就给他打了张欠条……”

“那你们后来是怎么在一起的呢？”我明知她接下来会说到，还是忍不住问了一句。

“我也不知道……好像就是自然而然就在一起了。”

“自然而然？”我盯着她一字一顿地重复道，然后向后一仰，将上身投进咖啡店的沙发里。我的身体并未放松，僵硬得像一块即将发生疲劳破坏的金属。

她必然感知到了我语气中的嘲讽，先是低下头，随后又神色淡然地看向窗外：“他后来又给了我很多关照，无论是工作上还是生活上，对我都特别地关心。接触多了，我才发现他身上有很多闪光点，比如工作中认真、沉稳、睿智、有魄力，私下里也很温柔，对人体贴入微，非常绅士。我有时候觉得他像父亲，有时候觉得他像老板，有时候又觉得他像一个很亲密的朋友。总之，他令我既欣赏又敬畏。去年，他私下打了招呼，把去日本学习交流的名额给了我。”

“所以那次他去日本看望交流学员，实际上是去看你。”

“我想是这样。也就是那一次，我和他在一起了。”

“你应该知道他有妻子和孩子吧？”

“我知道。”

“不介意吗？”

“开始还好，后来渐渐也有些介意。但他根本不爱他老婆，他们的感情早已名存实亡。只是他老婆身体不太好，他出于责任，不能在这种情况下抛弃她，”她沉吟片刻，又补充道，“他活在一段没有感情的婚姻里，心里也很不好受。”

“你有没有要求过他离婚？”

“没有。因为我知道他不会离，我提了也没用。这一点从很多地方都能看得出来。比如，他的办公桌上永远摆放着一家三口的合照，他在任何场合，婚戒从不离手，他还总向周围人津津乐道他们夫妻感情如何和睦，他对妻子如何体贴。”

我很想提醒她，她的叙述里有太多的自相矛盾，又随即意识到这种提醒十分多余。

在接下来的讲述里，我得知了他们的相处方式：他会在空闲的时候让凌烁陪他，忙的时候就给她布置永远做不完的工作，榨干她所有的时间，以确保她不会再和其他异性接触。如果觉得她哪天晚上行踪可疑，就找个理由，一个电话把她叫回台里加班。这也解释了她为什么总在加班，即便约会也会在接到神秘电话后突然告辞。

有一瞬间，我想起弦子的一首歌，叫《第三者的第三者》，说的正是我吧。命运这次开的玩笑一点也不好笑，我很想配合着笑一下，可是张开嘴巴，却发现空气好苦。

说到底，我应当感激她的有问必答、坦诚相告，这于我而言至关重要。我相信很多人亦是如此，宁可被伤害，也不愿被欺瞒。纵然是自杀式的坦诚，起码还可以让我们成为某种意义上的“朋友”。如果有必要的话，我甚至可以在适当的时机给予她一些建议或者帮助，前提是以一个旁观者的身份。

在那个看似茗烟袅袅实则剑拔弩张的下午，她慷慨赴死般讲述着自己的秘密。我们不用再费心去筹划两人的未来，因为任谁都知道，我俩已经完蛋了。

第十八章　第三者的第三者

我在电视台这个加班重灾区，成为一众工作狂中的佼佼者。我买了两张体感不同的折叠床，在办公室备下全套洗漱用品和换洗衣物，随后便扎根单位日夜奋战。我像苦修者一般劳损筋骨、焚膏继晷，加起班来生死抛开、六亲不顾。方圆十里的外卖几乎都被我点了一遍，疲惫时就灌下两瓶蒸馏酒，然后倒头便睡。日复一日，我的体力竟不曾衰减，仍能一口气吞下十几个包子，然后鲜衣怒马，招摇于市。不得不感慨，物种的生命力真是强韧。

我依旧不热爱自己的工作，大概只是想抓住一样可以较劲的东西，和它一决生死、玉石俱焚。也只有老到的风胡子能察觉到，我已然沦为尾巴失灵的猫科动物，正疲于掩盖内心的失衡。

未能避免的是，我和凌烁还是成了“朋友”。这也让之前一切的自我掩饰功亏一篑。即便知道未来已无可能，或许我们当中还有人并不死心。

她在那个人那里受了委屈，会给我打电话，控诉自己遭受的不公待遇。有段时间，她怀疑对方和女助理关系暧昧，心中颇为不忿。我既安慰她，也帮她出谋划策。至于醋海生波的事，则不置一词。

实际上，我对她所有的讲述非但不感兴趣，甚至有隐隐的排斥。不过，我仍然表现得极有耐心，时而设身处地，时而同仇敌忾。我从不去想这样做的意义，不想是因为不愿否定自己接下来做的事。

我看起来比以往任何时候都要绅士，自愿向凌烁提供一切那个人无法提供的温情。这并不完全出于本能，坦白来说，在潜意识里，那时的我恐怕既不想赢，更不愿输。

她也逐渐熟练掌握了在那个人面前说谎的技巧，以便抽出越来越多的时间与我相处。

我开始规劝她摆脱这段关系，重新开始一段正常的感情——当然不是和我。她解释说自己根本做不到，或许换成其他人，这并非难事，但对于她而言，简直难于登天。因为分离前一秒的强烈痛苦足以让她甩掉积蓄已久的所有勇气，再度返回那个人的怀抱。听到这些，我心中最后一丝希望也熄灭了。

所有合乎情理的劝诫，都仿佛细雪撞击岩壁，转瞬即消，毫无回响。我越发惊叹于她的固执，以及那个人对她牢不可破的钳制。于是，我又冷下心来，恢复自己旁观者的身份。

有一天，她约我吃晚饭，地点选在田子庵酒吧街的一家粤菜餐厅。田子庵酒吧街并非全是酒吧，其间错落着很多高档餐厅，几乎涵盖了八大菜系和最受当下年轻人喜爱的异国美食。我们以往见面都避开这里，因为凌烁说那个人很喜欢在这一带的消费场所应酬。

见面后，我发现她兴致很高，眼神中那春风拂柳的光彩使整个人更显妖娆。我突然感到惊诧：自己对她的印象已经从当初的“灵动”悄悄转变为“妖娆”。或许在旁人眼中，她依然是那个灵动且朝气蓬勃的凌烁。远望和近观，看到的总归不同。

她点了一瓶差不多能花光她一个月薪水的红酒，用格外温软的语气对服务生频繁说着“谢谢”。我知道她将要宣布一件重大的事情，但是我不想去猜。

吃饭时，她神采飞扬地和我聊了很多儿时和学生时代的趣事，像是在悠闲地谈论一颗昨夜路过天空的流星。末了，她说出自己酝酿已久的话：“我打算试着和他分开了。虽然很难，但我明白必须走出这一步。”

我留意到她说的是“试着”。

除了抿嘴微笑以外，我似乎没有其他的回应。她用热切的眼神看着我，犹如盛夏里一道奔放而灼热的日光：“萧川，你会一直陪着我的，对吗？作为最值得我信赖的人，陪我走出这段人生低谷。”

我不确定她所说的“陪”是怎样一种陪，可是“最值得信赖”这顶光环即便愧不敢当，也委实却之不恭。我找不出任何理由在此时此刻泼她冷水，毕竟她正雄心勃勃地誓言跳出我所认为的那个火坑。她以胜利者的姿态向我举杯，这终于也燃起我对她的信心。我想象她或许第二天就会走出来，重回正常人的生活，去迎接一个能带给她名分和归宿的男人。

那晚之后，她身上的确发生了巨大的变化：再也没有突如其来的神秘电话，不用没完没了地加班，可以随时应下我的邀约，面对面吃饭时也不用紧张兮兮地回复微信里的消息。我没有探问更多细节，显然一切都在向好的方向发展。

再接着，她开始频繁留宿我家，洗衣做饭，添置家具，宛如家中的女主人。我也是从那时开始见证到她中西合璧的高超厨艺。受家庭环境影响，我对食物有几分挑剔，但凌烁的厨艺竟是无可挑剔的。她很喜欢烹制各种白肉，尤以法餐见长。我不止一次地坐在餐桌前，手握刀叉，对着一份摆盘精致且极具想象力的干煎鳎目鱼或是焗缅因龙虾目瞪口呆，怀疑她是不是在米其林餐厅做过帮厨。

那些日子，我们总是并排躺着，通宵达旦地聊着彼此对爱情和人生的看法。我们有很多共识，也有不少分歧。每多发现一点共识，都令我们像孩子一样欢欣鼓舞。相反，每遇到一处分歧，又会给我们浇上一盆冷水。我们企图搁置现实中的巨大障碍，小心估算着彼此的契合度和最终在一起的可行性，不断试探、设想、犹豫、权衡……似乎是要百分百确定回报，才愿意付出。原因很简单，我们都是一路人——那种一旦决定投入，就必定毫无保留、舍生忘死的狂徒。

对这种讨论我们不知疲倦，有时候会在中途做爱。在我看来，这是在用一种可控的快感来驱散那些不可控的忧虑和迷茫。我不确定她是否也抱着同样的想法，只是从她驯顺而又专注的表现，可以看出她对这种事情持有一种隐秘的热衷。

开始几次，她表现得极压抑，即便在最激烈的时候，依然咬紧牙关不露声色。以我的理解，如果不是出于天性，过度压抑即昭示着深埋内心的苦痛。但后来我发现自己错了，她的压抑不过是浮于表面的伪装，好像深海中那些狡黠的捕食者，任由猎物在眼前招摇，有意承受着冒犯，而后伺机反噬。

我是在和科教频道的几个同事吃饭时，听摄像师大鲲无意间聊起了凌烁和袁升平的事情。内容大概是有人看到他们一起从电影院走出来，举止相当亲密。而且，这一幕就发生在几天前。

我把所有疑问留到了之后我们一次见面时。当时，我们刚在我家用完晚餐，我在洗碗，而她蜷缩在摇篮椅上，正用平板电脑浏览小红书上的各类手袋。

我毫无预兆地关掉水龙头，低声问她："你……和那个人……是不是……还在接触？"

"我说过我在努力，你总要给我时间才行。"她瞬间失去了耐心，语气显得愤愤不平。

"我可以给你时间，但当你和他郎情妾意的时候，我何以自处？"我注意到刚洗好的鱼盘上还残存着一块污渍，干巴巴地结在釉层表面，像汪洋中的一座孤岛。可我暂时没有气力去清除掉它，只能呆呆地望着。

"那我确实顾不到哦。毕竟我连我自己的事都还没处理好，我没法再去管你。再说，我也没有和他郎情妾意。"

她的话像一层霜附在我的指尖上，片刻消融，沁入肌骨。

我转过身，紧紧地逼视她："是吗？你们没有郎情妾意？那你能不能告诉我，你现在把他当作你的什么人？"

短暂的安静之后，我听到她的声音："男朋友。"

她停顿片刻，又补充道："我不想骗你。"

随即又问道："这段时间，你又把我当作你的什么人？"

我苦笑一声："既然在你心里，你和他还是男女朋友，我该把你当作我的什么人？"

她的眼泪突然涌出："你连个承诺都不肯给我，我就更不敢离开袁升平了。我离开了他，你也不会跟我在一起，那样我就什么都没有了。"

我不知道该说什么。

她见我不说话，怒极反笑："陈萧川，其实我都清楚，你不过把咱俩的关系看作是对袁升平的一种报复。甚至，因为你知道我对你有所期待，所以这也是对我的一种报复。"

斗 虎

我眼前呈现出一片荒原，干枯的秋草像被抽去了灵魂的晴天娃娃，在风中左右摇摆。沙粒被风裹挟着，走走停停，时起时落，不知何时止歇，又何以为家。

“不是你想的那样。”我虚脱一般地喃喃道。

晚秋又一次来临了。冷月无声笼罩着万物，时节的衰老虽未改变这座城市的山水映照，但是天地间的颜色褪去了。

酒至酣处，总要对月起舞，哪怕困兽犹斗，抑或穷途之哭。

第十九章　流淌在未来的河

F 追求袁鹿的事情我是从风胡子口中得知的。我对此毫不意外。有时候，一个人对另一个人的喜欢，从眼神中便得以窥见，根本不需要其他的意思表达。与此同时，在爱情中还有一类人——他们永远不做退缩者或无名氏，无论成败，他们都选择把心中的爱说出来。表达爱是他们与生俱来的诉求，就像饥饿时索求食物、困倦时寻求睡眠那样天经地义。

不过，风胡子为了这件事对 F 颇有微词。从我第一次带着袁鹿去他的茶社做客，他就出于本能地把她当作我的“马子”。尽管我再三向他解释，我和袁鹿只是生意伙伴，根本不是什么“马子”“骡子”的。但他一口咬定 F 是在挖我的墙脚。用他的话说就是：“这不光是先来后到的问题，还关乎朋友间的道义，更不用说你我还是那个臭小子的兄长了。现在的年轻人，做事都这么无所顾忌吗？”

我满脸无奈地看向他，感觉一句“年轻人”似乎把我和他都宣判成了老人家。

和风胡子的看法不同，我认为这起码不是什么坏事。就事论事，刚刚获得博士学位的 F 算得上高知了，家境优越，人也不乏进取心，此外就是思维活跃，很多想法比较前卫。而且，据我所知，他对乐高、动漫之类的东西素来很感兴趣，和袁鹿也算志趣相投了。如果袁鹿要找男朋友，我倒觉得 F 是个挺不错的人选。

还记得第一次与他见面的情形。当时，风胡子的茶社刚开业不久，我登门造访。风胡子将我引入一间茶室，茶桌后一个戴着眼镜、头发略微卷曲的年轻人恭敬地站起身来，和我打招呼。

侍者沏好茶，我看着杯中茶叶特有的叶形，道了一句："西湖龙井。"

"不，是大佛龙井。"年轻人的声音响起。

我有些惊讶。

他继续说道："大佛龙井是产自绍兴新昌的龙井茶，因为和杭州西湖的空气湿度、土壤质量差别很大，所以两种龙井茶也有不少区别。就外观而言，西湖龙井的叶片更肥大一些，只是这一点并不明显，所以大多数人都注意不到。"

他朝我这里看过来，见到我笑意之中满是谦逊恭听的意味，才又放心往下说道："因为炒制手法不一样，所以西湖龙井的香气更盛一些。再就是味道，大佛龙井不如西湖龙井滋味鲜爽。"

我点了点头，又端起茶盏端详一阵，浅浅啜了一口。

风胡子介绍说，F 家祖上一直是做茶叶生意的，到了他父亲那一代，事业终于大有起色，成为江浙一带实力不俗的茶商。风胡子茶社的货源一多半来自他父亲那里。恰巧，F 正在这座城市读研，他父亲便拜托风胡子平时多照料一下。

这也算是以茶会友了。后来，在这家秋暝茶社，我们三人不时小聚，逐渐成为 F 口中的"秋暝三杰"。

我和袁鹿有大概一个月的时间没有见面，电话里听她说她报了个舞蹈班，又找了位老师教自己沙画，此外当然还要张罗店里的事。

"老天爷，求求了，让我回高三歇歇吧……"

我听着她在电话那头呼天抢地，忍不住笑起来："咱们这种做小买卖的，优点就在于作息自由、来去自便，你却偏偏还把自己安排得日理万机。"

"不过也有好处，待我舞业有成，以后萧川大王饮酒的时候，小的就能为您舞剑助兴了。哦，我忘了，您胃部有恙，还不能饮酒！"

一个电话不打紧，第二天她就自作主张帮我预约了医院的胃镜复查。经过两个月戒酒戒辣，我感觉自己已经恢复得七七八八，没什么必要再去检查一次，但终究还是被她不由分说地押解出门。

她走在我身后，装模作样地厉声喝道："走快些，老实点！你们这些人，总以为自己胃里住了个金刚狼，即便千疮百孔，一夜之间就能恢复如初。想得美！医院就专治你们这些不服的！"

我只是摇头叹气，不知何言以对。

检查过程和上次差不多，照旧是在注射麻药后便不省人事，只不过这次我不再神游太虚，想象着在数百年后醒来。

清醒后，袁鹿没有像上回那样一把鼻涕一把泪，这说明结果是好的，本病患恢复得不错。

她笑盈盈地递来一串用蓝色珠子编成的手链。

我疑惑道："干吗，景区兜售纪念品？"

她道："是啊，五十一串，扫码付款！"说罢，笑着推了我一把。

"这是海蓝宝，又叫福神石，象征着幸福和长寿。而且，据说它最神奇的地方，在于能够为写作者创造灵感。有了它，你以后写武侠小说时必定文思泉涌。用不了几年，你就是陈庸、陈羽生、陈龙。"

"哪来的？"我把手链举到阳光下，湛蓝的色彩瞬间如海水般倾泻而下。

“托一个朋友买的。但我嫌原来的绳结不好看，刚才等你做检查的时候，我把它们拆下来，用自己买的绳子重新编好了。”

“就用这么短的时间？”我看到每两颗福神石之间都有精巧的绳结隔开，这样可以避免它们相互碰撞发出声响。

那天下午，我们沿着蜿蜒的秦霖河散步。虽然认识很久了，但那好像是我们第一次专程散步。袁鹿像跟着老师春游的孩子，兴致浓烈又不失乖巧。

秦霖河在古城中穿街过巷，柔肠百转，静若处子。周遭有氤氲草色、青砖红瓦、车水马龙、寻常人家。袁鹿灵动的身姿于万千光影中熠熠生辉，仿佛溯洄在一条只属于未来的河流里。

我微笑着看她向前走去的背影，心道，还能再做些什么呢，也只能这样了吧。

凯瑟琳广场是我以前经常去看电影的地方。它离我的住处很近，那里商场不怎么景气，顾客不多，反倒显得清静。里面的星爵影院被装修成英伦风格，古典气息浓厚，观影厅的皮质座椅松软厚实，异常舒适。硕儿出生以后，我很少再去电影院，电影大多是等下映后在家里用视频软件看。

有天晚上，硕儿因为白天玩得太累，早早睡去了。张阿姨看我连续几天都闷在家里，于是让我出门散散步，或者找朋友吃个消夜什么的。

我出门后，一时之间不知去哪里，想了想，便买了张电影票，朝凯瑟琳广场走去。

我看电影习惯坐最后一排，这样在观影的同时还能纵览全场，有一种稳坐钓鱼台的威严气势。刚坐下，我就听到一旁有人轻声喊道：“嘿，陈萧川。”

我扭头一看，居然是燕。

她继续小声问：“你一个人来看电影吗？”

“是啊，你也一个人？”

她点点头，招手示意我坐过去。

观影厅里只坐了大约三分之一的人，大都集中在中间区域，前三排和后三排几乎是空着的，最后一排更是只有我和燕两个人。所以，我坐过去完全没有问题。

我们简单寒暄了几句，电影便开始了。两人于是都聚精会神地盯着屏幕。

那场放映的是《波西米亚狂想曲》，是关于已故皇后乐队主唱佛莱迪·摩克瑞的一部传记电影，片名取自该乐队的一首同名歌曲。这不是我感兴趣的题材，但影片确实非常精彩，一首首律动感极强的乐曲感染甚至强烈震撼着在座的每一个人。某专业影评网站给出 8.6 的评分，看来是有依据的。中途，我看了一眼身边的燕，她神情专注且富有神圣感，我想有好几个瞬间，自己的表情必定也和她一样。

走出电影院，我仍然沉浸在剧情里，一直没有开口说话。燕也自顾自地走在我身边，低头不语。我以为她和我一样，还在回味方才的观影感受。

突然，她转头看向我，笑着问道：“所以，后来你和那位非常漂亮的小姐姐到底怎么样了？”

我吃惊地看着她。

她捂着嘴巴笑起来，纤瘦的身体在放肆的笑声中前仰后合。

半晌，我也笑了，说道：“我以为你已经忘了，没想到还记得啊。”

燕说道："是的，我没忘。林伊带你去蒲公英那晚，我就认出你了。你就是当年跟我相亲，中途又跑掉的那个人。"

我不好意思地点点头。她此时提及当初，着实令我尴尬不已。

那是我和凌烁闹得最僵的时候。她和袁升平当断不断，我也刻意去参加各种相亲，既是要找一棵救命稻草，好让自己彻底离开她，更想以这种方式来报复她的朝秦暮楚。

在最后一次相亲时，我遇到了一个和我一样居心不诚的女孩子，就是现在的燕。

她那时候大概刚大学毕业，尽管刻意装扮得很成熟，但那种多年积攒下来的学生气是遮掩不住的。这并不是说她哪里表现得局促，恰恰相反，她几乎是我见过的同等年龄段中最从容不迫、谈笑自如的女孩子。她很爱笑，目光毫不回避，就像那种尽管生存在野外，却丝毫不畏惧人类的小动物。

我俩聊的话题颇为随意，远远超出相亲的范畴。彼此都能感觉到对方不是真心来相亲的，因此交谈越发没了顾虑。

就在我们聊得酣畅淋漓时，凌烁出现了。

她站在我们旁边，攥着拳头质问我："陈萧川，你什么意思？"

我看到她的身体在颤抖，知道她气得不轻。奇怪的是，那一刻我竟没有复仇的快感。

凌烁又看看燕，原本还想对她发作，不料燕却满脸激动地望着她，赞叹道："哇！好漂亮！"

我对凌烁冷笑道："你似乎并没有权利来干涉我的私生活吧？"

"你他妈的怎么能说出这种话？"她声音极大，整间餐厅顿时安静下来，我们这里瞬间成为舞台的中央。

我能感觉到自己的脸一下子变得通红，仿佛迅风之下蔓延的火网。这种大庭广众之下的情绪失控已经不是第一次，不过之前是我，现在换成了凌烁。

我很庆幸，我还未对此习以为常，这说明虽然我们看起来像极了那种市井中全然不顾体面的痴男怨女，但我内心仍保存有强烈的羞耻感。此刻，那份羞耻感正在我胸腔里无助地哀号。

我已不屑于将自己的目光转向她，或者说，那一刻我畏惧那样做。我知道，她的眼神早已像打磨锋利的箭矢，迫不及待要穿透我以及我身边的女孩子。

我只是压低声音说道："你吼完了吗？吼完了请你离开，你打扰到其他客人用餐了。"

我话音刚落，她迅速拿起我面前的水杯，奋力摔在地上。一声迸裂，同时传来其他桌女人的惊叫声。

我快速拿出钱包，抽出里面所有的现金扔在桌上。这一系列动作大概只花了几秒钟。随后，我抓住凌烁的手腕，头也不回地夺门而出……

思绪又回到眼前。我笑道："我以为你会更关心我和林伊现在怎么样了，没想到你还念着当年那件事。"

燕道："你和林伊嘛……以我旁观者的角度来看，你俩还是挺登对的。但是我不知道后来你们为什么没在一起，不会还是因为当时那个小姐姐吧？"

"当然不是，"我脱口而出，随后又不禁怀疑起自己的答案，只好有气无力地补充了一句，"我和那个小姐姐早就分开了。"

“你呢，今天怎么没和明树一起来？”我问道。

“我和明树吵架了，我最近都住在朋友家。今晚朋友去和男友约会，我就一个人来看电影了。”她说话时还是笑嘻嘻的，语气中居然听不出一丝失落。

她告诉我，她和明树已经谈了四年恋爱。明树比她大六岁，再加上相处得比较久，对她非常了解，所以方方面面都把她照顾得很好。但是，每当明树提出结婚，她都很犹豫。

我问她犹豫什么，她说那是秘密，接着又花枝乱颤地笑了一会儿。

我们一起走过两条街，在路边拦了辆出租车。我只是送她上车，并没有跟着上去。大概她也觉得这样比较妥当。

看着远去的车尾灯，我又想到她方才所说的“秘密”。爱情里的抉择有千千万万种，只是不知哪一种是对的。

第二十章　身怀利器

我不知道在爱情中遇到对的人会是怎样的体验，可我知道，两个错的人走到一起是什么样的感受。起初可能只是情感上的挫败感，慢慢就会产生严重的连锁反应，悲观的情绪渐次波及生活的每一个方面，绝无遗漏地覆盖到所有细节。那种感觉像极了溺水，你知道自己在下沉，在迅速走向毁灭，但你没有办法，极度的慌乱让你连思考的余地都没有。

深切感受到这一点之后，我终于下定决心离开凌烁。但就在这个时候，她怀孕了。

“这是我们俩的孩子。萧川，我绝对可以向你保证。我和袁升平已经很久……”

我皱了皱眉头，立刻阻止她说下去：“不用多解释，我相信你。你没必要拿这个骗我，而且这种事也骗不了人。”

可接下来要怎么办呢？把孩子生下来还是打掉？凌烁犹豫再三，还是选择了后者。确实，无论从思想准备，还是从客观情况讲，我们当时都不具备把孩子生下来的条件。至于说，凌烁当时事业进入快速上升期，已经开始在一档王牌综艺节目里担任中场主持人，还只是个中原因之一。

我很清楚这种手术对女人而言意味着什么。我也几乎是在她做出决定后的第一时间告诉她：“等你做完手术，再休养一阵子……”我停顿片刻，竭力将脑海中那些沉重的东西驱赶出去，“我们结婚吧……”

这个决定也许极不明智，但我必须这样做。

她愣住几秒，然后扑进我的怀里号啕大哭。

我抱着她，轻抚着她的背。此刻有至少一千种情绪、一万个念头在疯狂撞击我的心门，但我通通置之不理。当此关头，我愿意拿出生平所有的乐观，向前看。

我们各自找了个借口向台里请了假，搭乘最近的航班飞往三亚。我捧着临时从专柜购买的钻戒，在亚特兰蒂斯酒店向她求了婚——在亚特兰蒂斯酒店接受求婚，是她一直以来的梦想。

这中间还有个小插曲。她提前从网上购买了很多气球和其他装饰品，希望我在求婚之前把房间装点一下。可我却有意无意地在泳池里耽搁了很长时间。等回到房间，她已独自把一切布置妥当。她显然有些失落，不过随即又打起精神，满怀期待地等待着我当晚的求婚。

在三亚停留的第四天，我父母闻讯从挪威赶来。我带凌烁见了我的双亲，融洽的气氛表明他们对彼此十分满意。

在三亚的一周里，凌烁每天泡在酒店的西餐厅，在轻音乐的环绕声中，边喝下午茶边看时装杂志。外面的自然风光对她似乎没什么吸引力，可那正是我渴望去探寻的。她是来度假的，我则像一个观光客。

回到台里不久，一些围绕领导层的传言开始不胫而走，并逐渐演化成一场舆论风暴。

暴风眼位于节目采购部，据说是采购环节被爆出存在大量权钱交易。不过消息是否属实还未得到确认，具体的消息来源也不得而知。

众所周知，节目采购部的负责人和几位骨干都是袁台长一手提拔的。李副台长此时正在利用这一点向袁台长发难。

“不知道台长有没有牵扯进去。”

“肯定有呀，这种事他怎么可能不知情？还有，不是早就有人说，节目采购部就是我们台长的私人提款机吗？”

“我还听说袁台长这些日子一直在总局和省里两头跑，事情已经被他打点得差不多了呢。”

“倒也是，毕竟他当台长这么多年，背后的能量肯定不可小觑。”

“可李副台长呢？他会轻易放过这个千载难逢的机会吗？我可听说李副台长的背景也是深不可测啊。”

“你呀，要相信一句话——姜还是老的辣。想要扳倒袁台长，李副台长恐怕还缺少一些实力。不说别的，现在台里的要害部门全被袁台长的亲信把控着。相比之下，李副台长太势单力孤了。”

那些天，类似这样的议论总是随处可闻。

我并不关心这些权力争斗，即便事关我的伯乐李副台长。专心致志地把节目做好，从来是我回报他的唯一手段。但凌烁的情绪却变得越来越不稳定，其中的缘由不言自明。我很希望她能尽快摈除那些事对她的影响，毕竟彼时她已经怀了我的孩子，也答应了我的求婚。

可她还是开了口：“萧川，我不知道怎么跟你解释。现在袁升平的处境很危急，我原本也想不闻不问，但我发现自己做不到，我不是那种无情无义的人。毕竟我和他在一起那么久……而且，哪怕是后来分开的时候，因为太匆忙，很多话一直都没有说清楚。”

我按捺着内心的震惊，问道：“所以你现在打算怎么办？”

“我想……是不是能去找他一下……我想他现在一定很需要有人陪着。我知道现在外界有很多关于他的传言，但传言毕竟只是传言。只要能帮他迈过这道坎儿，等他那边危机解除，我就能无牵无挂地回到你身边。”

此时此刻，我真正开始恨这个女人。

“请问，你以什么样的身份陪着他呢？”

她明显怔了一下。

“你没觉得这样不道德吗？”终于还是说出了这句话。我真觉得自己罪该万死。

“我没觉得有什么不道德的。”她的面容瞬间冷了下来。

“破坏别人的家庭也不算吗？据我所知，他们夫妻感情其实很好，他们还有一个正在上学的女儿。”

“他的家人不知道我的存在，所以不能算破坏他的家庭。”她又变回了那个底气十足、对答如流的凌烁。

“如果有一天知道了呢？这对她们而言难道不是一种莫大的伤害吗？”

“不会有那一天。这一点也不劳你费心。”

后来的事情我再也没有过问。她大概为那次冲突感到懊悔，在接下来的一周里，陆续发来了几条道歉的短信。我看罢便不予回复。她又打来很多电话，我也一概置之不理，只是在约定手术的前一天，通过短信提醒了她相关的注意事项。

手术那天，凌烁没有出现。

我手机上收到她的短信：萧川，我突然意识到孩子已经成为我们之间最后的一丝联系。虽然之前做了决定，但我还是很舍不得。

回到台里，我得知她已经向人事部门请了长假。她的手机也进入持续的关机状态。

我唯一能做的，就是等待凌烁的再次出现。当然，还有我的孩子。

我被李副台长叫到办公室时，他透过眼镜片射出的目光格外意味深长。

我再一次打量着眼前这个中年男人，他刚刚四十出头，中等身材，体形微胖，短发，肤色白皙，每天穿着洁净的衬衫和质感十足的高档西装，有着永不枯竭的精力和亲切随和的气场。

还有一点，他是我同一学校同一院系的学长。当初面试时，他作为主考官，从一众高校毕业生里，选择了学历和专业均不占优势的我。

“萧川，你是我从科教频道带过来的。毫不避讳地说，你是我的嫡系。这两年，你的出色表现有目共睹，着实没有让我失望。”

“全要仰仗您的支持与厚爱。”这句话是我的肺腑之言。

他欣慰地笑道：“你说到了‘支持’。什么是‘支持’？我一直说‘工作上的支持才是最大的支持’。萧川学弟，现在，我的工作也需要你的支持啊。”

他扶了扶眼镜，继续开口，声音比方才更加饱满有力：“我动用了总局的关系，在节目采购部争取到一个副主任的位置，思来想去，只有你最合适。虽然你一直在做编导，但我知道你在学校当过研究生会副主席，组织协调能力也广受认可，转来做行政肯定是没有问题的。”

他转动了两下手中的万宝龙钢笔。

我的表情没有任何变化。以我对他的了解，他的话显然还没说完。

“现在外面围绕节目采购部有很多传闻，其中甚至涉及袁台长和我。萧川，我可以明确告诉你，那些传闻大部分都是真的。所以，你也应该了解我大费周章安排你过去的用意吧。你比一般人都聪明，哦，当然，我指的不只是做节目。”

他抽出一支细支香烟，向我抛来。我伸出一只手，从身前接住。

“你去节目采购部后，肯定会遇到一些阻碍。但是不要紧，那些人已经成了惊弓之鸟，你如果要做什么，他们是不敢硬拦你的，这一点你大可放心。你先调过去任副职，我会想办法尽快让你主持部门工作。”

最后，他挺直上身，用极为真诚的眼神看向我：“以往，是你需要我。而现在，我真的很需要你的支持。”

在电视台，做节目和搞行政其实是两个领域，书不同文，车不同轨。我入职以来，从没想过要这样跨领域调动。按照李副台长的说法，袁升平和他的节目采购部问题不小，前期虽然被袁升平强行按住，但已然成为一颗定时炸弹。

我想起一句话，叫“身怀利器，杀心自起”。如今，我就是李副台长手中的“利器”吧。这样想着，眼前又浮现出袁升平和凌烁的面容。我嘴角不禁扬起一丝笑意。

尾声　我买了一个故事

“喂，喂！里面的哥们儿，你是不是睡着了？睡觉也要出来睡呀，你想把人憋死是不是？”

伴随着身后传来的砸门声和叫喊声，我猛然睁开双眼，发现自己正单手扶墙，站在狭窄的洗手间里。面前的墙壁布满色彩斑斓的涂鸦，我手扶之处贴着一张斯嘉丽·约翰逊的海报，阵阵歌声从门外飘忽而至。

我转身打开门，刚才砸门的人已不见了踪影。我看了看手表，刚好凌晨两点钟。酒吧里仍有不少青年男女。舞台上的男歌手扎着马尾辫，高高瘦瘦，套着件黑色卫衣，正演唱着张学友的那首《她来听我的演唱会》。大概是歌曲本身的感染力太强，几乎所有人都停止聊天，注视着舞台方向。

我昏昏沉沉走向吧台，在一张搭着我外套的椅子上坐下。

“半打B52轰炸机，谢谢。”

“先生，您已经喝了两打了，确定还要加吗？”调酒师微笑着问道，语气中带着关切。

“没事，你帮我调吧。”我记得他，第二打喝到一半时，我开始和他聊天，至于聊了些什么，一时竟想不起来。

调酒师往六个子弹杯中依次加入咖啡利口酒、百利甜和伏特加，然后用喷火枪将杯口点燃。从杯底往上，依次是咖啡色、奶油色和无色透明。至于那团火焰，似乎包罗甚繁，仿佛一道炫目的彩虹，细看之下却又冰冷无物。我双手托住下巴，屏气凝神地欣赏着调酒过程，像在观看一场小型的焰火表演。我整晚都在点这种酒，很难说不是为了一遍遍地欣赏这种表演。

我把吸管插入杯底，将杯中酒尽数吸入口中。利口酒的甜腻将伏特加的凛冽层层包裹，制造出一种不易醉人的假象。我回味片刻，又连饮两杯。

“其实我最早不是开店的，我是一个编导。”我拖着钝钝的声调继续与调酒师攀谈。

“你别跟我讲这些了。”对方语气固执地说道。

看着我诧异的表情，他叹了口气：“这些你刚才都跟我讲过了。”

我尴尬不已：“嘿嘿，是吗？我还跟你讲了什么？”

“你讲到你和前女友有了孩子。我现在想听你为什么辞职。”

没想到居然和他说了这么多，还真是令人头疼。可既然该说的不该说的都已经和盘托出，我便抱着以后再也不来这家酒吧的想法，继续把故事说完：“我们副台长找我谈完话，第二周我就辞职了。其实，在我得知女朋友要把孩子生下来的时候，就已经做好了辞职的打算。我们不可能在一起了，我不能把孩子扔给她一个人——她的主持人生涯刚刚起步，带着一个孩子只会让她寸步难行。离开电视台、专心照顾孩子，成为我唯一的选择。我原本是想等孩子出生后再走的，可副台长的计划让我不得不提前辞职。”

“你为什么没和副台长联手‘制裁’你们台长？”

我苦笑道：“如果是单纯的权力之争，或许我还会参与。但其中还牵涉到我们三个人的感情纠葛。有了这层关系，我就无论如何也不能插手了。我不想让自己在争风吃醋的戏码中丑态百出。”

“你就从来没想过要报复台长吗？”听了我的话，他似乎心有不甘。

“哈哈，当然想过……但那样同时也让我觉得自己很卑鄙。每想一次，我的羞耻感就增加一分。”

我抿抿嘴，继续说：“我失去的太多了，不想最后连做人的尊严也丢掉。”

舞台上的歌手重新唱起了一首歌。

调酒师把一杯牛奶推到我面前：“这是送你的。剩下的酒就别喝了吧。”

我点点头，道了声谢，随即又朝舞台指了指：“你知道这首歌叫什么吗？”

“哦，是李宗盛的《给自己的歌》，还挺有名的。”

走出酒吧，街上一派阒然。路灯把我的影子不断拉长，直到与灯影和树影并驾齐驱。今天是我三十二岁生日。

我想起电影《玻璃樽》里的渔家姑娘阿不。她因为一个漂流瓶而远赴香港。在那里，她遇见了许多人，听完了一场情话。在返程的航班上，邻座的女人说：“我买了很多东西，你买了什么东西没有啊？”她黯然答道：“我买了一个故事。”

只有，一个故事。

我漫无目的地往前走，哼唱起刚刚听到的歌词：“想得却不可得，你奈人生何。该舍的舍不得，只顾着跟往事瞎扯。等你发现时间是贼了，它早已偷光你的选择。爱恋不过是一场高烧，思念是紧跟着的好不了的咳。”

就这样且唱且行，我竟不知不觉来到林伊家楼下。

怎么会走到这里的？

不过，自己一整个晚上都在蒲公英酒吧喝酒，难道不是希望能在那里遇到她吗？我不再犹豫，迈步走上楼梯。

敲了几下门后，我开始担心见面后说什么。这时候我的酒已经醒了大半，听门里一直没有声响，我想或许太晚，林伊已经睡熟了，甚至她已经不住在这里了——毕竟我们好久都没再联系。

当我正准备离开时，门里突然响起脚步声，柔缓而清晰，一步步慢慢朝我走近，最后戛然而止。想必她正在透过猫眼向外看。我赶忙跺了下脚，灭掉的感应灯重新亮了起来。

“萧川，你怎么这么晚跑过来了？”声音从门里传出。

我觉得林伊的声音变得有些陌生，这也让我更加慌张。我攥了攥拳头，猛吸一口气，说道：“林伊……我突然有些话想跟你说。”

然后，门开了。面前的女孩子一头短发，大大的圆框金丝眼镜架在小巧的鼻子上，睡衣之上披着一件外套。

我愣了好半天，才想起开口说话：“燕，怎么是你？”

她笑着挠了挠头发，眼睛眯成一条线：“林伊去澳大利亚交流学习了，我来给她看房子。”

我讪讪地说道：“我还不知道她出国了，抱歉这么晚打扰你休息了。”

见我满是失落，燕笑道：“不过她总共只去九个月，再过几个月就回来了……对了，她临走前给你留了一封信，嘱托我方便时带给你。你等一下，我去拿。”说着，她转身跑回卧室。

我站在原地，像站在混沌世界的起点。我不曾这般沉醉，也从未如此清醒。生命破土而出的声音从四面八方汇聚而来，而我，正是它们奔赴的圆心。

原本还没想好见面后要说什么，这么看来，我还有几个月的时间来打磨要说的话。这个期限不知道是太短还是太长。

当然，在此之前，我可以看到林伊的信。

附　录

原 生

施洁对恐怖片的热衷源于高考之前那半年的经历。十几年后的今天，累计看过三百多部恐怖片的她已很难找到满意的恐怖片。她时常会在脑海中回味温子仁执导的《招魂》《招魂 2》以及马凯花七万块钱拍出的那部《中邪》当中的经典情节，感慨如今真的是佳片难觅。

她每天下班回到家，关上门窗，设置好客厅空调的温度，然后换上轻柔的睡衣，整个人陷进沙发里，像将一艘小船放入大海中一样，一边听电视一边看杂志书籍，最后开始刷手机。微博会根据大数据，每天给她推送一些恐怖片的剪辑片段和宠物搞笑视频，这是她发掘锁定新电影的重要途径。她也喜欢看香港的喜剧片、内地和国外的剧情片，但恐怖片始终是她的心头至爱。不止一个朋友满脸惊诧地问过她：“你一个女孩子，怎么会喜欢看恐怖片的，不害怕吗？”她淡然一笑：“高三时，有阵子每晚都会看一部恐怖片，看得多了，就把胆子练出来了，觉得还挺刺激、挺好看的。”对方仍是摇摇头，一副难以置信的样子，可也不再深究。

施洁出生在皖南的一座小山城，在那里度过了她大学以前的所有时光。那是一座一年四季点缀着绿意的小城，春天是淅淅沥沥的泥泞的绿，夏天是奔放的灼痛皮肤的绿，秋天是夹杂着好看枫叶和醉人桂花香的绿，冬天是喝着热气腾腾的米酒、缩手缩脚的绿。回忆自己的高三，她总会首先想到当时家里那台水仙牌洗衣机，随即头皮一阵发麻。那是台老式的双桶洗衣机，四四方方，有着浅绿色的金属外壳。本来，施洁一家三口和爷爷奶奶住在一起，三口人的衣服由母亲洗，自从父母感情不和，母亲搬出去住以后，洗衣服的重任就落到了施洁身上。她用洗衣机洗自己和父亲的衣服，爷爷奶奶的衣服一般由奶奶手洗，但冬天的厚衣物奶奶洗不动，也需要她来洗。

高三那年的寒冬，那台洗衣机像只食量滔天的小兽，吞食掉施洁大把大把的时间，每次洗衣服都如同一段艰辛漫长的征程，将军白发征夫泪。那种洗衣机分洗涤桶和甩干桶，进水、排水全靠手动完成。施洁先要把衣服放进洗涤桶，打开水龙头，看着水涨到合适位置，关水，放洗衣粉，然后拧动洗涤定时器，波轮便开始带着衣物进行正反向旋转，像摆钟的摆锤一样在两极之间宿命般地循环往复。一般设定十五分钟，时间一到，就需要把衣服捞出来，塞进窄瘦的甩干桶。此时的衣服吸饱了水，变得又厚又沉，需要用力按压，让水顺着甩干桶底部流出去，这样才能多塞几件，而且塞的时候要确保衣物相对平整，整桶衣物的重量须是大致均匀的，否则甩干桶重心不稳，甩的时候会醉汉似的不断撞向洗衣机内壁，发出巨大的击鼓般的声响，水也甩不出去。衣服塞好后，用一个带孔洞的圆形板压在上面，盖上盖子，拧动开关，开始脱水。与此同时，放掉洗涤桶里的水，再接上一桶清水。由于刚才的衣服只是洗，并没有摆（清掉泡沫），所以等甩干后，还要再放进洗涤桶摆一下。然后就是所有上述流程的重复。如果想摆两次，那就重复两遍。如果衣服比较多，一次洗不完，那就是以上所有工序再乘以二、乘以三。施洁在逼仄的卫生间里常常一站就是一个多小时，卫生间的地漏口很窄，排水时水积得满地都是。为了不弄湿鞋袜，她只能穿着凉拖，冬天的自来水冰冷刺骨，她的纤手细脚浸在水里，像被山风吹得粉红的火棘果。

实际上，当时有些家庭已经开始使用全自动洗衣机，但父亲和施洁都没关注过，全然不知这一新鲜事物的悄然普及。直到后来她上了大学，家里换了新房，父亲的一位朋友送了一台全自动洗衣机，父女俩才惊讶地发现新一代的洗衣机居然这么好用，是一种一扫阴霾豁然开朗的便捷，使人忍不住要“大惊小怪”。父亲开玩笑地说：“早知道这东西这么好用，砸锅卖铁也要买一台啊！”施洁听罢，又看向洗衣机，笑得有些出神。

母亲劝施洁搬去和她一起住。母亲租的房子在小城的另一端，施洁去过几次，每次都是住个两三天就找借口回家。她觉得母亲租的房子虽然大，但丝毫也没有家的感觉，像一座空旷的冰窖，连说话时的回声都带着丝丝冷意。哪怕开着空调制热，也还是觉得冷，渗到心缝儿里的冷。其实，不光是房子的原因，施洁自己也不想和母亲住在一起。从她上初中开始，母女俩的关系就变得非常紧张，两人相处时，吵架的时候比相安无事的时候多。母亲吵架总是要占据上风的，她也同样不甘示弱，因而每次都针尖对麦芒，落得个两败俱伤。小姨曾经劝过她：“丫头呦，干吗这么犟啊，母女俩有什么好吵的？”小姨说话时，目光刚好扫过靠墙的长排衣架，便指着那里说：“你看，你妈多疼你，给你买了这么多好看的衣服。你这样跟她吵，她心里别提有多伤心了，躺在床上哭得一天都没吃饭。”施洁抬起手背，一把抹去眼角的泪水，愤愤道：“难道就凭她疼我，给我买好多东西，就可以对我随意辱骂吗？我已经长大了，不是小孩子了，我也有自己的尊严，不是她任意发泄情绪的工具！”小姨见她越说越激动，便不再开口，表情中尽是无可奈何。施洁后来得知，她的同龄人中有好多女孩子一直到上大学，偶尔还会被母亲打骂。尽管绝非孤例，她还是接受不了这样的事。

相比之下，她宁愿和爷爷奶奶一起住。隔代人之间的交流虽不深入，但胜在简简单单、安然无虞，对于青春期的她而言，是最好不过的相处方式。至于父亲呢？他比较能控制自己的情绪，从不与她起冲突。

距离高考还有差不多半年的时候，父亲开始不怎么回家了。从最初的不回家吃午饭，到最后夜不归宿，隔几天才回来一次。至于他不回家的时候去了哪里，施洁没有问过。

她认为这是成年人的自由，自己无权干涉——询问也是一种变相的干涉。而且，既然母亲都不回来了，那父亲不回来似乎也名正言顺。换个角度看，家里又少了一个人，清清静静，也没什么不好。她可以堂而皇之地在家读《红楼梦》《文化苦旅》《读者》《青年文摘》，不用担心被以一种“不务正业”的眼光看待。

奶奶一年前摔伤了髋关节，本来恢复得还不错，不知什么原因，最近伤情突然又开始加重。父亲让施洁帮着奶奶做午饭。奶奶每天先提前把米饭焖好，把要炒的菜洗好切好，等施洁中午放学回来炒。施洁此前没有学过做饭，但她觉得烹饪不过是对火候和调料的把控，煎炒烹炸、鱼肉鲜蔬，不外如是。她按照自己的理解，每天尝试着烹炒各种不同的食材，味道居然还都不错。以至于多年后，每当她听到身边有人说不会做饭、只能煮得好方便面时，都难免产生极大的不解。不过，她的刀工依然笨拙，总是把食物切得大小薄厚不一——毕竟以前菜都是由奶奶切的。

有天中午，施洁做好一道笋瓜炒牛肉，那是她第一次做那道菜，从厨房里萦绕的香气就能判断出做得很成功。那天，爷爷奶奶一直坐在客厅的沙发上看电视，没有像往常一样把米饭盛好、碗筷摆好。施洁只好一个人去端碗筷、盛饭、端菜，在厨房和客厅间跑个不停。她的时间很紧张，吃完饭还要抓紧午休，下午还要上课。匆忙之下，在将锅里的笋瓜炒牛肉装盘时，炒锅脱手，菜像色彩斑斓的陨石一样纷纷抛落在地，徒留香气还在无谓地招摇。第二天，父亲笑着问施洁："听说你昨天把整盘笋瓜炒牛肉都弄洒了？"语气里并没有责怪，只是单纯地求证一下。她很想说些什么，但终究没有开口。她知道是奶奶把这件事告诉父亲的，老人并没有别的意思，只是心疼那一盘菜而已。爷爷奶奶很疼她，她一直都知道。

夏明慧和薛梓是施洁在学校里最好的朋友。夏明慧出落得纤瘦高挑，剑兰似的，施洁一米六九的身高，还总要抬着头和她说话。美中不足的是，夏明慧两颊长着一些雀斑，像剑兰开出的花朵上现出了点点萎黄，一直令她深为苦恼。薛梓是个微胖的女生，和夏明慧一样扎个马尾辫，她的性格温温吞吞的，只有和夏明慧、施洁在一起时，话才会多一些。三个女生性格各异，之所以成为好朋友，大概是因为她们的成绩都处在班级中下游，无论是考试排名，还是为数不多的班级活动，她们都是没什么存在感的"透明人"，像是舞台剧的背景板，存在着，却丝毫也不醒目。施洁没有异性朋友。在班里，男生和女生是不怎么说话的。也有少数男生和女生在一起说笑打闹，但施洁不会，偶尔和男生说话时，她的视线总是四处躲闪游移，好像犯了错正在接受讯问的孩子。她收到过其他班男生的情书，不止一封信，不止一个人。她从来置之不理。在他们那座人口不足二十万的小山城里，街面上的人似乎都通过层层叠叠的关系认识彼此，一家发生了什么事，家家都会有所耳闻，无秘密可言。在小城人的心目中，早恋不仅离经叛道，还很不光彩。一旦传扬出去，自己和父母都会颜面尽失。

施洁和夏明慧、薛梓每天放学一起走出校门，然后就要分道扬镳了。夏明慧家住在另一个方向，薛梓的母亲一年到头风雨无阻地接她放学。因此，从班级到校门口这段路她们会走得格外慢，借机多说说话。那个年代，高中生之间可交流的话题其实很匮乏，同学们整日埋头苦学，班里很少有什么新鲜事，所有课外读物都是被杜绝的，学生们没有手机，几乎不上网，甚至连电视也很少看——只有施洁是例外。因此，施洁甚至想不起高三那年她们都聊了些什么，只记得夏明慧和薛梓常常拌嘴，而不善言辞的薛梓往往落于下风。

有一次，两人不知又为什么事争执不下，薛梓一反常态地据理力争，几乎把夏明慧驳得哑口无言。习惯了胜利的夏明慧情急之下甩出一句："这么简单的道理你都不懂，我看你是考不上什么好大学了！"这句话瞬间刺破了薛梓的心理防线。在她看来，这不单单是对她的否定和羞辱，简直更像是一句祸患无穷的诅咒，说不好就会在冥冥之中影响她的运程，导致她在接下来的高考中发挥失常。大事临头的人最忌讳听到晦气话，很少有人不忌惮那种说不清道不明的力量，哪怕知道其也许不过是一种心理暗示。薛梓的脸色一下子变得很难看，像梅雨季痛苦扭动的云，她的胸脯剧烈起伏，瞪着夏明慧哆哆嗦嗦说不出话来。夏明慧见状，知道是自己把话说过头了，心中懊悔，一时间却不好放下面子道歉。关键时刻，还是施洁插进来，笑着对薛梓说："是呀，明慧的意思是，就冲你上次模拟考试的成绩，想考北大清华那些好大学肯定是没戏了，你也就凑合上上复旦人大吧。"夏明慧大喜过望，急忙附和道："是呀是呀，你也就上个复旦人大，搞不好只能去上中科大。"薛梓立刻转怒为喜，三人继续有说有笑地聊起来，仿佛刚刚的争执从未发生。虽然夏明慧和薛梓经常拌嘴，但施洁知道，三人中其实她俩关系更好，休息日的时候，她俩不止一次到对方家中做客，而施洁一次也没去过她们的家。

下午放学距离上晚自习的时间很短，施洁一般不再回家，就在学校附近把晚饭解决掉。校门口正对着小城里唯一的一条步行街，街口有一家“土掉渣酱香饼”，是两个外地来的年轻人开的，生意出奇地好，每天傍晚都有好多学生在店前排队，饼出锅那一刻的香气站在学校门口都能闻得到。施洁买过两次，味道的确很好，但她不喜欢长时间排队，那种摩肩接踵、翘首以盼的情景总让她联想到电视剧里等待开仓放粮的饥民。从街口往里走，大概走过十几家铺子，有一家“上海炸里脊”，老板是不是上海人不清楚，但他们家的蛋炒饭味道真的很好，味香而不油，分量不大，刚好能填饱肚子。店里打扫得非常洁净，不像其他小吃店那样到处油渍斑斑。店分上下两层，施洁喜欢坐在二楼，人少，清静。她经常点一根炸鸡柳棒，一份蛋炒饭，随饭附赠一小碗紫菜蛋花汤，吃下去很熨帖。有时为了省事，她会吃得极简单。一块五毛钱买一张鸡蛋灌饼，五毛钱买一包卫龙辣条。蛋饼卷着辣条吃，好辣，可是好香。这是她发明的独特吃法。

步行街两端分别坐落着第一小学和第一中学，是小城中最热闹的所在，尤其是放学的时候，行人如织，人声鼎沸。施洁经常望着汹涌的人潮，诧异这个世界上原来有这么多人。每当此时，她的内心都会涌上一股迷茫，仿佛漂浮在陌生的海域，眼前的每个人都是一座陌生的岛屿。无尽的风从不知多远的地方吹来，无尽的浪片刻不停地翻滚，无尽的深蓝仿佛要吞噬人的眼睛。

有一天晚自习结束，她在回家的路上又见到了一座岛屿。这座岛似曾相识，叫程旭。他是她的小学同学，现在在同一所高中，不同的班级。她读文科，他读理科。他家刚搬了家，住到了离施洁家很近的一个家属院。

那一晚，他们出于礼貌结伴而行，一段昏暗的小路，不知不觉就走完了。从那以后，他们经常会在放学途中相遇，结伴走完余下的路途。他似乎有讲笑话的天赋，平淡无奇的事情从他口中说出来就变得妙趣横生。在你来我往的插科打诨中，施洁发现自己竟然也是个讲笑话的高手，也能将寻常话语说得很有趣。他们从来不谈论学习，对于高三生而言，聊学习实在太沉重了。

渐渐地，施洁开始期盼每晚的见面，经常还没下晚自习，就开始构思今晚见面时要讲什么笑话，有哪些事可以作为谈资，用什么方式说出来才会显得更有趣。她在脑海中一遍遍彩排，每次都先把自己逗笑。因为他们从没有约定过要一起回家，放学出校门的早晚、骑行的快慢，任何一点差池都可能导致他们错过。她一路上总是左顾右盼，期待他的身影惊现眼前，很多时候一直走到他们家属院门口，都没有遇到他。还有几次远远看到他的背影时，他已经骑着车进了家属院，像是不由分说飞驰而去的时光。更多时候，她不确定他在自己前面还是后面，自己应该骑快些去追赶他，还是慢下来等一等。还有一次，她见到他和另一个女生并肩而行，不知在聊些什么，心中不由一阵失落。

好在很多时候他们还是会遇到的。他先到家，互道一声再见。她悄悄看一眼他的背影，从兜里掏出MP3，戴上耳机，继续往前骑。耳畔开始响起许美静温柔的歌声："不断摸索我的心事，是不是你的手？衣服穿得那么厚，是不是因为你不够温柔？也许爱情全都是我无中生有。窗外忽然贴满星星，是不是你眼眸？话语快要开着花，是不是因为还没说出口？也许爱情只是一场海市蜃楼。"

施洁是个电视迷，从小就特别爱看电视。上高中后，她不能再像以前那样随心所欲地看电视，但仍会在父亲看电视时去找他聊天，边聊边跟着看一会儿。父亲不在家时，她也会偷偷溜进父母卧室，打开电视“小看”一会儿。当时流行在家里装卫星电视接收器，外形像一口浅浅的银灰色的锅，俗称“卫星锅”。有线电视费一年要三百多块钱，一口卫星锅的价格只要两百多，后续收看电视都是免费的。而且，卫星锅接收到的频道更多，有大几十个，其中就包括凤凰卫视中文台、凤凰卫视资讯台和星空卫视，甚至还有不少外文频道，唯一的不足是地方台中只能接收到各省的卫视台。

父亲不懂外语，施洁的英语水平远没有达到能直接观看外语节目的程度，所以他们都不看那些外文台。父女俩都最爱看凤凰卫视。父亲喜欢看新闻时政类节目，像《时事直通车》《一虎一席谈》《震海听风录》《锵锵三人行》。施洁喜欢看文化类和访谈类节目，如《凤凰大视野》《文化大观园》《小莉看世界》《问答神州》。父亲最喜欢的主持人是主持《美女私房菜》的沈星，他希望施洁长大后也成为沈星那样温柔甜美、受人欢迎的都市女性。但施洁更崇拜吴小莉，喜欢她身上的成熟、独立、知性、典雅，就像她主持的那档高端访谈节目《问答神州》，处处流露着大气和睿智。她梦想自己将来在一座大都市里做白领，从事着足以与自身才华相匹配的职业，成为和吴小莉一样受人尊敬的职场女性。而现在，她和吴小莉一样留着一头短发，在一众马尾辫中显得卓尔不群。

父亲夜不归宿后，施洁失去监管，开始肆无忌惮地看电视。那段时间，有个卫视台正在首播一部战争题材的电视剧《我的团长我的团》，令施洁极度痴迷。该剧在每晚的黄金档播出，正是施洁上晚自习的时间，不过到了十点多电视台会再把当晚刚播出的两集重播一次。施洁放学回到家，恰好可以赶上重播。看完两集电视剧的施洁如沐春风，如饮仙露。时间已过十二点，不可能再学习了，却又毫无睡意，她索性看下去。那个时段，各个频道基本没什么可看的节目，只有星空卫视在放电影，只不过是清一色的恐怖片。施洁本不想看，却又不愿就此与电视机道晚安，只好壮着胆子看下去，遇到恐怖的镜头就赶紧闭眼。渐渐地，她发现恐怖片大都有一定的套路，恐怖场景的出现均有先兆，只要提前做好心理准备，就不太容易被吓到，就像在暴雨落下的瞬间撑开了雨伞，在降温之前加厚了衣物，幸免于难之余还会收获一种运筹帷幄的满足感。半个月下来，施洁不但完全适应了恐怖片的节奏，还逐渐体会到恐怖片的魅力所在——新鲜、刺激、剧情紧张、充满悬念、想象丰富。她的心态也从草木皆兵般的防御，变为主动享受观影的乐趣。关紧门窗，熄灭灯，躺在父母的床上，把电视音量调大，开启一场惊心动魄的视觉盛宴。

可恨的是，星空卫视的广告多得实在令人发指，一个半小时的电影，中间不停插播广告，放完几乎要三个小时。电影看完，已是凌晨三点多。困意早已远去，再加上肾上腺素大量分泌，施洁更加不想睡觉了。那个时候，还有一个台在播佟大为、马伊琍、王珞丹主演的电视剧《奋斗》。剧中主人公陆涛的奋斗历程以及他与夏琳、米莱之间的情感纠葛，用现在的眼光来看，多少有些三观不正，可在当年，它是一部不折不扣的现象级作品，充分展示了“80 后”叛逆迷茫、敢爱敢恨、大胆张扬的性格底色，非常博人眼球。首播时施洁就看过，却并不影响她温故而知新。她看着剧中人丰富多彩的社会经历，开始憧憬自己步入社会后的景象。她想和他们一样，又不想和他们一样，巨大的不确定性为想象插上了翅膀，未知是未来人生最大的魅力所在。《奋斗》播到凌晨四点多。然后，就彻底没节目可看了。

仍然无心睡眠的施洁，开始昏昏沉沉地看着电视上的购物广告，八星八箭的珠宝，性能强大的不粘锅，导购员们慷慨激昂的语调在她看来更像是一声声带着魔力的摇篮曲……凌晨五点多，她昏然睡去。六点半，闹钟响起，起床洗脸刷牙，冲一杯奶粉，吃几片牛奶夹心高钙饼干，出门上学。

一连两三个月，施洁每晚只睡一个多小时，算上午睡，每天睡眠时间不超过三个小时。可她白天精神依然很好，既不疲劳，也不困倦。看到好多同学上课打瞌睡，下课趴在桌子上补觉，她很纳闷自己为什么不困。

离高考还有不到两个月，父亲重新回到了家里。施洁不用做午饭了，衣服也很少洗，电视当然也看不了了。她开始拼命做高考模拟卷，集中精力补弱势学科。每天晚自习回到家，先简单吃些东西，然后泡上一杯浓茶，用两个多小时一口气做完一张模拟卷。第二天白天，她会在自己觉得没必要听的课上把前一晚做的试卷拿出来分析一遍。班里也会组织各种各样的模拟，她每次考完都花大量的时间分析试卷，把不会的题目研究透，确保下次遇到同类型的题目时不再失分。她的成绩在一点点提升，像春水沿着河堤一层层地向上攀缘，尽管并不明显。

高考那两天，施洁每场考完回来，都看到父亲站在家属院门口等她。第一天考完后，父亲在饭桌上忍不住询问她考得怎么样。她气不打一处来：“这个时候别问好不好，影响心情!”父亲便闭口不提了。

成绩出来了，离一本分数线差了一分。施洁并不感到意外，她很清楚，尽管这个分数与梦想差了太多，却也对得起她了。在姥姥家吃饭时，母亲问施洁打算报什么大学，施洁说还在选。

“省师大怎么样？”

“不行，师大是一本，我没达到一本线，只能在二本里选。”

“要不先报着试试呢？万一选上了呢？”

施洁听着母亲的外行话，觉得好气又好笑：“妈，你什么都不懂，二本的分根本就不让报一本。”

“你不试怎么知道不行？”

“这不是试不试的问题好吧！”

一直隐忍不发的母亲此刻终于按捺不住：“你这是什么态度，小孩子就这样跟大人说话吗？”

“你能不能不要管我的事？”

母亲咬紧牙关，强行压下一股怒气，对姥姥姥爷说：“爸妈，你俩先回房间一下，我跟施洁说点事情。”

客厅里只剩下母亲和施洁。“你和那个叫程旭的男孩子是怎么回事？”她的声音像绷紧的琴弦，声波在周遭筑起一道道高大威严的屏障，企图将对方囚在其中。

施洁猛地一惊，佯装镇静地看向母亲：“什么怎么回事？”

“你是不是跟他说，想让他做你男朋友？”见施洁不说话，母亲继续说：“现在那个男孩子的妈妈在外面到处说，你是多么多么喜欢她儿子，每天放学都一路尾随着他回家。还说你在临近高考的时候，堵在他家门口向他表白了。你小姨有一个同学跟他妈妈是好朋友，前两天在街上遇见，还专门问我你俩的事。你不知道她当时那个眉飞色舞的样子，我真是脸都被你丢尽了！”

施洁把头深深埋了下去，片刻后，用弱不可闻的声音说：“你别听别人瞎说，我怎么会向他表白？我和他就是小学同学，之前放学路上遇到过几次。除此之外，什么关系也没有。”

见她态度转柔，母亲的语气也缓和下来：“就是，我也觉得不可能。我当时就冲你小姨的同学说‘他们俩就是同学，可能平时关系好一些，小孩子之间的事，大人们瞎编排什么’。你小姨昨晚还打电话来怪我，说我对她同学说话太不客气了。”她把手放在施洁的肩头，继续说道：“你舅舅是大学毕业生，填志愿的事可以让他给你出出主意。多试一试，不要一上来就放弃。”

施洁点点头，眼中的光迅速黯淡下去。

施洁后来去了西北的一所大学，离家很远，要坐三天两夜的火车，漫长的路途除了疲惫，还让她产生一种流放夜郎的快感。她很少回家，节假日大多留在学校里看书。身边的同学每天睡懒觉、熬夜刷剧、打游戏、谈恋爱、做兼职赚钱。她忙着参加各种考试、演讲比赛、辩论赛，组织学生会活动，生活紧张而充实。大三下学期一开学，她就主动辞去了学生会副会长的职务，开始准备考研。经过努力，她的考研分数在全校考研的学生中排名第二，在全市排名第三。

考研成绩公布的那天，她想起在大学升学宴上，一个阿姨把她拉到一边，表情严肃地说：“我和你叔叔都是你爸多年来最好最好的朋友，我们也把你当自己的女儿看待。所以，阿姨说的话比较直，希望你不要介意。你中考那么拔尖的成绩，高考却考成这个样子，你不是对不起你爸妈，是对不起你自己。你为什么成绩下滑得这么厉害，依阿姨看来，没有其他原因，还是身边的追求者太多，分了你的神！”她研究生考上的学校是中山大学，在中国地图的另一端，一个同样离家很远的地方。

读研期间，她不再一心只读圣贤书，开始四处旅行。她考取的是公费研究生，免交学费，从大学时候开始，母亲给她的生活费就是周围同学的两倍，再加上父亲给的那一份，她有足够的钱各处游历。她先是走遍了两广的主要城市，然后去往其他省市，最远到了西藏和大兴安岭。住青年旅社，吃街巷小吃，与陌生人交流，听天南海北的故事。她还谈了恋爱，对方是个干干净净的男孩子，与她同届，学临床医学，说喜欢她。她不清楚自己喜不喜欢对方，却也没找到拒绝的理由，就答应了。父母在她研一的时候离了婚，比她预计的晚了很多年。有个湖南的室友告诉她，高中时父母闹离婚，室友跨坐在阳台的窗户上，冲父母吼道："你俩要敢离婚，我就跳下去！"施洁想起自己高三那年对父母说的话："你们要是真的不幸福，就离婚吧，不用考虑我。"曾经有很多年，她的态度都是如此，以为自己并不介意。

毕业后，施洁进入当地广播电视台工作，最初是做新闻记者，后来开始主持一档新闻类节目。她不是科班出身，却做得比许多同行都出色。这期间，她又经历了几段感情，全都无端而起，无疾而终。面对众多的追求者，她选择的首要标准是看对方适不适合结婚，可是真在一起后，她又总感觉自己并非真的喜欢，纵使面对理想的结婚对象，也无法将就着走下去。之所以陷入这种悖论，是因为她本能地认为婚姻和爱情无法兼容，就像晚秋和早春虽然同样冷冽萧索，中间却隔着一个冬天。她也遇到过令自己怦然心动的人，却不敢开口。最后，她慢慢对两情相悦的事失去兴趣，觉得还是一个人自在，无须费心磨合，无须委屈迁就，无须患得患失。她开始流连于单身人士的心理舒适区，乐不思蜀。她偶尔会想起程旭，大学时她加了他的微信，只是从没聊过天。他经常发朋友圈，都是公司组织团建出游的照片。照片里的他总是戴着鸭舌帽，背着一个黑色双肩包，比着剪刀手，冲着镜头咧嘴笑。

她经常和父母通话，互相关心彼此的身体健康和生活日常。母亲上了年纪后，性格变得柔和了许多，遇到事情总喜欢征求她的意见，请她做主。父亲变得越来越爱絮叨，一件小事也要反反复复地叮嘱。父母在电话里倒有一个共同点，就是催她赶快找男朋友。“虽然现在大城市的年轻人结婚都晚，但你总得先找个人处着不是吗？从恋爱到结婚最快也得一年吧。你明年就三十了，女孩子二打头和三打头完全是两个概念。”施洁觉得父母的话不无道理，可就是行动不起来。

上个月，她去上海出差，和薛梓见了一面。薛梓在上海读了大学，毕业后考入当地一家国企，前两年刚结婚，老公是做 IT 业的，常年在武汉出差。她和薛梓也有好几年没见了，再见面时，发现薛梓成熟了许多，依旧梳着马尾辫，墨绿色呢子大衣，牛仔裤搭配黑色短靴，简约而干练，托特包里随身带着一本书。施洁瞄了一眼，是美国哲学家罗伯特·M.波西格的那本《禅与摩托车维修艺术》。

俩人聊工作，聊情感，聊以前的同学，提起远在老家的父母时，薛梓突然郑重其事地表示：“我这些年一直在做同一件事，就是努力摆脱原生家庭对自己的影响。”这句话令施洁大受震撼，她静静地看了薛梓几秒钟，很希望她能继续说下去。但对方只是端起水杯轻轻呷了一口，随后将话题引向了别处。晚上，施洁躺在宾馆的床上辗转反侧，不停回味薛梓那句话。在她的印象中，薛梓的父母都是中学教师，为人质朴、亲和，夫妻恩爱，薛梓的母亲从她幼儿园开始，一直接送她到高中毕业。她想象不到，这样的模范家庭怎么会让薛梓如此强烈地渴望逃离。她又想起夏明慧之前和她说过，薛梓的父母曾经反对她的婚事，后来薛梓和丈夫旅行结婚，没办婚礼，也没通知一众同学。想必她身上也有一段故事，或许比自己的这段故事还要长。

薛梓的话一直在施洁心中盘旋不去，引导着她不断反思原生家庭对自己性格和命运的影响。她的记忆一次次回到高三，回到更久远的童年，去追溯那些迷雾中的草蛇灰线。她很想再和薛梓深谈一次，听一听她对这个问题的看法。

即将迈过三十岁的门槛，她自知青春已经耗尽，一路走来，积攒了很多未竟的梦想和错失的爱人。她内心装满了惋惜，却无从后悔。毕竟，每一次做选择之前，她都深思熟虑过。至于为什么到头来还是不尽如人意呢？大概有些事情可以选，更多的事只是看似可以选，实则没得选。她越来越喜欢三毛的一首诗："如果有来生，要做一棵树，站成永恒。没有悲欢的姿势，一半在尘土里安详，一半在风里飞扬；一半洒落阴凉，一半沐浴阳光。非常沉默，非常骄傲。从不依靠，从不寻找。"

人生若只如初味

我味觉出问题这件事来得毫无征兆。具体来说，就是从某一餐开始，我的味蕾莫名丧失了对食物的兴趣。我依然能辨别酸甜苦辣，只是所有食物刹那间变得不“香”了。

记得那是一个再平常不过的傍晚，空气中弥漫着初夏特有的慵懒与温热，偶尔有微风从窗外滑入，带来合欢花率真热烈的芳香。

我放下筷子。

妻子疑惑地看了我一眼：“这就吃好了？”

我点点头。

“汤还没喝。”

“不喝了，感觉已经饱了。”我下意识地摸摸肚子，似乎是为佐证自己的话。

“你还没咱们珠子吃得多。”母亲语气中暗含不满——我的提前偃旗息鼓意味着今天的饭菜要剩下很多。

珠子是我女儿的小名。她今年九岁，下半年就要升四年级了，最近个子蹿得很快，已经比同龄孩子高出大半头。小姑娘此刻正一边看着电视，一边啃着手中的椒盐排骨，一副大快朵颐的样子。不知道是因排骨味美，还是动画片之功。

“吃饭的时候不要看电视。”这句差点脱口的话终究被我咽了回去。想起自己小时候对电视机痴迷入骨的样子，感慨还真是“人生代代无穷已，电视年年望相似”。

“可能是中午吃太多没消化，晚上没什么胃口。你们吃完把碗放着，我来刷。”我起身离席，独自朝沙发走去。

后来的事实证明，那晚我的无心饭食并非偶发事件，而是冥冥中有一把无情的利刃，斩断了我与食物休戚与共四十年的亲密纽带。

芹菜炒肉丝是咸的。油爆虾里放了糖，有些微甜。酸菜鱼是从超市买的半成品，烧的时候加了土豆粉，又酸又辣，沾唇有麻意。松花蛋泡在姜汁醋里，表面是酸的，吃到里面有点涩。食物的味道似乎都和以往别无二致，只是那种惹人垂涎的香味消失了。

我的食量开始变小，虽然经常感到饥肠辘辘，但就是不想多吃。当然，变小后我的食量基本还在正常范围内，只是跟以往的“食量大如牛”不可同日而语。

最初，母亲和妻子以为是饭菜不合我胃口，想方设法地更新家中的餐桌。她们蒸了大闸蟹，发了海参，让舅舅从老家寄来自家菜地里种的荆芥、嫩黄瓜，妻子还破例烧了她不喜欢但我一直很爱吃的黄鳝。

看着满桌的硬菜，我内心充满了愧疚，因为我未能如她们所愿，滋生出蓬勃的食欲来。我知道问题不在食材上，至于到底出在哪，我也说不清楚，反正不是食材的原因。

我在一家贸易公司做了六年的行政部经理，张罗的饭局数不胜数。这几年流行去私房菜馆，客人不必自己点菜，只需选定一档餐标，店家便会根据餐标和人数搭配各式菜品。其实，菜肴的味道都相差无几，很难有哪家餐厅能技压群芳，让人叹为“食”止。餐厅的高档程度，或者说一桌菜肴的品级，主要取决于食材。甲鱼、生蚝、鲍鱼、乳鸽、和牛都是常见配置，餐前位汤多是虫草乌鸡汤、海参小米粥、鸽子汤，有时候为了提高一餐的档次，还会有波士顿龙虾、河豚甚至帝王蟹。任它是什么样的山珍海味，吃得多了，都会沦为庸常的果腹之物，尤其是半斤白酒下肚，所有盘中餐皆不过佐酒物而已。

在外应酬时，我一般都吃得很多。有食物打底，喝酒不那么容易醉。这一点很重要，与工作有关的饭局一旦喝醉出丑，不仅意味着社会人格的死亡，还可能导致前途葬送。所以，为了能多喝点，为了保持清醒，必须多动筷子。脂肪含量高的肉类，含糖量高的果汁，热量高的面食，都是饮酒人士的“护胃神器”。酒喝得多了，胃还会陷入麻木状态，饱腹感消失，甚至常常会有越吃越饿的感觉。饭局结束后，如果宾主兴致不衰，那就接着搞二场。二场不外乎两个选择——去 KTV 唱歌或者去烧烤店吃消夜。无论是哪一种，一打一打的啤酒是少不了的。

有时候想想，一晚上连续不断吃四五个小时的东西，还真挺匪夷所思的，但事实上，这些年也都是这么一路吃过来的。正是由于这种长时间、高强度、超负荷的饮食方式，我的体重也从大学毕业时的 120 斤涨到现在的 150 多斤。曾听人说，世间之大不幸有三：英雄末路、美人迟暮、帅哥发福。三者我占其一。

见我仍是一副食不甘味的样子，母亲和妻子每餐开始主动问我想吃什么，让我来点菜。我抓耳挠腮好半天，答道：“红芋圆子。”

“红芋圆子？”妻子有些发蒙。

“我们老家那边管红薯叫红芋。”母亲解释道。

“我小时候奶奶经常做那个，真的是百吃不厌，现在想想还忍不住流口水。”对味道的追溯瞬间勾起一连串美好的童年记忆，让人陷入一种绵软的幸福感之中。

“这个简单，包在我身上。”母亲面露欣喜，像是历尽曲折后终于发现矿藏所在的勘探队员。

午饭时，餐桌上果然多出了一盘红芋圆子。我惊讶于母亲是什么时候从奶奶那里偷了师。

“我哪会做这个，是从超市买的。你奶奶在世那会儿，我还年轻，厨房都没进过几次，当时我也跟你一样，只知道张嘴吃，哪懂得这道菜那道菜的做法。好在现在超市里什么都有，买回来在油里炸一下就好，特别方便。对了，现在都管这个叫香芋地瓜丸。”

我搛起一颗，在眼前仔细打量，感觉比印象中的颜色要浅。奶奶做出来的是橘红色，这种圆子是金黄色，而且表面多了一层大概是面包糠的东西。咬上一口，里面居然还有紫薯夹心。外层黄色的部分应该是红薯做的，不过比一般红薯颜色浅，估计是加了添加剂的缘故。多了面包糠和紫薯夹心，口感是丰富了很多，但是总体上偏甜，而且少了最重要的一种味道——红薯的香醇。奶奶做的红芋圆子应该只用了红薯和糯米粉两种食材，刚炸出来时香脆可口，薯香四溢。放冷后，每餐取一碗，直接在蒸锅里加热一下。加热后，圆子会塌陷，失去原有的形态，变得扁扁的，口感反而更加软糯适口，红薯的香甜也变得更加浓郁——那是食材与生俱来的香甜，足以麻醉神经，驱散忧郁。

我看了下包装袋上的配料表，不出所料，有人造奶油、麦芽糖精等一长串添加剂。敢情我吃的不是红芋圆子，是添加剂圆子。为了照顾母亲的情绪，我勉强吃了三颗。关键时刻还是珠子救了场，把剩下的一扫而空。又甜又糯的东西正合她胃口，吃完就吵着让奶奶下次还给她做。我在心中哂笑小丫头没见过世面，她根本不知道真正的红芋圆子有多么好吃。

眼看红芋圆子的味道无法复制，我又想起了另一道菜。我有一个特别要好的大学同学，桂林人，性格很开朗，待人处事大大咧咧的。大四那年，他为了专心准备司法考试，从宿舍搬出去，在校外租房子住。有一次，我去他的新居看望他，他给我做了一条鱼，让我一直记到现在。他做的是一条鳊鱼，做法说起来也简单，往鱼肚子里塞满葱丝和姜丝，表面也密密铺上一层，浇点酱油，入锅蒸。出锅后，鱼肉细嫩而不散，口感鲜爽而无腥味。我搛起鱼肉，连带葱丝姜丝一起送入口中，吃得不亦乐乎。

妻子在我的口传心授下，如法炮制了一条鳊鱼，我却睹物思人，从中品出了另一番滋味。大学刚毕业那几年，我和那位同学还时不时通个电话，聊一聊彼此的近况。后来工作和生活中的琐事越来越多，渐渐就断了联系。他结婚都没通知我，还是我看了他在朋友圈发的照片才知道。直到几年前，他突发脑膜炎去世，留下一对孀妻孤子。当时，我正在陪领导出差，又赶上提拔前的关键期，所以就没去参加他的葬礼，连最后一面都没见到。为此，当年圈子里的几个同学都对我很有意见。我曾暗下决心要抽时间去桂林给他扫墓，至今也未能成行。想到这些，鱼便不再是鱼，而是一段深重的怅惋。

后来，我又想起大学门口小饭馆做的红烧肉。用一个小坛子盛着，分量不多也不算少，但每次都不够分，配着六十多度的二锅头，这就是当年的“诗酒趁年华”呀。可红烧肉是常见菜，本身并不难做，味道普遍都不差。饭局上偶尔也会点，盛装的器皿远比苍蝇馆子里的小坛子要精美，佐餐的酒水更比二锅头贵出数十倍。可每次最多也不过夹上一块，早没了当年的劲头。此刻方懂李太白笔下的“金樽清酒斗十千，玉盘珍羞直万钱。

停杯投箸不能食，拔剑四顾心茫然”。

无计可施之下，妻子决定带我去医院做检查。起初我有些抗拒，觉得这根本算不上什么病，犯不着这么大动干戈。尤其她还非要挂专家号，市内几家三甲医院双休日都不开设专家门诊，为了看个病，我还得在工作日请假，看公司领导脸色。但考虑到她也是为我好，特别是之前为了帮我找回胃口，费了那么多心思，我也就勉为其难答应了。

可首先在挂号问题上就犯了难。我味觉没有失灵，所以应该不是挂口腔科或者耳鼻喉科，胃肠没问题，挂消化内科似乎也不大对。思来想去，最后只好挂了精神内科。盯着挂号单上“精神内科”四个字，我紧咬嘴唇，眉头拧得变了形，半晌憋出一声苦笑。

漫长的排队后，我在妻子的陪同下走进门诊室。“他这种情况是不是得了厌食症？”妻子向专家问出了心中长久以来的疑惑。专家给出了否定的答案。据他所说，厌食症的典型症状是以追求苗条身材为目的，采取拒食、过度节食、过度运动、催吐、导泻等方式来减轻体重。无论是从目的还是行为来说，我显然都不符合厌食症的标准。我饿了会主动吃东西，食量也不算非常小。至于我们一直强调的“吃东西不香了”，专家则用一种玩味的眼光上下审视我，还问了一堆诸如“家庭成员之间关系是否和睦”“对家人是否有什么不满”之类的问题。我面色铁青地从门诊室出来，妻子小心翼翼跟在我身后，我俩就这样一路无言地回到家里。从那以后，家中似乎形成了一种默契，大家都对我味觉的事情绝口不提。

有个周六，我难得不加班，躺在家中的懒人沙发上随手翻看着汪曾祺的散文随笔。里面写他吃口蘑，吃莜面，吃羊肉，吃咸鸭蛋，吃汽锅鸡，每一样都被他写得有滋有味，惹人垂涎。我也奇怪，这些东西我分明都吃过，怎么完全不似他笔下的味美呢？想必是这年头大家山珍海味吃太多的缘故。我至今犹能忆起小时候第一次吃干锅茶树菇、吃炒牛蛙腿、吃热气腾腾的桂花糖藕的感觉，那叫一个美味绝伦、不可方物！

我正兀自感慨，突然发现珠子这丫头正在旁边捧着一块面包吃得如痴如醉。“什么东西这么好吃？给爸爸尝一口。”我接过递来的面包，先是好奇地一阵端详。不能说精致，应该说烘烤得很繁复，一个方方的吐司基底，上面蓬蓬地堆叠了很多食材，能辨认出来的有培根和白菜。咬上一口，又甜又咸，还有点奶味和蒜味，真是一言难尽。

“它叫凯撒大帝。”珠子解说道。

“一个面包，有必要把名字起得这么霸气吗？它咋不叫玉皇大帝？”我边摇头，边小心翼翼地将“大帝”送还。两代人而已，口味之间的鸿沟便不可逾越了。

带着一蹶不振的胃口，我去了南京。公司要在那边开拓市场，派我领一小队人过去打头阵。我们的办事处设在远离闹市的仙林大学城，晚上住在附近的酒店，白天去办事处上班。吃饭成了最大的问题，不像在公司能吃食堂，我们除了早餐在早餐店吃以外，中午和晚上只能点外卖。一个星期吃下来，手下的几个小年轻个个面露菜色，有的得了口腔溃疡，有的胃病复发。最后，一到晚上点外卖的时间，倒有一半人表示不吃了，要减肥。我也吃得牙根发酸、头皮发麻，一拍桌子，去他的外卖，买锅，买菜，买电磁炉，做饭！

其实，我高中时就学会做饭了，厨艺不说出类拔萃，至少称得上小成，尤其擅长家常小炒，只是后来工作实在太忙，很少有精力下厨了。这一次，为了挽士气于既倒，扶五脏庙之将倾，我决定重出江湖。

番茄炒蛋、毛豆炒肉丝、茭白炒肉丝、清炒茄丝、清炒苦瓜、炒花生苗、炒南瓜丝、啤酒鸡翅、蒸扫帚苗、凉拌芹菜叶、凉拌茄子、杂粮粥、鲫鱼豆腐汤……六个人吃饭，我每餐做六菜一汤，虽然没有大鱼大肉，口味又极清淡，但每次都被吃得一点不剩，菜汤都经常被两个小伙子抢着用来拌饭。

几个年轻人个个对我的厨艺顶礼膜拜，喊着要拜我为师。做饭时，他们殷勤地给我打下手，有的还在我的指导下炒出了人生的第一盘菜。一个月下来，他们的气色再度红润，尽管顿顿比以往吃得多，看起来反而瘦了，不是清瘦，而是消去了之前的浮肿。我遗失的饮食之乐，似乎在他们大开的食欲中找回了些许补偿。

除了吃得更清淡以外，生活最大的改变是晚上不用参加各种应酬了，多了大把自由且清醒的时间。我重拾学生时代的爱好，用脚步丈量起城市的各条脉络。有时是慢跑，有时是快走，从最开始的三四公里，逐日延长，最后增加到十几公里。仙林大学城绿化率很高，坐落着羊山公园、仙林湖、九乡河湿地公园等一些散步和跑步的好去处。林间的莺啭、溪中的游鱼、山峦的暮霭、湖里的斜阳，虽不是绝美的奇景，却宛如一位遗世独立的神女，携着前所未有的静谧感向我娉娉袅袅而来。陶渊明说：“久在樊笼里，复得返自然。”这种触动竟是如此之深。

我拼命吮吸着草木的气息，从中辨认出久违的轻盈和温存，这是属于童年、青春和校园的味道，日久蒙尘，轻轻拂拭，犹能显出清丽的光泽。我沐浴着柔媚的月光，沿着通幽小径继续漫游，内心略作沉吟，开始给许久不曾联系的同学和故友们打电话。

又一个月过去了，我体重降了十好几斤，睡眠质量也越来越高，长期的黑眼圈消退殆尽。某一天清晨，我从睡梦中醒来，起身缓缓走到阳台，晨光熹微，世界静得令人诧异。我深吸一口微凉的空气，隐约感到有什么变化正在身体中酝酿。我突然又想吃东西了。我想吃新鲜的河虾，想吃刚从土里刨出来的紫萝卜，想吃香喷喷的糯玉米，想喝琥珀色的菌菇汤……

味觉在我的意识中滋长，像第一次睁开眼睛的婴儿，像春雨中复苏的植物，像久别后写给恋人的情诗，如此克制，如此疯狂。